ことばの風景

山地水のかたち

橋詰静子 著

三弥井書店

ことばの風景　山地水のかたち　目次

序にかえて ——山地水のかたち——

本書はことばで描かれた山地水《さんちすい》に関わる論考をまとめたものである。トポグラフィー（地誌）に焦点を当てている。

山地水《さんちすい》とは言うまでもないことだが、山《さん》とは丘陵であり、山岳であり、地《ち》とは土地であり、地上であり、町のうたである。水《すい》とは河川であり海であり、水である。

これら山地水のかたちを生き生きと物語る作品群を取り上げてみると、私たちの生活に山地水がどれほど密着していることかと今更ながら思われる。これらの作品には書き手の生きた時代と場所のさまが面白いほどに映し出されている。しかし、私たちはあまりに山地水をないがしろにしてきたのではないか。山地水を見つめて聞こえてくる声に耳を傾けた作者たちのことばを聞き分けたいものである。

明治十八年七月二十四日から二十八日にかけて富士吉田口からの富士登山を始めた満十六歳の北村透谷は、山頂に至る道々、自由民権運動との出会いと別れという人生の平坦ならざる経験を重ね合わせながら、八合目にて世の態を認識し、自由党左派の急進的な資金獲得を進める運動から離脱後の自己を少しく恢復した。「富士山遊びの記臆」が語るところだ。

江戸時代初期、治水事業に手腕を発揮した野中兼山の四女野中婉は、父の失脚後、男系の血が絶えるまで幽閉四十年の歳月を強いられたが、後にお婉様の糸脈で活計を得る。土佐帰全山の麓に生まれた作家大原富枝が、婉女の宿毛の地での幽閉の四十年を追究する情熱は土佐人の気質とかかわりがあるだろうか。

松島と武蔵野。絶景に対峙して我執を離れる松島の松尾芭蕉と透谷、自然と生活が密接する郊外に詩美を見出す『武蔵野』の国木田独歩。百草園と百花園、草花をこよなく愛する透谷と正岡子規と。

日本橋と洲崎と慶尚北道。新旧が入り混じる日本橋界隈を闊歩する青春の日々の北原白秋と木下杢太郎、行き暮れて洲崎に降り立った芝木好子、故郷韓国慶尚北道を忘れ得ぬ立原正秋。

私たちは描かれた何十年かそれ以前の土地、風土に寄せる作家たちのトポスに現在を重ねみる。風土の美としての自然は人を育み、慰め、和ませ、勇気づけ、新たな境地を指し出す。透谷と大原富枝と、芭蕉と透谷と、独歩と、子規と透谷と、白秋と杢太郎と、そして芝木好子と、立原正秋と。土地に密着し、土地を発見する彼らに私たちは心躍らせる。

風土の自然は、時として「力《フォース》としての自然」（透谷）でもあり、破壊をもたらす因となる津波。繰り返される津波被害の歴史は昭和四十五年に吉村昭によって克明に調査記録されていた。明治二十九年の「三陸海岸大津波」が学ばれていれば、平成二十三年三月十一日の東日本大震災の津波被害も福島第一原子力発電所がそこにあることの危険も、繰り返されるかもしれない悲劇として人びとの胸にとらえられていたことだろう。が気付いたときはあとの祭りであった。人は忘れる動物であるとしても、今やっと歴史は繰り返すの名言が侮れない現実であると考えられるようになってきた。河川で働く渡守。渡しから渡しへ、此岸から彼岸へ、彼岸から此岸へ人びとを送り迎えする。渡守は死と蘇りの思想を負っている。渡守に注目する独歩と透谷は、仏教的他界観のそばにいる。意外であろうか。

コラム欄に、山地水に関わる書物の紹介を収載した。小田原・室生寺・郵便局・サンダカン八番娼館・横須賀・小石川・鎌倉・安倍川・淀川などが登場している。

このように考えて来ると、人は山地水に根付き多くの恩恵を得ながら生きている。人間存在を包みこむ自然の美と力の大きさに目を見張らないわけにはいかない。それらが喪われた日常には人間の生活もないだろう。自然環境と人間の関係を再び考えてみる契機となれば幸いである。

現代の読者には文語体はなじみにくいので、透谷の「富士山遊びの記臆」、「松島に於て芭蕉翁を読む」、『おくのほそ道』「松島」の条、独歩の「源叔父」（一部）には口語訳を付した。

先に『校本北村透谷詩集』（平成23・12）を上梓したが、その「補遺」として、「電影草廬淡話」「俳句集」「短歌集」を『北村透谷研究』24・25・26号に掲載した。本書にはそれらと、同誌に発表したエッセイと編集後記をも併せて収録した。

第一部 山

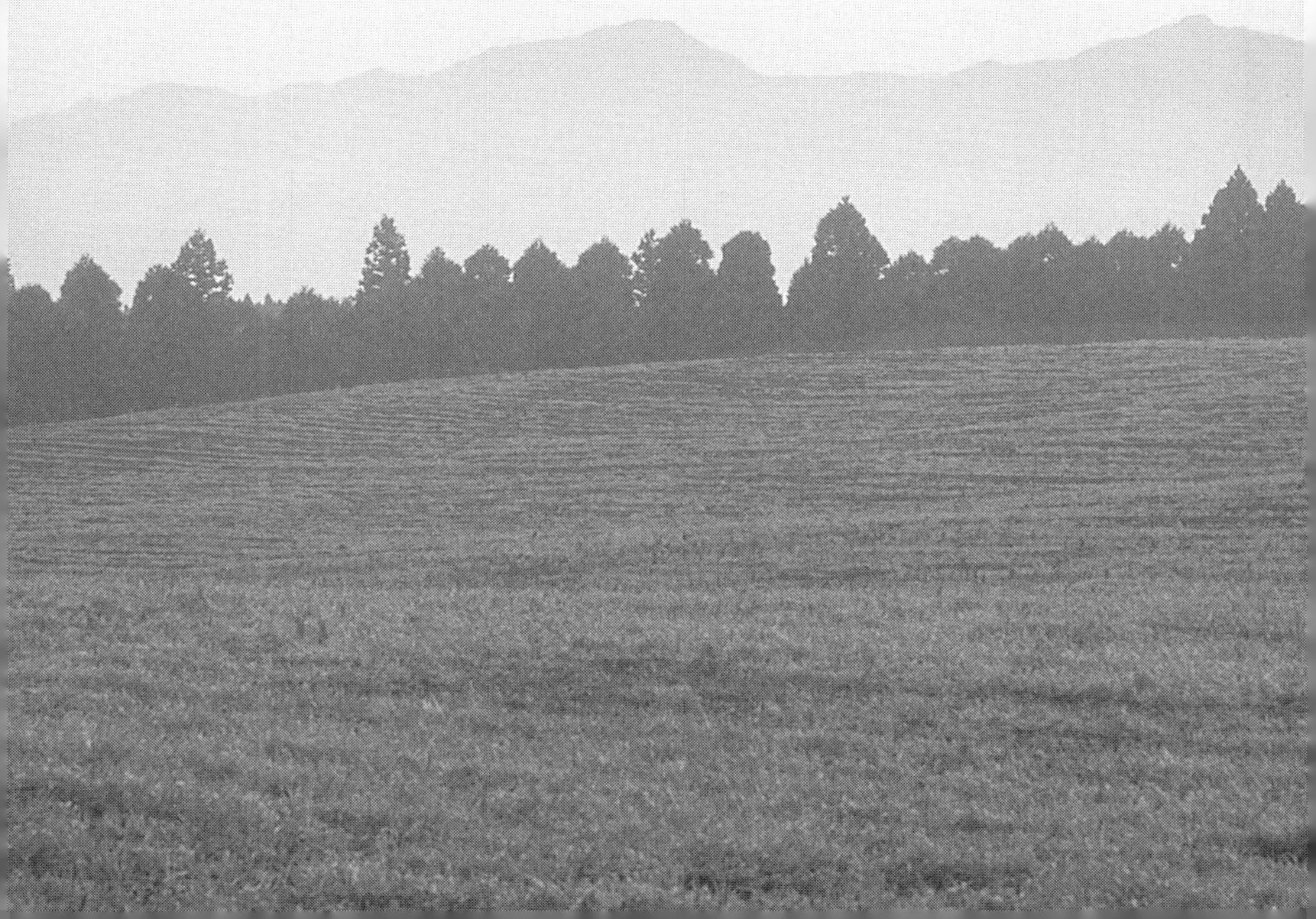

第一章　富士山

明治十八年、富士山に遊ぶ「富士山遊びの記臆」＊北村透谷＊

はじめに

明治十八年（一八八五）夏に書かれた北村透谷《きたむらとうこく》（明治元年十二月二十九日〈陰暦十一月十六日〉～明治二十七年五月十六日）の富士山踏破のルポルタージュを紹介しよう。原文は変体仮名まじりの文語体なので現代の平易な文体（現代語）に直して、しかし透谷の措辞《そじ》や言いまわしを失わないように注意しながら紹介する。府中から八王子を経て富士吉田口から刻一刻と山頂に近づき、お鉢めぐりを果たして下山するこの克明な記録は、「富士山遊びの記臆《ママ》」と題されている。署名は「桃紅處士」、これは「桃青松尾芭蕉」の号が意識されているか、あるいは『禅林句集』中の「桃紅李白薔薇紫」から来ているかも知れない。（後述）

登山時、満十六歳の透谷は、三多摩自由民権運動にかかわり、川口村の秋山國三郎宅へ寄りながら、富士吉田口を目指す。透谷にとって富士登山とはどんな意味をもっていたのだろうか。

口語訳に当って、1、本文は堀越宏一氏蔵透谷の自筆稿「富士山遊びの記臆」（美濃判罫紙、二つ折り、半頁は縦十一行、上欄に加筆できる九分の二程度の空欄のある用紙、この空欄には、「此欄記キ入」との透谷自身の文字がある。二十六枚分墨書）の複写を底本とした。2、先行の本文の活字本には、①昭和九年（一九三四）四月号の『明治文學研究』第一巻第四号神崎清校訂本、②昭和三十年（一九五五）九月十日刊行の『透谷全集』第三巻勝本清一郎校訂本、③昭和五十一年（一九七六）十月三十日刊行の『明治文學全集29　北村透谷集』小田切秀雄校訂本、④平成十四年（二〇〇二）十二月十五日刊行の『明治の文学第16巻　島崎藤村北村透谷』堀江敏幸・編集解説、花﨑真也・坂手輝子脚注付き本等々がある。3、この遺稿として現在遺族堀越宏一氏のもとに残されている手記は、縦十一行は青線で区切られ字詰はフリーの形態のもので、さらさらと行書体、時に変体仮名まじりの草仮名書き、実に美しい達者な文字で書かれている、五枚目以降は、取り消し・書き変えも少なくなる。文章がリズムにのり、一気に書き上げた調子がでている。4、現代語訳にあたり、透谷に特有な措辞や言いまわしは極力残し、（　）内に筆者注を付け（※　）と表記して事物の説明又は文意の添加を施した。そうではない（　）内は、文字を少し小さめに書いた透谷自身の注書きである。黒書で抹消、赤書で推敲、赤書で抹消、赤書で推敲、黒書で抹消・推敲の跡が見え、五枚めからあとは、推敲も抹消も少ない。抹消ないしは推敲により消された部分は変体仮名以外は原文のまま〔　〕で生かした。句読点については透谷は二か所の句点以外はすべて読点を使用している。終止形でも句点も読点もない場合もある。原文の改行は天をツメているが、読み易くするため天一字アキとした。現代語訳に際し、文章の呼吸を生かすため、極力読点を生かしたが、文意を分かりやすくするため補ったところもある。章立て・見出しは筆者がつけた。

一　出発まで

吾れ（※私）はもともと貧しい書生（※学生）であるから、馬車や人力車に乗ったりの贅沢は、わが身の分ではない〔あらざれば〕（※身分不相応だ）。健康が損われない限りは杖を友として語り合いながら歩むことこそ本来の姿というべきである。（※友は杖）

この身はこれといった使命感もなく生まれ出た甲斐のない身の上ゆえ（※『伊勢物語』第九段の「身を用無き者」として東国へ下るが意識されている。）一年三百六十五日、麦飯と香々（※漬物）の茶漬で世を送る者であるから、酒やひもの（※羞か？よみはショウ。ひもの、ほしうお、乾魚）には目もくれず、山や川にも気はつかず、ぼんやりと旅をする身の、どうして書き載す（※べき）事情などが〔無〕あろうか、山鳥が藪の中でばたばたと音をたてているばかりのもの（※だから）。

二　府中から上吉田まで

（※七月二十四日）すげ笠雨簑、草鞋、脚半に五尺（※一五〇センチ）の杖を持ちながら、（※身を固め矢立こそ持たないが、芭蕉の『おくのほそ道』への旅姿と似ている）歩みは｛はかなき｝かいなき甲州《かい》路を｛まだ布田にはこず、高井戸に鳴く声蛙のあはれなる其（※の）どぶ音に引変へて遊ぶ旅路の気楽さは「旦那、車は如何、府中まで帰りです極お安くまいりませふ」「はア、此の不景気に車なんぞ引いてもまに合ふまい、車なんぞに乗ても間職に合わないのさ」「旦那ごじゃう談、お安く行きませう、お安すけりゃご相談にならないこともありますまい、」（※と言う。）その顔を見れば、青菜（※に塩）かと思はるゝ計りの（※しょぼくれた様子に）憐れを一際増して吾が大蔵省を打忘れ敵の摘とせんずる心の内の善悪は車屋とても知らぬかし。｝帰りの人力車に｛打乗り｝駆けさせて、府中の甲州屋へと到着した。

　府中は東京へ近いこと八里（※三十二キロ）、桑の都と名高い八王子（※八王子は養蚕業がさかんである）へはおよそ四里（※十六キロ）とか、｛にて寄手引きなき甲州旅、甲州屋へと到着した｝。ここで昼食を済ませ｛つゝ｝、枕を引き寄せ昼寝しようと思ったが、また思えばこの日の行先は、川口村の盟友（※自由民権運動家の同志秋山國三郎）のところであるから一刻も早くと気がせいて、おもむろにわらじを結んだ。今日は旅の初日に〔あるなれば〕もあり、真昼の暖さと足の痛みも思われて、〔やをれ〕馬車に〔打〕乗ってしまった。やがて馬は立川〔日野〕の渡しを過ぎ〔で〕、日野の原へと近づいた。日野は有名なおいはぎの出るところとか、生々しい血の痕を残している跡もあるとかや（※透谷は『おくのほそ道』のなだぎり峠を想起しているかもしれない）。〔今は明治の明らかさ、夜とて暗ならぬ光のもとに、足元の用心とても鳴き虫の昼のあつさに堪へ兼ねて、草の根を掘り隠れ住む今の心地は苦しけれ、一時、二とき送る内日は（※太陽は）西の山端に落ちて後（※から、）勇気を送るてう夕風のそよそよ吹く頃おいに、草窟を出でゝ気まゝ気随に、楽みを享けて喜ぶ蟲さへも、順序のあるのに、人の身の斯く此世には定めなき、神経なき人のみ生ひ茂るとははかなさや（※なさけないことであるなぁ）〕

　日野の原をうち過ぎて、橋を渡る馬車の音ががらがら〔合図する間に〕、八王子（※に至る）、（※八王子の）横山町は横町ならぬ中心繁華街で、角喜の角を廻ると、中に、遊里が目に着いた。（※そこで遊んだ、）昔の（※自分の）心が思われて片腹痛く、わき道を、（※ゆく）。今日は四の日、市の日で、二十四日は大祭日、糸や織物〔は市日にて〕（※の市が立ち）、山車は神輿〔は祭り日とて〕は（※と）、各自好きなようにする賑やかさは、地方からの旅（※旅人）にはめずらしいだろう。しかし（※今は）不の字（※不景気）の影響から、山車を引くことも抑えられ、酒場とても静まり、八王子松田（※といえば）その名も売れた満林（※ジャングル、盛り場）は、子供〔屋?〕屋台に入口をしめ閉じられて、客もなく、吾妻や大増・大萬など、軒を並べた遊里場も（※今は）ひっそりとしたたそがれ景色で、相撲甚九（※甚句）も当八拳も（※民謡も手遊びも）子供山車の太鼓にとりかえられて、すましひかえているのも可笑《おか》しいくらいだ。

よくも知らぬ身で、この八王子の事情を書き述べるのを笑う読者もさぞいることだろう。ただ某（※それがし、自分を謙そんしていう自称代名詞）は、かつて（※明治十六年ころ）この桑の都（※八王子、養蚕の町）にて歩みを止めた事もあるので、すこしばかりその事情を知っているのである。

八王子八幡宿を過ぎて、街道を右に曲り、〔車も無き不の字の深み（※の里）に乗り入れて〕あの川口村の秋山姓（※秋山國三郎宅）の涼しい庭へと到着した。〔路の狭さに、急の夕立ちになやめられ、知らぬ或家へ飛び込んだのは、近頃可笑しき事ぶり、〕（※秋山家の）その涼しさのもてなしに心なくも（※思わず）二日（※七月二十四日晩と二十五日朝）も過ごしてしまい、あつくもてなされて、別れて、（※二十五日）早朝に、本来の旅路へ〔着にける〕着いたことであった。小名路駅はその名の通りの小駅で、物足らぬ気持ちである。小仏峠（上りが二十五丁下りが三十九町）（※上りが二七二五メートル約三キロ、下りが四二五一メートル約四キロ）とて甲州路には隠れなき〔旅の峠と知られけり。憂き世の旅の辛さつらさは幾歳瀬も嘗めて味をば知るものの〕生（※小生、私）は、まだ裏の白い旅衣（※旅の身じたく）が、玉の汗に汚れてくれば、旅の心もいよいよ知られて、とかくこの世はままならぬ、つらい事のみ多いと思えば何のつらいことがあろうか、（※峠の）上と下とを見比べて、ここが峠の半ばだと石に腰かけ、腰の手拭を探ったところが、「ほい、しまったり」。清い泉で汗をふいてひとまず息を入れようと思ったのに、また見出した一つの不足、（※腰につけていたはずの手拭がないこと）、ともかくもここはまだ中途、上まで登らねば、仕方がない。いざ一足とうなづき（※ながら）、踏み出した足から、胸中に思うことは、今の苦界はどれほどのものか、盟友（※同志）にも言い難い（※民権運動離脱の原因、軍資金調達のための強盗行為には参加できないという思い）世路を杖一本（※杖が友）で渡り、ほんとに暗いものとは月の無い夜を言うのであろう、日の無い昼をば何というか。言いようのない世のさまをみても、｛見ぬふりの男心はきつい者、これほど慕ふ私には、脇目も見せぬ鉄石心、浮かぬ気性と知りながら。浮か浮か上れば小仏山｝やむなき自然の勢い、なむあみだぶつ、（※暗い自分の心情に小仏峠中途の旅点を重ねている。「なむあみだぶつ」は念仏、極楽浄土への導きの句）小仏峠山頂の茶屋に、たやすく着いたのは目出たいことであった。

砂糖水は一杯一銭二厘（※当時駅弁は五銭、コーヒーは三銭、しる粉も三銭、ラムネは十四銭）東京の氷水より高い。高いとか安いとか言うのはお金のこと、これがなければ、咽喉《のど》がかれる。南の方は雲が下がり（※見晴らしよく）故郷が遠く見分けられるだろう、と思ったが、はっきりとは見えなかった。北方は名に負う（※有名な）山国の山々青く茂って、｛水も流れん、川も多からん｝よろずの景色を心中で想像する世界の面白さ、絵にも筆にも表現できない（※筆舌に尽くしがたいの意。ここには『おくのほそ道』「松島」の条に、「造化の天工、いづれの人か筆をふるひ詞を尽さむ」(芭蕉)が想起されている)。

苦あれば楽ありの世のならい通り、上りのつらさに引換えてすらすら下りる筆の墨(※のように)間もなく大原へと到着した。神奈川県下の街道は、わき道よりもなお狭かったが、道路県令は山梨県の藤村氏に(※よって)、山梨県下に入ってからは、道〔巾〕幅は広く整って、活発な工業がいま盛ん、その様子を身近にみては、感慨が胸に迫ったが、(※今越えてきた小仏峠の防衛にあたった八王子千人同心のことなど思い浮かんだか)語り合う人もなく、なくなく杖に思いを託す(※杖にすがる)のみである。(※人も無くと泣《な》く泣《な》くを掛けている)。〔世を整へんと思うのみやはか手立てを求むれど、なほ時(※世を整えるとき)来ねばせん方なく、唯磯のあらしの浮草に心の竹をまかすのみ(※浮草のように漂い、心の節をまかすのみだ)〕

下界をみればこの山川《やまかわ》に、帆をあげて風の向く方向に進行する船はともかく、これはそもそも何川か、くねくねと曲って河岸へ下りれば、鉄の鎖は河を渡す〔渡〕船守(※渡守)(※の手)にあり、聞けばこの水は桂川馬入川の上流だそうだ。桂川を渡りまた渡り、名高い吉野の宿へと入っていった。

鈴木屋という旅亭に入って、昼食を済ませ、あまりに暑さが厳しいので、健康のことも考えて、しばらくこの家の奥座敷で昼寝をすることとした。

やがて二時頃かと思われるころ、崖下千仭の（※深い）底から吹き上る冷風に眼を覚まし、紙をとり出して、漢詩を（※作った）。

勝景堪洗世俗縁（※勝景洗ウニ堪ヘル世俗ノ縁）

却向崖底呼神仙（※却ッテ崖底ニ向ッテ神仙ヲ呼ブ）

酒杯元是帰塵事（※酒杯元是塵事ニ帰ス）

静促涼風笑仰天（※静カニ涼風ヲ促シテ天ヲ仰イデ笑ウ）

（※絶景は世俗のわずらいを洗い流し、それどころか崖底から神仙即ち不老長寿の仙人を呼び出して来る。酒杯は、元よりこれさまつ事に過ぎない。私は静かに涼風を受けて、天を仰いで笑う。）（※世間や人事の悩ましさが自然という大いなる存在によって癒される境地である。）（※七言絶句）

この茶屋の裏の景色は、なかなか（※素晴らしく）で短歌や漢詩や文章には表現し尽くすことができないから、ただ記憶の記念（※心おぼえ）として右の漢詩を載せておくに留める。

吉野の宿で〔此道人〕余の（※自らを「道人」と呼びそうになった）（※私の）目についたのは、当地の貸座敷（※遊女屋）である。およそこのたびの旅行中、地方で貸座敷を見たのは、新宿（※甲州街道最初の宿場）・五宿（※布田五宿）・府中・八王子、そしてこの吉野である。あの五宿（※甲州街道布田宿、現在の調布市）などは、真の漁師や若い農夫の遊び場だと思うだろうが、（※五宿が）吉野の宿より〔は〕盛んであると見えたのはなぜだろうか。（※とは言え）吉野の貸座敷も隆盛なのには理由《わけ》がある。この辺（※吉野）は商業が盛んで、活発であること、この辺は五宿あたりのように各所に貸座敷があるのとは異なっていること。

右の（※二つの）理由があるにかかわらずこのあたりが（※五宿よりも）余程劣ってみえるのは、だんだんと東京から遠のくにつれて、きらびやかな都の風俗が減少していくのに原因があるためか。いずれにせよ、（※私の）いっそうの注意をひいた。話し忘れたことがある。先に桂川を渡る帆船の往来することを述べたが、その帆船は実に軽いもので、薄くて軟らかい木材で作られ、しなしなと（※しなう）するので、暗礁にのり上げても問題なく、とりわけ渡し場の、鉄のくさりの上を越して、難なく進行するのをみていると、いつも見なれた船とは様子がちがう。また風変わりな渡し場は、両岸から鉄のくさりをつなぎつつ、（※それに）そって船を往返〔邊〕（※往来）させるので櫂もいらず、艫《ろ》も用いず、腕一本で船をあやつる姿は物めずらしく思われた。

吉野までは峠はつらいものと覚悟していたから、道路の難儀をさほどとも思わなかったが、吉野から関野、上の原、〔野〕の原などと名こそ平らだが、その実は、樹木も草も生えぬけわしい道で、西に曲がっては東に出て、右に入るかと思えば左に出る。上っては下り、降りては登る、息つくすきもあらばこそ、まさしく未経験者の悲しさは、旅した後で、苦しみを悟るのは私だけであろうか、いやそんなはずはない。

鶴川宿を打過ぎて、野田尻近くに来たころ、「旅は道連れ」のことわざにならい、修験道者（※

富士山信仰登山の修行者）の一群（※七名）と近づきになって、親しく語りかけ、次第に心安くなり、今宵一夜は、相宿しようとの約束をしたのは、多少おもむき深いこととなった。やがて犬目宿に着くころには、早くも（※日没を知らせる）入相の鐘も聞こえてきた。ここは深い山里であるが、道者達はすでに宿を決めていて、いざご一緒にと誘われて、えびすやという旅亭に投宿した。（※この宿では）客を目着けて（※客があると）風呂をわかし、吉野宿の不景気に引比べて、物わずらい知らぬ里人の常として、修験道者の騒ぎは面白く、やがて先達（※先導者）が衣服を着替え、正面に立てば、次の先達が、右に座り、五人の同伴者が〔還座〕まるく囲んで座り、大先達が礼儀正しく、三拝し、次の先達が読上げる、高天原の経文を皆一斉に誦読する。宗教熱心な人々の心のさまが思われて、大層おもむきぶかいことよと、自分はひとりにっこりして、茶を飲んでいるうちに、道者達の式も済み、一同座につき、雑談にしばし時を過ごしたが、やがて夕食の準備ができ、皆一緒に、膳についた。このような山里のことであるから、ご馳走（※のないこと）はもとより覚悟〔する所〕していたが、あまりに万事の粗末には、あきれ果て〔たり、〕てしまった。

一つの蚊帳《かや》に客八人（※のことゆえ）、頭と頭がこすれ合い、いびきといびきがにらみ合う。（※寝ている姿は）「知らぬが仏」（※小仏）の峠を越えてきての、旅疲れ、物思う心も犬の声も、皆眠り、広い世界と、楽しむうち、道者のだみ声に驚かされ、おもむろに（※自分は）床を離れて、近頃にない睡魔に、かられていたのに、蚊帳の外に、身を出したのは、上出来である。朝の景色には一際の趣きあると今朝こそ知った。けれどなまけ者のくせとして、日本人はみな、保守党主義に立てこもり、改良するのも甲斐のないことと、朝寝は自由、昼寝もよい、身を守る道ということに、背かなければなまけて国を滅ぼすのも、知らんと言って、立場を守ろうとする愚かの上塗りと、笑うのみであろうか、いや笑うまい。笑わば笑え。志士たちが杖にすがって進んでゆく（※その先に、）飢えでその身もやせ果てた米澤（※米沢藩）の雲井（※雲井龍雄）の漢詩にも、

微躯一許君不能養吾老（※微躯ハ一タビ君ニ致シテヨリ吾ガ老ヲ養フコト能ハズ）（※つまらぬ身一つであっても、一たびあなたに捧げるならば、自分の老いを養うこともできない）

云々とうたわれていることも思われて、柔らかき心の志士たちがいまやかれらが残忍な血の雨降らす不幸にも出遭わぬこともないだろう。とはいうもののこの身には五尺の杖が唯一本少しも曲らぬ杉の杖（※曲らぬ杖が友）で、昨日峠を越えて明日は富士に登ろうとはやる心の矢先に、一人旅は相手なく（※相手のない旅）、よい路連れをほしいと思っていたらちょうどその時に清浄な修験道者達（※に出会い）の善か悪かは判らないけれど袖擦り合うも他生の縁と一夜を共にあかしつつ暁星に先立って今、犬目宿を揃って（※出立した。）道者の腰の鈴の音や、こわさをしのぐ田舎歌が面白おかしく時過ぎて、犬目峠を後にし夜がほのぼのと明けるころ、鳥沢へと到着した。

筆をしばしおき、さて視界を広げてみれば驚一つ嘆一つ（※驚嘆を重ねた）。鳥沢はもともとこのあたりの田舎街だが鳥沢学校と標札のある構え壮大な有様（※学校の有様）はどうして道人（※道士、

俗界をすてた人、私）の目を奪わないことがあろうか、目を奪われてしまった。またこのあたりは一体に家の構えが変わっていて目新しい思いがした。それはほかでもない、この土地は生糸織物業がさかんで、代々（吉野猿橋其他皆カイコの名産地である）この業につくものであるから、自然と習慣を受け継ぎ家の構えがこの業に便利であることはもとより、しかるべき結果となった。すべてここら辺には平家《ひらや》というものはなく（吉野あたりには平家を見たけれどもやはり家の構えは高く、二階建てと思えるところがあった。空気穴を屋根に取りつけてそこで蚕を飼うのである）皆大構えの二階家であり、またひさしというものはなく（これは養蚕時に桑をもぎ、或いはかすを捨てる時、いちいち下家（※階下）に持っていく労を省くため、かつは捨てる都合のよいようにとひさしを造らず、じかに投げ出すこととなった習慣であろうと思われる）。一般に広く大きな家構えで、またこの家々にいる糸取る娘のかわいさは、かよわい手にやさしく国の産物（※絹糸）をまきとる。漢詩にも昔から糸を紡ぐ作業場の少女のやさしさを歌っていることが記憶される。けれども不景気（※昨今の不景気）風の影響は、少女の顔にも現われて大そういたわしく思われる。

やはり高低ある山路を足まかせで進むうち、早くも猿橋の宿駅に到着した。猿橋駅はまず繁華な小都会で、警察署や郡役所も賑やかにある。

さて猿橋はその名も高い高橋であって、水より橋までが三十間（※五十四メートル）もあると言われる。そもそもこの橋は別にとりたてて美しく珍らしいというものではない、けれど橋下が高く、両岸がきりっと立っている有様は、さながら絵で見るように、青々と流れる水の清さはどれくらい深いことであろうかと思われて、また一そうの涼しい心地が増した。さて一般にこの地方の橋の造りは洪水の時の用心のためか、はたまた別の目的のためか、我が（※私が）見馴れている橋とは異なって、棒ぐいで橋を支えることをせず、岸辺に堅い柱を積み上げて橋をもたせるようになってい る。したがってこの橋の造りでは、橋のあまり長くないもの、〔両岸の〕という条件にそうことを記憶しないわけにはいかない。ただ山中の橋と平地の橋とではその構造のならいを別にするものと知るのがよい。大月宿から谷村（※都留市）に入る。谷村はこの街道では八王子に次ぐ商業場にてやはり決まった日に市を立て、交易場に送り出す（※品物を搬出する）ことが盛んである。けれども八王子に劣る理由は、小仏峠の険しい路に交通の便を妨げられ、商業上の翼（※交易）を活発に広げられないところにのみある。谷村に入る前に多くの滝があって、あるものは長くあるものは短くあるものは太くあるものは細くたまたま目にはつくもののあまり美しい景色ではなかった。またこの辺は川の流れ（※何本もの支流、川筋）多く、みな桂川の源流として知られている。谷村の長安寺という寺に血縁者の墓があるので、道者達と別れて〔買〕墓参りをし（※誰の墓かは不明）、また買物などをして、やがて小沼に到着した。あまりの暑さに健康にどうだろうかと案じられ、まだ時刻は早かったが、とある茶屋に上がってしばし横になった。午後二時ころと思われるころ、風も少しは涼しくなったと思われたので、枕をのけて杖をとった。三つ村を過ぎて下吉田へと到着した。また一里（※四キロ）余りも歩いて喜望峰ともいうべき上吉田の宿へと到着した。金の鳥居（※金属製の鳥居）を打過ぎて四、五軒先の羽田穂並こそ私が投宿すべき旅亭である。

三　いよいよ富士登頂

二十七日、早朝旅亭を出立し、南方富士の裾野へ進んだ。強力（※登山者の道案内をし、荷物を運ぶ人）が持参したものは長どてら一枚、別仕立の鞋四足、今日の弁当、翌朝の餅等である。また道連れとなった者は甲府あたりの書生連中である。けれど私は〔常に〕健康が（※この連中に比べて）劣っているのは判っているから、この活発な書生連中と競争する気持ちはなかった。仙元社を過ぎる。仙元社の鳥居は高さ五〔尺〕丈八尺（※約十七メートル）だそうだ。仙元社（※せんげんしゃ）とはやはり富士神社浅間神社（※せんげんじんじゃ）というのに等しく（※音《おん》が等しく）仙元という文字（※用字）はどこから来たものであろうか。また浅間と富士が同じというのはそもそも何故であろうか。思うに昔は浅間山が北の方にそびえて、噴火する時に丁度富士山が沸き上ってまた噴火するのを見て原始時代の人々のことば少なさに浅間（※あさま）と富士とを一緒にして、最初は富士をも浅間（※あさま）と呼んでいたものか、そうではなくとも、多少は右に似た事情があったに違いない。

仙元社の裏門から富士の裾野にかけて見渡せば、美しいことこの上なく広い野原には柴が茂り唯一面に広がる大野原であって、山もなく岡もなく川もなく水もない。昔源右府（※源頼朝）という人が自分の威光を輝かそうとしてこの広い裾野をうち囲み、古今に稀な大狩り（※富士の鷹狩り）をしたということが歴史に見える。吉田からこの高原を打過ぎて富士山の麓と定《き》まっている馬返し（※馬を返した場所）というところまで｛僅｝三里（※十二キロ）の間、｛灌木一つも見当ら｝木の影などは全くなく、ただ原の真中と思われるあたりに中の茶屋と呼ばれている一軒の休憩場があるだけである。

　馬返しはその名の通り、これから上は馬をも使えぬけわしい路で、吉田の馬をここから返すという意味であるらしい。この馬返しの茶屋にてはそばやうどんも出るけれど、これより上に登っては、食べ物はのどを通らぬものばかり（※おいしくないこと）。

　一合目は上りの始めでこの辺には多く登山の記念碑がある。三十三度（※登って）大願成就したどこの国のどこの村だれそれと書いてあるものが最も多くそのほか百八度（※煩悩の数だけ）登ったなどと書いている者もある。また注意をひいた記念碑には北口を開山した真行大人（※北口開祖は角行）とか記してあるのを見た。そもそも宗教の始まりは霊魂がこの世に存在するという妄信（※わけもなく信心すること、透谷は忘信としているが、書き違えであろう）に始まり、雷、電、虹、日、月、星等への想念から、霊魂が高い場所に留まれるということを妄信したところにあるにちがいない。だから我国にてこの富士山などの流行したのはもともと宗教が始まったばかりのころで、いつ登山の道が開け〔三文字消去、判読不能〕たのかは今では解らないけれど、真行大人が尽力してこの北口を開きつゝ、富士講社（※富士講とは山に入って修行する富士修験がおこり、周辺に宿坊もでき、江戸時代には庶民にも広がった。開祖角行は人穴と呼ばれる溶岸の洞穴で苦行を重ね霊力を得、お札《ふだ》により信者を得た）を結成し、その後に至り、隆盛を極めたというようなことはほかならぬ近年のことと思われる。

閑話休題。やがて二合目に到着した。二合目の景色はよくないわけではないが、四辺（※四方）の樹木にさえぎられて、視界が狭く限られ、やはり物足りない心地がした。三合目に入ると、景色の様子は格別で、高さもよし、目の力にかなう（※視界も開ける）こと、および四方に高い樹木なく、庭（※地面・野）の広さとさまざまの工合いも最もよいため、見える景色は美しく、右に山中湖、左に川口湖（※河口湖）の二つの湖の上に連なる山脈はまことに高くそびえたった甲駿（※甲斐国と駿河国）の山々である、と思われた。ここは景色が随一であるのみならず、多くの人々が昼食をとるのに適した場所であるので便利も大そうよい様子である。ここで昼飯の弁当を開き、腹ごしらえをした。見たところ、弁当茶代御一人前二銭とはり札があり、その外にも一食八銭五厘などといろいろなはり紙もある。やがて四合目に入ったが、ここは景色の見所もない。また五合目に進んだところ、ここより右に小御岳神社への道があり、富士〔二文字消去〕北方の一支山で五合目よりおよそ一里（※四キロ）ばかりの黒い山の頂上に立派な社殿があって、名高い宝物もあるとかにて、富士登山の人々はみな逃さず廻り道をする所である。五合目から六合目の間には、全く喬木（※丈高い木）の類なく、ただ〔岩石の上をはひあるく〕暴風に縮められ生長しかねた「いたどり」（※薬草）という一種の草があるだけだった。（※明治十八年七月、各地で水害が発生した。）五合目から六合目の間は、私が始めて富士登山の真苦難（※ほんとうの苦難）を感じた場所である。道路が急でそのうえごつごつしているので、足を痛めることは一通りではない。その上、同じ一合でも距離があって、前の二倍三倍にも相当し、上を向き目指す茶屋にと焦《あせ》るが、すでに多少疲労した弱足で急に険しい砂地に入ったりすることもあるので、なかなか身も心も疲れるばかりであった。

私が始めて富士山の雲と直接に交わったのは、五合目より上である。只みる！　眼前に水の流れるように、風の動くように、濃い雲が我が身をおおって、上に行き下に降って、ひとたびは全く景色をおおい、と思えばがらりと晴れわたり、或る時は川口湖だけを見《あら》わし、或る時は山中湖をも見わたすかと思えば、また全然何の景色も見えないようになるのを。六合目に入って休憩した時の心地は、実に〔死したるより〕生き返った喜びである。六合目から七合目までもなかなか難所で、その覚悟がなければならない。ただし六合五勺目（※六合から七合目の中間地点）に休憩所があるので心配ない。七合目にエボシ岩社というものがある（この辺は家屋の築造なし）。

七合目から八合目までの間は私は最も困難辛苦（※の場所）を覚え、わずか十町十五町（※一キロか一キロ半）ほどの登り道であるが、およそ二時間もかかったようだ。高方に登るに従って全く樹木の類はなくなり、すべて砂と小石だけなので、道が歩みにくいのであろうか。いやそればかりでもあるまい。今年は（※明治十八年）はまだ登山人（※登山者）が少ないので、（※この年は富士山の異状が伝えられ、登山者は五千人ほどであった。）今年（※これを書いているとき、明治十八年）の路がまだ踏み固まっておらず、踏みならされていないので歩きにくいだけではなく、先を行く人が誤って小石を杖でころがし落しなどするときはたちまち（※小石が）流れ星の勢い（※速さ）で飛び落ちてくるのでなまじっかゆだんして悪路を休むこともならない。遂に八合目へと到着した。日（※陽）は山頂に安らぎ、光も薄く、やがて西の影に落ちたころには寒さが膚にしみじみとしみ込んで、心を悩ます人が多かった。八合目は茶屋が一番多く、登山する人下りる人の休泊所となすだろう〔頂上はあまり寒くして〔休〕泊宿は少し〕。私もまた、ここに一夜の宿を願った。さてこの茶屋〔則ち岩屋〕の構造をかいつまんで話すと、前後左右に堅固な石垣を築いて暴風のふせぎとなしその中央に低い人家を牢固な材木で造るのである。その屋根は厚い板を積みなすもので、その上にたくさんの石を並べてある。窓というものは全くなく、入口は狭い戸でこの木戸口を閉じれば室内はまっくらとなる。茶屋の主人というものは強力等の社会とほぼ同様に、山が開くときのみ山上にこもり妻子も連れず修験道者を相手に暮らしているのである。私は疲労が激しいのと空気が稀薄になったことの二原因により、或いは腸が痛み下痢などして困り果てた折から夕食とても十分にはとれなかった。道連れのうち田辺氏のような人にはさまざま介抱してもらい有難かった。強力はかれの長どてらを取出し、茶屋からは蒲団数枚を借り受けて、漸く寒さをしのぐ山酒（※をいただいて）にころりと入眠した。翌朝（※二十八日）は四時ころからどたばたと皆揃って起出した。私はひとり戸を出て見れば、明月は皓々となかぞらに横たわり、霊山の四方に塵芥なく地界（※地上）（ここは天界なり）の風物山脈はただ蒼々《あおあお》としてそれ以外の色どりなく月の光によくみれば相模や甲斐の国の諸々の高山は蟻のように山麓に集ってみえるのも絶景である。社界は複雑なりとは誰が言ったか。目先ばかりみている人達〔顧みて〕、この景色をよくみて考えたまえ（富士山上より地界をみるのは餘り遠すぎる）。

漢詩を作る。（※読みと意味を付加する＝筆者）

　四望意気豪　山是不高気是高
　（※四ヲ望メバ意気豪ナリ　山ハ是レ高カラズ気是レ高シ）（※四方を臨めば意気上がり、山は高くないが気は高い）

仰天有涯地亦狭　心淵獨陶々
（※天ヲ仰ゲバ涯アリ地モ亦狭シ　心淵獨リ陶々）（※天を仰げば果てがあり、地もまた狭く思われ、心はのびのびと広がる）

代枕好有月　入夢枕上神出没
（※枕ニ代フルニ月アリテ好シ　夢ニ入リテ枕ノ上神出没ス）（※枕の代わりに月のあるのを喜び、入眠すると夢に神が現われる）

面是如月容如花　向我将何曰

（※面ハ是レ月ノ如ク容ハ花ノ如シ　我ニ向カヒテ将ニ何ヲカ曰ハムトス）（※神の顔はこれ月のよう容は花のよう、私に向かってまさに何をか言おうとしている。）

問我何国人　道是男児国之民

（※我ニ問フ何レノ国ノ人ゾヤ　道フ是レ男児ノ国ノ民ナリ）（※神は私に問う、お前はどこの国の人かと。私は答える、男児の国の民であると。）

男児国今在何処　不見地球浜

（※男児ノ国今何処ニ在リヤ　地球ノ浜ニ見ヘズ）（※男児の国は今どこにあるか？地球の浜にはどこにも見えない。）

是在地球外　皇々明光無汚穢

（※是レ地球ノ外ニ在リ　皇々トシテ明光汚穢ナシ）（※それは地球の外にある。煌々として光輝き穢れなき世界）

不能知是人与神　男児最可尚

（※是レ人ト神ト知ル能ハズ　男児最モ尚ブベシ）（※人か神か与かり知ることはできない、男児が最も尚ぶべきものである。）

神問男児仙　如今営宮有何辺

（※神男児ノ仙ニ問フ　如今ノ宮ヲ営ム何処ニ有リヤ）（※神が男児の仙に問う、今その宮はどこに

あるか、と）

則応雲間東方国　伴神共降天

（※則チ応フ雲間東方ノ国ナリ　神ヲ伴ヒテ共ニ天ヲ降ル）（※則ち答える、雲間東方の国であると、神と共に天を降る）

萬里駕雲隊　飄蕩踏跡南又北

（※万里雲隊ニ駕シ　飄蕩トシテ踏跡ス南又北）（※万里を雲に乗り、南北にさすらい歩む。）

遙得我国瞥一視　嘲容見神態

（※遙カニ我ガ国ヲ瞥一視シ得　嘲容神態ニ見ハル）（※遙かにわが国をちらりと一べつすると、あざけりの様子が神の姿に現われる。）

当年気不盈　男児心腸追日軽

（※当年気盈チズ　男児ノ心腸日ヲ追イテ軽シ）（※今はまだ気が満ちない、男児の心・腸（体）は日を追って軽くなっている。）

美酒為池悉沈酔　我独咄一驚

（※美酒池ヲ為シ悉ク沈酔セリ　我独リ咄一驚ス）（※美酒が池のようにあり、皆揃って酒に酔っている様子である。我ひとり「咄《ちぇっ》」と舌うちする）（※「咄」は禅問答で相手を叱りつける時使用される語）

神則整奇薬　酔漢比起交雄躍

（※神則チ奇薬ヲ整フレバ　酔漢比ビ起チ交雄躍ス）（※神が奇薬を用意すると、酔漢はそろってとびはねる。）

比薬能振男児心　使胸中綽々

（※此ノ薬能ク男児ノ心ヲ振ルイ　胸中ヲシテ綽々タラシム）（※この薬は妙薬でよく男児の心を奮いたゝせ、胸中をゆったりと落ち着かせる。）

夢乎也惘々　身在蓬莱高嶽上

（※夢乎マタ惘々　身ハ蓬莱高嶽ノ上ニ在リ）（※夢か！またぼうぜんとしてしまったが、我が身は蓬莱山上にあり。）

不得奇薬我常悩　尚恃五尺杖

（※奇薬ヲ得ズ我常ニ悩ミ　尚五尺ノ杖ヲ恃ム）（※奇薬を得ることができないので私はいつも心を悩まし、なお五尺の杖ばかりをたよりとしている。）

右の詩体（※五七七五句）は私も始めての試みで、不都合も多いが実験的に作ってみた。読者よ。許せ。

四　御来迎からお鉢めぐりそして下山

しばらくするうち、朝陽《あさひ》が東の空に上ると、信神者達（※信仰心のあつい人々）は一せいにお経を読み上げた。やがて吉田から強力が持参してきた、切餅を焼いて（神聖の儀式ノ中ナリ）朝飯の代わりとする。私は下痢がまだ止まらず、ずい分困難を極めた。朝食が済んで思い思いに杖をとり寒さをしのぎ出立しはるかに頂上をめざして攻め上った。

　このように上り来るにつれて、山はいよいよ険しく、路はらせん形を成して（※曲がりくねって）岩の上にあるので、上を見ればただ｛頭上｝柿の木にでもよじ登って柿の実でも取る積りでそろりそろりとやってのけるのみだ。九合目はまだ茶屋が開いていない。遂に頂上へと到着した。頂上に着いたのは午前八時頃とも思われ、あの（※強力から借りた）長どてらを被《かぶ》って手を袖に入れて歩いたが、寒さはしみじみと（※身にしみ）忘れがたいほどであった。三月ころの気候と同じく、地面には霜柱があるのを見た。笠や杖を（※置き）どっかと茶屋にねころんでしばらく正体を失くしていたが｛程なり｝、甘酒にて気力をつけ再び立上っておら富士（※山頂）の世界一周（※お鉢めぐり、富士山頂の火口の周囲を廻ること）に出かけた。そもそも遠くから見た富士の高嶺の山頂は美しいのに引換えて、足の疲労はやめてもらいたいと思うような数多くの岡陵（※丘陵）がでこぼこしてとりわけ剣の峯（※剣ヶ峰、日本最高峰）などは、格別困難である上に危険というべき外《ほか》はなかった。剣ヶ峰は富士山の西方に見える所で最高の峯である。北には釈迦のわれ石と言う高い峠があり南にも一カ所高い所があってこの三カ所あるがため、不二（※富士）の景色の美があるのだと知るべきだ。けれどこれを一周するには、皆岩石で成立ち、西の部分は最も〔直立し〕険しく梯子で登るところも二カ所あり、一つでも疲労した足を踏み〔損じ〕ちがえたりしたらたちまち駿河国（※静岡県）大宮まで流星の如くに焼け落ちることも知らなくてはならない。剣ヶ峯の東に浅間神社という社があり、またここで銀明水というのを飲む。剣ヶ峰の頂上は則ち富士山の絶頂なので、格別に心もちがよかった。漢詩を一つ（※作った）。

自驚天地大　恍視山川一様清

（※自ラ驚ク天地大ナリ　恍トシテ山川ヲ見レバ一様ニ清シ）（※大いなる天地の偉大さに驚き、うっとりとして山川を見れば一様に清らかである。）

感情出憶外　悠然下瞰白雲行

（※感情憶外ニ出ル　悠然トシテ下瞰ス白雲ノ行クヲ）（※思いは憶外に出て、悠然として白雲の流れゆくのを見下ろす。）

ここから景色をながめると、西南方は逆光にて見分けがたく、西北の部分をよくみても木曽諸山の山脈が連綿と見えるばかりで、その他はただ広くはるかにて雲もなく風もない。天の色地の色いずれもこれだと見分けられず、想像する楽しさに入るのみ（※である）。やがて杖を立て直し、剣ヶ峰を下りてみれば、氷った雪が峰の影に積もって、いっそう寒い心を冷やされて、至って迷惑であった。登り道ではとにかく富士の雪を試食しようと思ったが、（※富士吉田口からの登頂）是《ここ》に至っては早や見るもいやな気持ちになった。今私達が一周する路すじは富士山上の平面でありその平面には鳴沢というへこんだ土地がありその渕を通り過ぎているのである。だから穴の中に陥る恐れと山の下に落ちる憂いと二つある。やがて釈迦のわれ石と呼ばれる峠路をよじ登って北方を見渡すと、かすかに富士沼（※富士五湖）の広さが見え、北越地方の山脈もありありと見えたのは幸いであった。金明水というのはわれ石の麓にある。金明水も銀明水も非常に冷たくのどをすぎるトキ《ママ》〔気〕は気管もこおるほどに思われた。粗末な洞くつを井戸の傍に結んで一人の〔留番〕老人（※がいた）。しかしその収入は決して少額ではないだろう。なぜならばあの信神者達は皆この水を数十里（※三十里として百二十キロ）外に運び行くため、竹筒やブリキ（※管）などを用意してきているほどなので、こみ合う時は一日の収入は一円にもなるほどと聞いた。このときなだれによって鳴沢の中にごうごうと石つぶてもろとも落ちてきた音には驚かされた。さて最初は噴火口であったものに相違なくその後次第にこの雪のように崩壊して遂には今日のようにその深さを改めて広さとなったものにちがいない。今ではごみためいや雪だめというべきも、深い噴火口とは見分けにくい。そんな理由からこの富士世界一周の旅路（※お鉢めぐり）は五十町（※五キロ）と言われている。金明水〔を〕より登ってもとの茶屋に到着した。ここで甘酒とぼたもちで腹をふくらませ、やがて下り（※の途）に着いた。下りの道は（※上りとは）ちがってただ一直線に小石の上を走り下りた。飛び過ぎないように足元を用心して杖を突立て突立て（※しながら）わずかの間に八合目へと到着した。ここで草鞋《わらじ》をはき代え、またかかとの方へ二重鞋を結びつけてその他に二足の鞋を腰に結びつけ、やおら砂走《すばしり》へと赴いた。砂走というのは上り道のやや北側であって、五合目までの一番の砂路である。ここにはやはりらせん状（※に曲がりくねった）の路筋があって、そこを惜し気もなく飛び出すのである。けれどもあまり勢いを入れすぎるときは〔直さか〕、まっさかさまに五、六間（※九メートル）も飛びすごし、遂には非業の死を遂げる場合もしばしばある例もあるようである。私もやや勢いづいて、非常に困った時もある。しかし次第に勢いをそいで、ようやく安心できるところまで来た。この旅路は実に早く、はるか先に見える旅人も鞋を結んでいるうちに、たちまち追いついて、先になり後になり、足の疲れを休む暇もなく、六合目へと到着したのであった。ここに面白い話（※エピソード）がある。あの二重鞋というのはむづかしいやり方で、強力の話によれば以前ある強健な旅人がいて強力と足力を競い合う約束をした。しかし強力は上りに重い荷物を持った疲れもあり、また帰路も少しの荷物があるので、きっとあの客を追い負けることは疑いようもない。そこで悪だくみをしてその客の前であの二重鞋を結んだところ、果してその客がこれをまねた。やがて出発しその客は一目散にとび下り、やがて鞋のひもが切れたので更にとり換え二重鞋を結び終えたころ強力はゆっくりと後ろから来る。その客はまた一目散に飛び出したがしばしば二重鞋がはね上ってこれを直している間に強力はゆっくり歩いて六合目へと着いてしまった。そこで約束によって二円のおかねを得たということだ。

〔余は〕六合目から小御岳神社へ廻るのを通例とするけれど私はもはや一歩も考えもなしに歩くことはできないと思って、杖にすがって、五合四合と（※下り）ようやく〔稍動物〕馬返しへと到着した。もはや私の足は棒のようになり、決して曲らないものとなっていた。幸いなことに吉田へ戻る馬があって、ひとまず安心した。ここでうどんを食べ（※透谷の俳句に「極楽はすゝる温飩《うどん》のけむのうち」（明治二十四年十月三日、日記）という作があり、この時のうどんも極楽であったことだろう。）腹を整えて（※こしらえて）しばらく景色を眺めたがあまり煩雑になるので、ここには記さない。またこの馬というのは江戸っ子などには分らないだろうが、元来旅の客を当てにする（※目当ての）商売でずい分よい給金とりになる者であるとの話である。〔裾野八三里〕馬返しより胎内という穴（※人穴かもしれない）まで半里（※二キロ）ばかりであると。しかし（※ここは）格別珍しいものではない。めずらしいものといえば、馬上でみたまむしである。非常に大きな的（※まむし）で、強力たちはじかに棒で一むちくれ頭を押さえつけて、やがて皮をくるりとむきその肺臓の大きさが豆のようになる（※小さくなる）のを取ってたちまち上手に呑みこんだ。三里の原の中の茶屋の薄茶も尊い、水梨子原、雲に途中をさえぎられた富士の景色を見廻りながら遂に吉田へ入ってしまった。

右のほか（※にも）富士の登り（※富士登山）に種々の話しをすべき事がある。動物界の様子、植物界の有様、数学上の考え、地質学上の研究もすべて必要な記録であるが不学無識（※浅学）の私はもともと浅い見解に楽しむ心（※のみ）。向こうの山は尾張の山こちらの湖は富士五湖とただそれとうなずくのみである、詳しくは世の学者社界にたずねたまえかし。

富士山遊の記臆

明治十八年夏中（※明治十八年夏）

昼寝の隙を見（※昼寝の合間にて）

て起草す但し（※稿を草す但し）

当分清書せぬ者（※当分清書はしないもの。）

に候（※である。）

「富士山遊びの記臆」解説

一、どのような事情のもとに、富士登山は実行されたか、またそれは何時のことであったか。二、透谷は富士山に登り何を考えたか――漢詩紀行文である点を中心に――。三、桃紅処士という署名の意味。

以上の三点について解説を試みたい。

一、どのような事情のもとに、いつ富士登山をしたか

明治十八年八月、昼寝の合間に「富士山遊びの記臆」を書くに至る透谷の閲歴を辿ってみよう。北村透谷は明治元年（一八六八）十二月二十九日（陰暦十一月十六日）、相模国小田原唐人町に生まれた。生家があったのは旧唐人町（現小田原市浜町）の小田原葺きの家である。小田原藩医北村玄快の長男快蔵と妻ユキの長男として生まれた。生まれた時門を新しくしたので門太郎と名づけられた。明治七年父大蔵省出仕のため、透谷の父母は五歳下の弟垣穂（のちに日本画家、丸山古香）を伴い東京に移住した。残された透谷は祖父と継祖母に養育された。明治十一年祖父が中風で倒れ看病のため、快蔵は官を辞して一家は小田原に帰る。翌年垣穂丸山家の家督を継ぐ。明治十三年小田原の小学校五年生在学中の透谷は、父母弟とともに上京、銀座煉瓦街二等煉瓦家屋に移り住み、京橋区の泰明小学校に転校した。十年泰明小学校を卒業した透谷は、神童の誉れ高く卒業式場で「空気及び水の組成」という講演をした。十六年には神奈川県会の臨時書記となり、横浜居留地グランドホテルのボーイとなる。この頃、八王子自由民権運動の政客大矢正夫、秋山國三郎、石坂昌孝・公歴父子らと知り合う。九月に東京専門学校政治科に入学。十七年といえば一歳上の夏目漱石が東京

大学予備門へ入学した年であるが、透谷は横浜でガイドになり、「土岐・運・来」と染めだした印半纏を着て東海道筋で小間物の行商をしている。明治十八年、七月頃政治運動の盟友と訣別、「此年、生は各地に旅行し、風景の賞味家となれり」（明治二十年八月十八日付ミナ宛書簡）。七月二十四日から八王子経由で富士登山を決行。八月「富士山遊びの記憶」を「昼寝」の合間に書く。九月、東京専門学校英語科へ再入学した。

「富士山遊びの記憶」本文からわかることは、一、富士登山は七月二十四日から二十八日、四泊五日の旅であったこと、二、旅程は、甲州街道高井戸〜府中〜八王子（ここで夕立に遭い雨宿りしたこと）〜秋山宅にて一泊、〜吉野〜犬目宿〜下吉田〜羽田穂並〜八合目〜二十八日登頂の順路であったこと、などである。これに社会的事情を勘案すると明治十八年三月三日の『東京横浜毎日新聞』に〈この年の富士山の雪解は早く麓の渓流井戸水は涸れ、飲料水にも事欠くかと思われた、仏暁には絶頂より煙りさえ見え、人々は富士山の異変を恐れ、祠官達は大島居を建て厄難除けの大祈祷を用意した〉とある。また、十八年七月三日・四日・十日の『東京日々新聞』には、〈明治十八年七月は各地で水害が発生し〉、十八年九月一日の同紙には、〈登山者五千人、例年より少ない〉とある。この年、富士山の異状に加えて各地で水害が発生、登山者は五千人、例年の五万人に比べて少なかったのである。本文にある、五合目から六合目の間に「風や暴に縮められ生長（※育）ちかねたる「いたどり」の観察により、この年の水害の発生が証されよう。

透谷の内的意識に即してみれば、富士登山は、自由民権運動離脱以前か、以後か。明治十八年六月二十日、大矢正夫が大井憲太郎から軍資金獲得のための強盗を打診される（昭和2・8、『大矢正夫自叙伝』）。六月二十三日要請を受入れる（同上）。六月二十三日から七月二十三日の間に透谷は大矢から誘われる。「三日幻境」（明治25・8・13）にある三度目の幻境訪問が盟友と決別したときであり、富士登山往路訪問の秋山家にて離脱宣言をし（七月二十四日）、その足で翌日早朝に富士山に向かって出発したのである。十一月大阪国事犯事件は発覚し、民権運動は衰退していった。登山の時期を明治十八年とする根拠はあと一つ、七合目から八合目にかけての十七枚目の記述にある。「七合目より八合目までの間は（八の変体仮名）余最も困難辛苦を覚え僅十町十五町の登り道な（奈の変体仮名）れ（連の変体仮名）ど大約二時間も費せしな（奈の変体仮名）らん、高きに（爾の変体仮名）登るに（爾の変体仮名）従ひ全く（久の変体仮名）樹木の類な（奈の変体仮名）く（久の変体仮名）悉く（久の変体仮名）砂礫のみな（奈の変体仮名）れ（連の変体仮名）ば（八の変体仮名に濁点）道の歩みの難きのみか（可の変体仮名）は（王の変体仮名）、今年は（八の変体仮名）まだ登山人の少な（奈の変体仮名）きが（可の変体仮名に濁点）故今年の路はまだ定まらず（春の変体仮名に濁点）踏な（奈の変体仮名）らさゞるが（可の変体仮名に濁点）故に（爾の変体仮名）歩みに（爾の変体仮名）く（久の変体仮名）き（幾の変体仮名）のみな（奈の変体仮名）らず（春の変体仮名）、」（傍点筆者）という箇所である。登山者が少ないということ、またもしも登山が十七年であったら「去年の路」、十六年であったら「一昨年の路」と書くのではあるまいか。昼寝の合間に書きつけた草稿であることを重視すれば、なおさら「今年の」には、直近、即ち素直に明治十八年としたくなる。書いているその年が「今年」と考えられる。

二、富士山に登り何を考えたか―漢詩紀行文である点を中心に―

漢詩を挟みつつ進行する紀行文であるから、俳諧紀行になぞらえて漢詩紀行としてみたい。漢詩の部分によく情念が表白されている。

往路吉野宿にての七言絶句には勝景は世俗の汚れを洗い流してくれるし、そればかりか神仙さえも呼び出してくれる、酒杯は俗事のこと、私は涼風に身を任せ、静かに天を仰いで笑う、出世間的な伸び伸びとした気持ちが謳われる。俗事が身に重いのである。

富士山八合目での五七七五句には、最も内面が吐露されている。富士山八合目、心は大いなるものに包まれ眠ると、夢に美しい神が現われ、神と共に「東方国」に降りてくると、その国の人々は美酒に酔いしれている。神はその様子を見て嘲り私は驚き舌うちするばかり、叱りつけることばも出ない（とつは禅問答で相手を叱りつける語である）。そこで神が奇薬を調合して与えると酔漢どもは揃って雄躍するようになった。このような酔漢どもの姿は自由民権運動期の青年壮士たちの「彼等壮士の輩何をか成さんとする、余は既に彼等の放縦にして共に計るに足らざるを知り、恍然として自ら其群を逃れたり、彼等の暴を制せんとするは好し、然れども暴を以て暴を制せんとするは、之れ果して何事ぞ、」（明治二十一年一月二十一日、石坂ミナ宛て書簡）と後に表白されるような、壮士たちの酒に酔い乱舞している政治意識への批判、憂国の思いの早い時期の表現である。しかし夢がさめれば、壮士たちの様子は依然として変わらず、自分も奇薬を得ることが出来ないので、五尺の杖を頼りに進むしかないという孤立無援の状況が謳われている。ここで五尺の杖だけが終始透谷の友である。

次の富士山絶頂の五七絶句には、富士山頂から見る天地の雄大さに驚き、はっきりとは見えない山川もぼんやりとして美しく、想いはくさぐさの記憶を断ち切り、悠然として白雲が漂う下界を見下ろしている、と超俗的なすがすがしい気分を味わう境地である。現世にありながら、そこはあたかも他界である。

一歩一歩大地を踏みしめながら歩行する風景を観察しながら、世界と自分の今を漢詩につづり、外と内の現実を映し出す漢詩紀行となっている。

また「富士山遊びの記臆」には、「青菜」のような車屋とか、不景気な町の様子とかの民衆に寄せるまなざしに重ねて、「貧しき書生」「この身は用なき世に」「井の中の蛙の分際」などと自己を規定し、と同時に、「保守党主義に立て」こもらず「世を整へん」という志士的情熱も書き込まれている。民権離脱後の自己の定位を求めて書くことを始めた自己内省の書であった。

三、「桃紅処士」という署名の意味

最後に署名の桃紅処士について誌したい。

詩人北村透谷は、三十に近い雅号を持っている。明治十八年に書いた「富士山遊びの記憶」の署名は「桃紅処士」であった。現代の書家にして水墨作家「篠田桃紅」（大正二年三月二八日〜）と同じである。篠田桃紅の雅号の由来は、『詩格』・『禅林句集』中の「桃紅李白薔薇紫」から明治生まれの父親がつけたものであった。

透谷のほうは明治十八年夏までの署名は、漢詩に付けられた「北洲寒生」の号などがあるが、「桃紅処士」という名で書かれたものは、後にも先にもこの「富士山遊びの記憶」一篇である。

現在までに、透谷の十代の日記には「桃紅日録」と名付けられたものがあったと言われているが、これは関東大震災時に四歳下の弟垣穂が持ち出して焼いてしまったとされている。また、ミナ夫人が言ったという「十七歳の頃、桃紅の名を以て北海道の某新聞に小説を連載した」（福田正夫）という伝説もあるがこれはまだ誰も見たものがない。とはいえ、透谷は満十六歳の頃には「桃紅」の号に親しんだ時期があったであろう。

透谷はどこから「桃紅」ということばを引いたものであろうか。芭蕉好みの透谷からすれば、「桃青松尾芭蕉」の号をもじって、「青」を「紅」にかえて付けた署名かとも思われるが、断定できない。

芭蕉は江戸へ出てくる前の若い頃、京都で禅林生活をしたことがあったらしいから、「桃青」なる俳号は「桃紅李白薔薇紫」をもじって付けたものであったかもしれず、透谷の方はその「桃青」を「桃紅」に代え、『禅林句集』からの句をそれに重ねて採用したかもしれない。

島崎藤村の自伝的作品の一つとしてよく知られる『桜の実の熟する時』（大正五年〜大正七年）に以下の記述がある。

小半日、青木は捨吉を引留めて、時には芸術や宗教を語り、時には苦しい世帯持の話をしたり、世に時めく人達の噂なぞもして、捨吉をして帰る時を忘れさせた。ある禅僧の語録で古本屋からか見つけて来たといふ古本までも青木は取出して来て、それを捨吉に読んで聞かせた。

青木は声を揚げて心ゆくばかり読んだ。

と。ここで青木は透谷、捨吉は藤村として読んでもよいモデル小説である。青木が取出してきた「ある禅僧の語録で古本屋から見つけて来た」書物とは何だろうか。残念なことに透谷の蔵書目録は残されていない。二十五年九月の日記に『性霊集』からの引用があるが、集中に「桃紅」の語句は見いだせなかった。

透谷と禅宗——はたしてどのような関連があるのであろうか？

ここでいう「禅僧の語録」とは、禅語の語彙集、「室町期から次々と編まれ、心の指針を与えてくれる金句集」（足立大進）として読まれた『句双紙』（寛文十七年〈一六七七〉刊。『寸珍叢書第二輯』一三一こま目、明治41・11、すみや書店）や『増補首書禅林句集出所付』（東陽英朝編、貞享五年〈一六八八〉刊）から採った当時の『禅林句集』（現在足立大進編『禅林句集』、平成21・4、岩波書店、三六六頁）であるなどと考えてみるのはどうだろうか。もしも透谷が『禅林句集』を所有していたとすれば、「桃紅処士」の号は、「桃青」のもじりとはまた異なった意味合いを帯びてくるのである。

篠田桃紅の名付けが『禅林句集』に由来することは先にも述べた通りだが、この『禅林句集』中には、「桃紅李白薔薇紫／問著春風総不知」（とうこうりはくしょうびし／しゅんぷうにもんじゃくすれどもそうにしらず」）という七言句がある。春の風は一様に吹くのに、開く花はそれぞれである、春になれば桃は紅く、李（すもも）は白く、薔薇は紫に咲くだろう。それぞれが持って生れた色に応じて花は咲くのだろう。それを何故かと問うても何故かはしれず、ただそのままに受止めればよろしい、ということであろう。「花は紅柳は緑」（「柳緑花紅」、ありのままに、禅宗で悟りの境地）と同様に、ものには自然の理が備わっている、ということである。

そうだとすれば「富士山遊びの記臆」にはどのような禅味が溢れているだろうか。

富士山頂をめざす道者たちの一行と交わり禅的な悟達への道を探る自力の修行者の心に近づいた時、「桃紅処士」と署名する心組みが生じたのではないかと仮定してみたい。自由党左派急進的な同志たちに誘われ、これを断った時の民権運動離脱の決意は容易なことではなかった。この決意を懊悩から救ったのが富士登山であった。民権運動離脱宣言直後の思いを込めて登山記に「桃紅処士」と署名した。「自己の持前のままに行く」決意である。

自家製の「勝本版『透谷全集』(全三巻) 固有名詞総覧およびその頻度表」により、仏教・禅宗関係の作品・語句を拾ってみると、意外と多いことに気づく。「徳川氏時代の平民的理想」「他界に対する観念」「国民と思想」「我牢獄」「宿魂鏡」「西行桜」「西行伝」、西行法師・禅学・坐禅国・禅僧・仏教等々がある。明治二十年八月十八日付のミナ宛書簡には「生は常に学問の仕方は自ら脩め自ら窮むる禅宗臭い説を持ち居けり」とある。明治二十一年一月二十四日付の石坂昌孝宛書簡には「小僧元来さとりを開くを以て目的……気が狭い事にあきれますよ」とある。「文界近状」の「坐禅国」には「日本を呼びて坐禅国といふものあり。禅は実に日本に於て哲学上、文学上、宗教上の最大要素なり」(明治25・11) と、禅道の人星野天知 (透谷は川合山月に、〈星野君はだるまみたい〉と評した) の紹介があり、「心の死活を論ず」には只管打座即ちひたすら坐禅を実行する先に「その静は何時にても大に動くことを得るの静なり。而して静なる中に大なる自信あらば、その静は大に為し得るの静なり」(明治26・1) と、「虚無」とは対立する意を滲ませている。富士登山する透谷にとって、乱舞する壮士たちから離れ自由民権運動の急進的な朝鮮革命計画の資金獲得のための強盗決行を断り運動から離脱せざるを得なかった透谷にとって、人生の真相を見、煩悩を解脱する禅的志向が

「桃紅処士」の署名に生きているようだ。富士山体験は参禅体験であったかもしれない。

おわりに

明治十八年の北村透谷による吉田口からの富士登山記録は以上のようなものである。今から百三十年前の富士登山の、時々刻々の記録だ。徒歩で、一部人力車と馬で踏破した。交通事情の全く異なる時代である。すげ笠雨簑草鞋脚半に五尺の杖を持つ。その出立ちはむしろ元禄時代に近い。明治二十四年友人と富士登山をした夏目漱石は着物に頭陀袋のような荷物を持ち、五尺の杖を握っている。甘酒しる粉ぼた餅うどんは今に残るいやしの味である。今は砂糖水はみかけない。

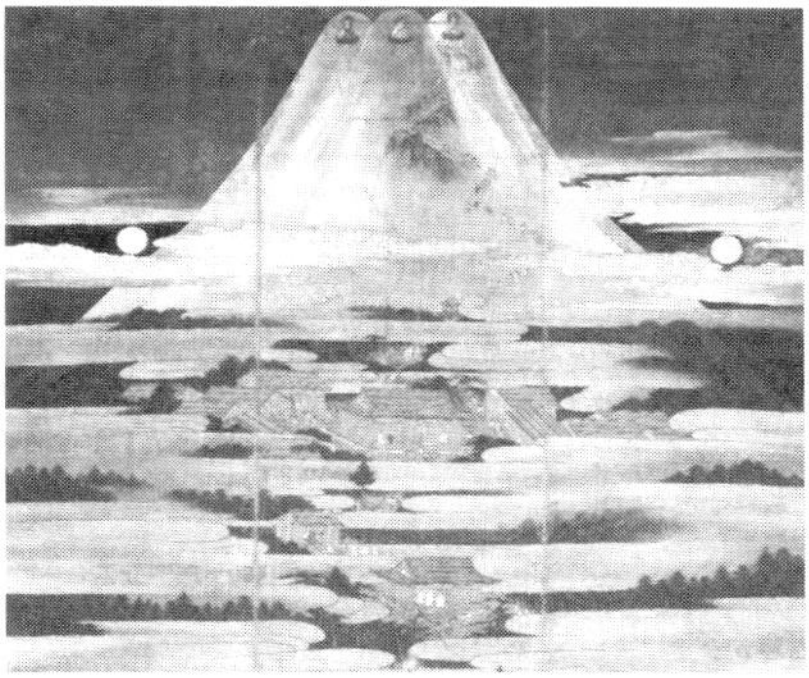

富士曼荼羅図　室町

修験道者も書生連中もむろん透谷も富士山頂をめざした。山に霊的な力、蘇りの力を見出している。天上に近いところで身を新たにし、地界の塵埃をふり払う。身を清め再び下界に下り立つ。透谷の漢詩には、時代、俗界に寄せる、悲憤慷慨の調子がある。同時に自己の無力感のような

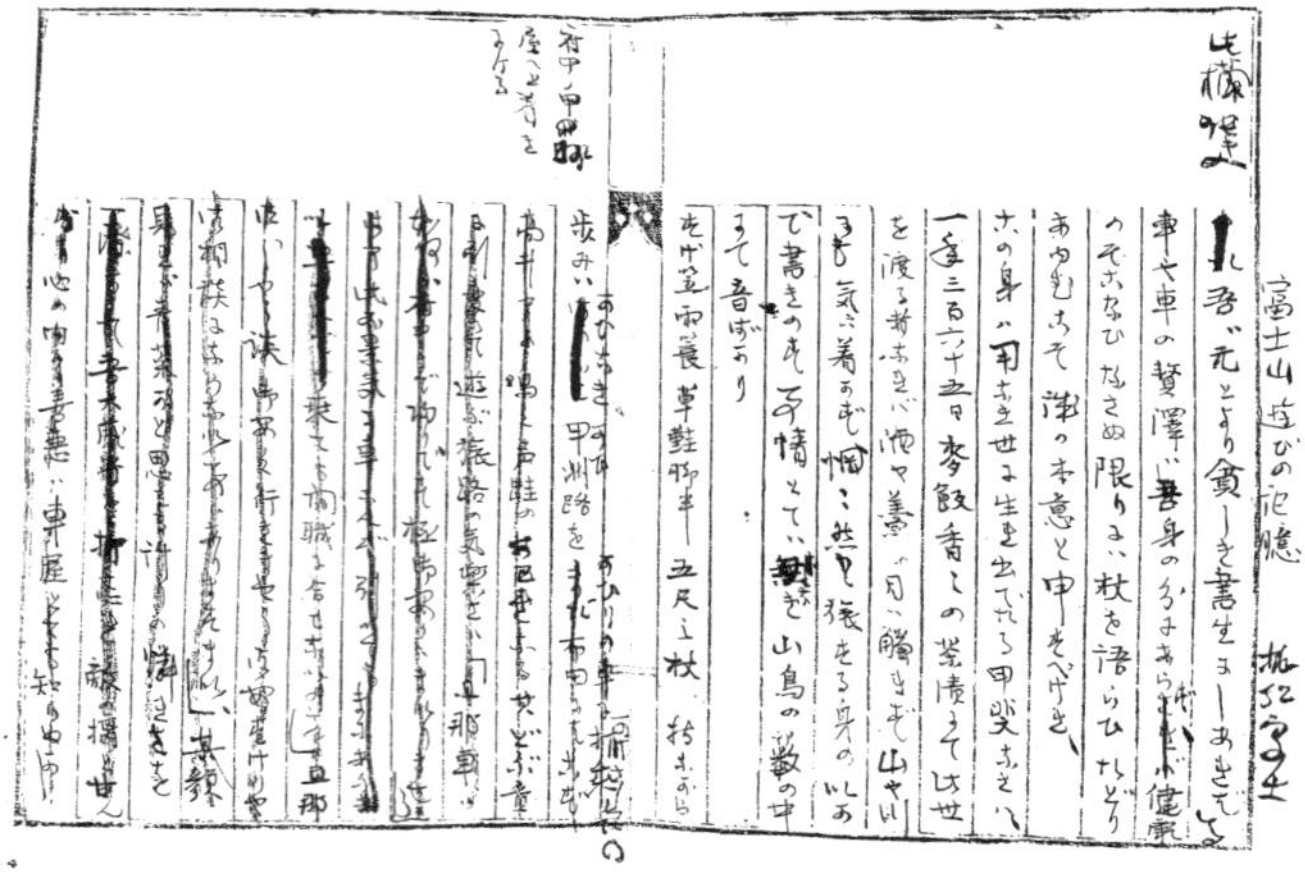

透谷の自筆稿「富士山遊びの記憶」一枚図

ものも表現されている。なぜ山に登ったか。天上から地界を臨み、今を識り、再び英気を養うために。真理を得るために。

透谷にとってはこの富士山体験が『蓬莱曲』（明治24・5）本篇と、極楽に向かって船を漕ぐ別篇を書かせた。切実な自己発見の場であった。作品の源泉を『マンフレッド』（バイロン）や『ファウスト』（ゲーテ）、『神曲』（ダンテ）などに辿るのは是としても、それらからの換骨奪胎であるとのみする誤解は、この「富士山遊びの記憶」を読めば氷解する。のちに「富獄の詩神を思ふ」（明治26・1）も書かれた。

富士登山は修験道者達の山岳信仰に源を発する。登山者たちは一合目から頂上を極める険しい徒歩登山に何を求めたことだろう。日本の最高峰（標高三七七六メートル）の富士山は古代以来信仰の対象であり、平安時代からは富士を霊場とする修験道者たちの登山が始まった。室町時代になると庶民にも浸透し、富士信仰が成立した。富士山への参拝を目的とした信仰集団即ち「富士講」は、江戸時代には御師《おし》つまり神に対する信者の祈願の仲立ちをする職能者の活動により、富士登山が一般化した。江戸時代後期には尊皇思想とも結びついて勢力を拡大し、幕府はたびたび富士登山禁令を出して統制したりもした。

平成二十五年（二〇一三）六月二十二日、富士山は世界文化遺産（「富士山―信仰の対象と芸術の源泉」・富士山二十五の構成資産）に登録された。それまで毎年三十万人前後であった登山者は更に増えつづけている。宝永四年（一七〇七）の大噴火以後活動を停止しているが、富士山もまた活火山であることを想起しよう。と同時に、日の出を迎える「御来迎」がいつのころからか「御来光」表記に一般化した。現在でも「御来迎」の表記は使われているが、これには、日の出または日没に山頂に立つと、その姿が霧に映り、映像の頭部に鮮やかな色彩の環が現われる、その空中の現象が阿弥陀如来が背光を背にした来迎姿に見えるところから来たと言う意が籠められている（中村元）。「御来光」表記には、日の出の意味が強調されて、臨終の際に仏が来て、その人を浄土へ迎えるという思想が薄れている。富士信仰のもとにある死と蘇りの仏教思想を想い起こしたい。

【参考文献】

安藤英男『雲井龍雄詩伝』、昭和42・3、明治書院

緑亭主人『雲井龍雄』、明治30・1、民友社

※原本の複写を許可された堀越宏一氏、平成二十六年八月二十三日から一カ月にわたり、「北村透谷没後一二〇年記念展」（小田原文学館）を担当された市立小田原図書館の白政晶子氏・鳥居紗也子氏に感謝申し上げる。

（初出・平成28・7、改稿、書き下ろし。一部平成26・12、三弥井書店、ソシオ情報シリーズ14、原題「明治十八年の富士登山記―うけつぐ心―」。一部平成27・12、三弥井書店、ソシオ情報シリーズ15、原題「篠田桃紅と桃紅処士」より）

コラム

小田原

バランスをとりながら思考する

『槇林滉二著作集』（全三巻）（槇林滉二）

『槇林滉二著作集』全三巻が完結した。第一巻「北村透谷研究　絶対と相対との抗抵」、第二巻「明治初期文学の展開　後退戦の経絡」、第三巻「日本近現代文学の展開　志向と倫理」である。表題にみられる通り、本書には著者の三十三年間にわたって書き継がれた論考七十二篇、古くは昭和四十一年五月の広津和郎論から近くは平成十年十二月の倉田百三と西田幾多郎論までが収録されている。束《つか》にして九センチ、一三一三ページの大冊、小田原の人北村透谷研究を主軸に、明治初期の文化と文学の動向を鮮明にし、それに繋がる近代現代文学の世界を開示している。還暦を区切りとした半生の集大成である。

　この三巻から立ち上がってくる風貌は、一言でいえば〈士〉の世界である。〈志〉の奥行といってもよい。無論、登場する女性の名前が樋口一葉と星良と北村ミナと富井まつだけだから、と言うわけではない。川上眉山との対比において、「にごりえ」と「十三夜」の作者ははるかに「気骨」ある「自我」の人である、と捉えられている。この場合、〈士〉というのは、徳の備わった・気骨ある・欲望に流されない者を言う。〈志〉でもある。志士的内面の重層的な階梯を解き明かすこと、著者の関心はそのへんにもありそうだ。

　中学時代に田宮虎彦・中島敦を知り、卒業論文に中島敦を選んだ著者は、『狼疾記』『我が西遊記』『弟子』に入れ込み、中島を語るのか、私を語るのか混迷した。文学が己れを語るように、文学研究も己れを語っていいのでは、かく論定して、その堕を己れに宥した。」（三巻あとがき）とある。漢文漢学への思いが、中島敦志向と〈堕〉の表記法に溢れている。このあとがきに顕著な、たとえば「愚にして拙、こういった生や行は多くの犠を家族に強いた」というような漢語一語をもってする文体こそ著者の魅力である。思うに、漢文体は〈志〉を言いきるにふさわしい。中島敦の無行為性に「士」の意識をみる著者は、「士」を説明して以下のごとく言う。「第一には恥の意識、第二には義の意識、第三には正直の意識である」（三巻92頁）と。「人間として、ここまではゆずれるが、ここからは決してゆずれない」という「意識の世界」、「儒家」「士族」（三巻98頁）の意識かもしれないと述べている。

また、内質・内実・内化過程の追求こそが、著者の真骨頂である。書かれたものを通して、精確にその内容を読み取る。透谷の文章から内質・内実・内化の過程を分析し、〈バランス思考〉を跡づける。「相対の中にいて、常に絶対を求め」「信と不信」「理と背理」の「はざまに生き、生涯を迷った」と見立てる思考、「単純絶対否定の絶対志向からくる、バランスの思考」と説明される。悟りに到る迷いの道と言えようか。左右に迷い、揺れ、相対性の深淵を見極めようとすれば、この世はあまりに不確実性に満ちている。このプロセスを著者は〈バランス思考〉と名付け、透谷の思考運動の特長とした。詳しく言えばこういうことである。「民権思想を信じながらその極左の行動に対する批判から運動疑義へ、政治小説、寓意小説に志をおきながらも『仮時性』や憂国独善性を見ての離反、キリスト教論理に依りながら宣教師らの形式や偽善を難じてのキリスト教離脱、恋愛、風流への志向とそれらへの反発、そして何より内部生命論の確立とその内部の可能性への根本的な疑義。」「しかし、（中略）これらのすべては主論理の全面否定ではない（中略）『不信』の鋭さとともに、『信』に対する願いの強さにもある」（一巻73頁）と。「信」と「不信」のはざまで新たなる道を求めつづけた人だというのである。

このような〈バランス思考〉は、透谷にのみならず「マルクス主義を政治優先の権威主義、教条主義としてただに否定しきれない。さりとて、文学優先の論もただに主張しきれない」（三巻125頁）佐々木基一にも、「絶対をひめた、相対化の文学」（三巻300頁）井伏鱒二文学にも、著書が見出したものだ。昭和四十五年の論である「中島敦の世界」にも表現は違うが同様の意を表出している。即ち「その解明を期しながらも、彼はどんどんと深みにはまっていくことになる。何も信じられない。そういう不信がいつか、観念としてでなく、彼の感覚として体内にしみついてくるような気がする。」「この形而上学的不安の終極的命題の一つとして、冷徹な外界の悪意とでもいえるものを彼はおく」「冷徹な外界の悪意とは、人と人との約束事である倫理道徳を根底からくずしていくところの、人がずっと以前、原始の段階にもっていた、意識以前の世界のものなのである。」（三巻100〜101頁）と。著者は三十代のうちに、（バランス思考ということばはまだ出てこないが）絶対のゆきつく果てを観ていた認識の人だ。「冷徹な外界の悪意」の対極に、のちには大正教養派の「愛」「神」（三巻51頁）、姉崎嘲風の「信」（「精神の生命」）、綱島梁川の「見神」（一巻74頁）、透谷の「内部生命」「秘宮」を据えている。著者は、中島敦から透谷に深くかかわる研究者生活のなかで、〈バランス思考〉の究極を見出したものと思われる。その点で、透谷評価が出てくるのである。何故透谷か、の問いにたいする著者の答えである。安易に解答を求め固定化する危険を回避した点に透谷の深さを見たものと思われる。それは「こころ」において「国家の体制に応じた」漱石（一巻125頁）、「一篇の抒情詩」という鷗外（一巻75頁）（筆者が思うに「かのやうに」の鷗外）の「不信」に対置される構造をもっている。この漱石・鷗外を断ち切ったところに、現代に生きつづける透谷の批評精神を認めるのである。

このような道行の背景に、第二巻所収の欧化と国粋・自助と立志と修身・優勝劣敗と社会進化論のスペンサー哲学・キリスト教・眉山の虚無・民友社文化圏・『蘇峰自伝』の朧化の問題、蘇峰と漢文漢学の素養の意味、実利実行論に移行する蘇峰・横井小楠の実学思想・佐久間象山の民思想などを論定して、「一気なる近代化と総体なる後退」（サブタイトルの謂）のさまを叙し、第三巻所収の漱石「草枕」における妻の「魂鎮め」説、「行人」の「絶対を果たせぬうめき」、梅崎春生「桜島」の「悪の仮象」、火野葦平の「祈りと怨嗟」、小島信夫の横光利一的「関係小説」、井上靖「天平の甍」の構造上の問題点、北杜夫「夜と霧の隅で」の構図ほか、現代文学の志向と倫理を跡付けている。

透谷一生の論理過程を明らかにした〈バランス思考〉は、これからの透谷像の秘鑰となるだろう。著者が究極の世界像に「内部生命」「秘宮」を据えて、「他界」観念を「想世界」の「対象あるいは志向体」として「民権」挫折の次に位置づけているところに論議が沸騰するかもしれない。

（和泉書院、二〇〇〇年五月、二〇〇一年二月、二〇〇二年八月、九〇〇〇、九〇〇〇、八〇〇〇円）

（初出・平成15・6、日本文学協会、『日本文学』）

第二章　土佐帰全山

宿毛の山峡に生きる「婉という女」＊大原富枝＊

はじめに

本章では、作家が代表作を完成するまでの道筋を辿り、人と風土との結びつきを考えたい。〈トポグラフィー〉（地誌）の視点である。

一　テーマがやってくる

江戸時代から産科指南として活躍した女性には寛文《かんぶん》年間の渡会園《わたらいその》、文政の頃の森崎保佑、およびその門下生らをいくらでも挙げることができる。さらにさかのぼれば戦国時代直後、宿毛《すくも》に幽閉の四十年を送った野中婉《のなかえん》もそうであるし、奈良時代の「医疾令」以来女医の記載は決して少なくない。

（渡辺淳一『花埋《はなうず》み』、昭45・8、河出書房新社）

近代医学を学び、公許の女性医師第一号となった「荻野吟子《おぎのぎんこ》」の伝記小説『花埋み』に以上のような記述のある「野中婉」を「長い長いあいだ」「追い求めていた」人がいる。

大正元年生まれの作家大原富枝（大正元年九月二十八日〜平成十二年一月二十七日）である。

二　いつ心の中に棲みついたか

「もともと私の生まれた村は、婉にゆかりの深い土地であった。高知県長岡郡本山町は、婉の父、野中伝右衛門良継（号を兼山という）の領地であった」（「婉という女—古井戸に実在を見る」昭和48・6『私の創作ノート』、読売新聞社）と大原富枝は書いている。

小学校三年生のときの遠足で、土佐帰全山《きぜんざん》に行

野中兼山関係地図

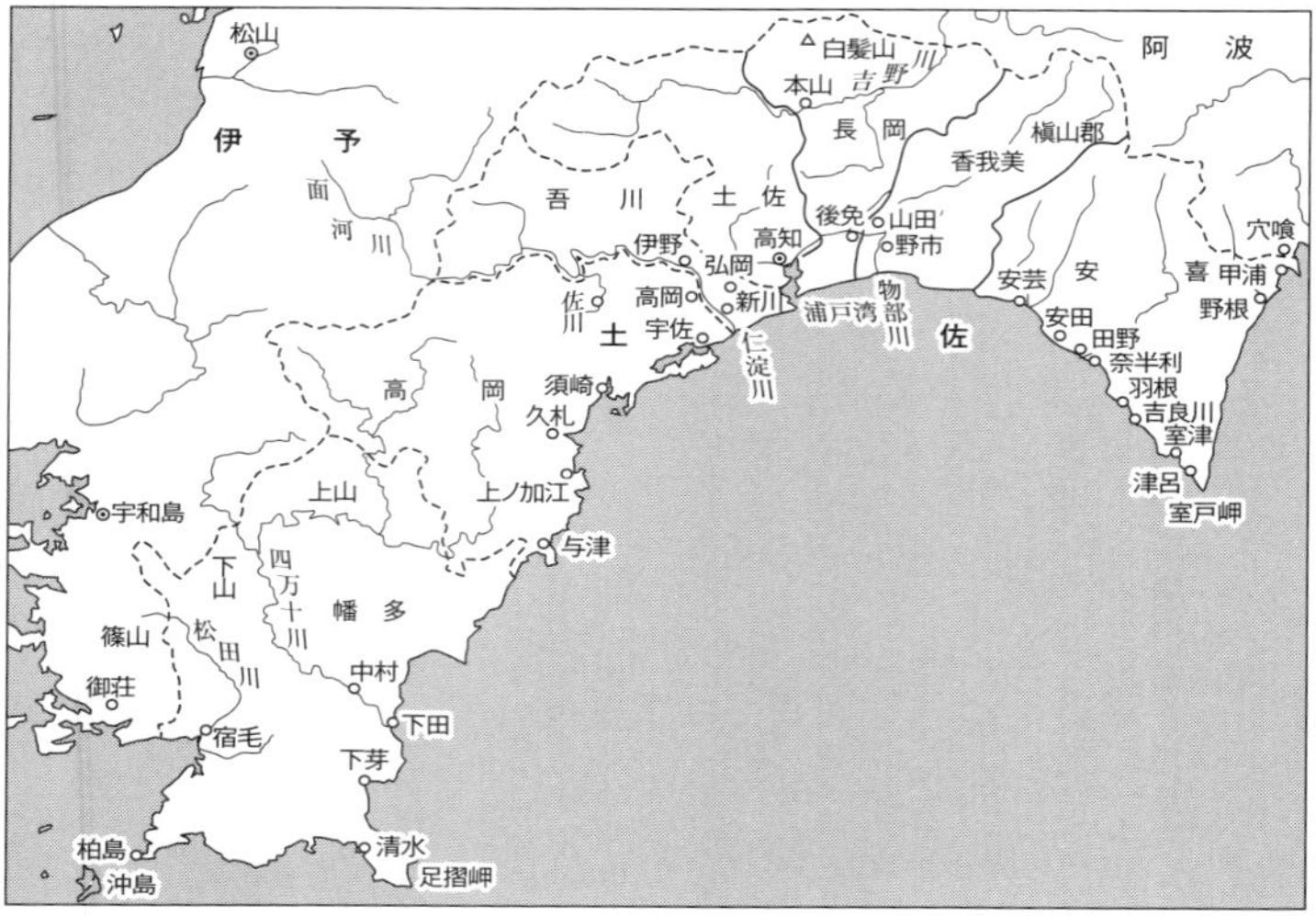

き、苔蒸した土まんじゅうと墓碑の傍らで先生が「これは土佐の昔の偉い政治家であった野中兼山のお母さんのお墓です」と話して、お辞儀をさせた。先生の説明は母親を儒葬で送ったというこの墓の成り立ちと、兼山の親友山崎闇斎の「父母全うして之を生み、子全うして而して之を帰す。孝と謂《い》うべし。宜しく帰全山と号すべし」に発する、帰全山命名の由来を語り聞かせた。

大原富枝は「この帰全山の優雅な丘陵のたたずまい、吉野川の真白い砂と青く澄んだ水、そこに眠る秋田夫人と彼女をそこに葬った（なにか新しい外国の礼儀でもって）息子の野中兼山、その親友とその母のために大層むつかしそうな文章を書いた山崎闇斎という学者たちに、なにかこう新鮮で学問的な、知的情熱を感じたのであった。ハイカラなものさえ感じたのであった。そこはかとなく未知の世界への憧れがそのとき少女の私に植えつけられた。なにか若々しく、思想的なものに対する情熱を、子供ながらに感じとったのであったと思う」（前掲書、傍点筆者）と書いている。「若々しく思想的なものに対する情熱」に反応する気質を大原富枝は自身に認めている。

帰って来て父にその話をすると、父はもっと詳しく話してくれた。「そのために兼山先生は（父は兼山のことを話すとき先生といった。そのころ兼山に敬称をつける人々は決して少なくなかった）幕府からキリシタンの嫌疑を受けて、江戸へ呼びつけられたものじゃ。キリシタンはご法度の時代じゃ」と。

娘の興味をまっすぐに受とめて、すぐにその先を開陳してくれる父親である。

国文学と歴史の好きな富枝の父は、高知城へも連れていってくれたし、山内氏を祀《まつ》った県社藤波神社で初代土佐藩主山内一豊の銅像も見せてくれた。藤波神社の奥かつて野中兼山邸のあったところにも赴き、古井戸を指して、「これが、お婉さまの産湯にもつかわれた井戸じゃそうな」といっしょにのぞき込みながら言う父であった。「ふさふさしたおかっぱの髪を揺すぶって」「庭を駈け回っている」「童女がそのときから私のなかに住みはじめた」（前掲書、傍点筆者）。中世には長曽我部氏の本拠であり、後に山内家の所領となった南国土佐は、儒禅一致の立場をとる〈南学〉の祖谷時中と、その門下野中兼山により、実践的儒学が形成されたとされる土地柄である。

三　小辞典によれば

実在の人物である「野中兼山（一六一五―六三）は高知県家老、儒学者、一六三一年奉行職に就く。養父直継の死により家督を継ぎ、六千石。谷時中について南学をおさめ、河川の改修、新田開発、郷士の採用、専売制の実施などにより藩制を推進したが、五四年独裁化し、六三年失脚、改易。即ち、家禄を没収され、士籍を除かれる」。『日本史小辞典』（山川出版社）によれば以上のように解説される。

野中婉は、その人の娘である。異母兄弟姉妹八人の三女であり、父の失脚によって四歳の時から幽閉四十年の歳月を宿毛の地に送る。男児の血統絶えてから二十年余を朝倉の里に暮らす。薬の調合を生活の資としながら――。

四 手紙を手帳に写す・足で書く

こうして、少女時代に野中婉を心の中に棲まわせた大原富枝は、十歳の時母を亡くし、再婚しない父の「腰巾着」であった。昭和二年（一九二七）四月、高知県女子師範学校に入学したが五年六月に教室で喀血、入院し、数年の自宅療養生活に入った。二十三歳の時、神近市子主宰の『婦人文芸』四月号に処女作「氷雨」を発表。翌年、保高徳蔵主宰の『文芸首都』に短編小説三作を発表。二十五歳で『文芸首都』同人となり、翌年三月「祝出征」（『文芸首都』）が芥川賞候補作となった。二十九歳、十月生家の破産により、上京、吉祥寺の友人宅に同居。翌三十歳、阿佐ヶ谷に転居、「八年間交際のあった人の戦死を知る」（自筆年譜による）。昭和十八年『祝出征』刊行。

前掲書「古井戸に実在を見る」によれば、昭和十九年、三十二歳の大原富枝は「土佐に帰郷していて」三日間ほど「婉の生きたあとを探し歩いた。高知県立図書館で婉の手紙を見せて貰うことができた。」高知城の真下の、婉の生まれた兼山邸は、野中家とりつぶしのあとは政敵の一人のものとなったが、「わたくしが婉の手紙を手帳に写していたそのころは、まだ池の面影や古い井戸の残っている庭園の一隅があった」。

春うららかな南国土佐はまだ空襲に見舞われておらず、婉が赦免後に侘《わ》び住居した朝倉の里は「高知城から電車で十分くらいの西の郊外」「山吹の花の盛り」であった。

この時見せて貰った婉の手紙は、二十年の高知城下空襲で、消失する。間一髪であった。コピーのない時代に、富枝によって手帳に書きとられた手紙は、写本とはいえ、古今東西に、恐らく唯一の、婉の手紙である。

その時、この手紙の出所を問うと、「谷子爵から出たもので信憑性ではこれ以上のものはないでしょう」と「館長は答えた」。「谷家から、婉の秦山にあてた手紙十七通と、秦山の子垣守（谷甚介）と秦山夫人の二人へあてた一通、垣守だけにあてたもの一通が出たもの」とのことだった。あと一通坂野如庵という医師に宛てたものを含み、都合二十通は、翌年の空襲（昭和二十年七月四日）によって他の蔵書とともに焼失、「婉の心こめたこれらの手紙は、戦争中の非常に紙質の悪い私の小さい手帳に写しとったものだけが、欠字のままで」（「古井戸に実在を見る」）残された。

のちに、この時見せてもらった手紙は実は、「館長の中島氏が秘蔵しているもので、私には特別の厚意によって見せて下さった、という古文書の写しであったわけです」（昭和62、「文学的個性の創造」）と明かされるものだが、『創作ノート』「後記」（昭和48・6）にはそれの詳しい来歴が紹介されている。

富枝の写しとった婉の手紙は、婉自筆の手紙を「中島図書館長が、人に謄写させたものらしく、その出所は、谷子爵家ではなく、高知の谷流水氏の家から出たらしい」と歴史研究家の平尾道雄氏が昭和四十七年六月十三日から二十三日の『高知新聞』に発表した。「田岡典夫氏が、前から、婉の手紙を持っているはずだが、たくさんの資料の中にまぎれこんでしまってわからない、といわれていた」それを、こんど田岡氏が「ようやく探し出された」。それ（田岡氏の持っていた婉の手紙）が、「中島図書館長が人に謄写させたもので、中島氏の死後、古本屋に流れたものであるらしい」と平尾氏が言うのである。

中島氏がある人に謄写させた婉の手紙を（中島氏が）所有していたが、戦後、田岡氏の所有となり、こんどそれが探し出されたということであろう。

これによれば、中島氏が人に謄写させた婉の手紙は、焼失を免れ、中島氏の死後、古本屋に流れ出たということだ。中島氏は「赤っぽい渋紙に包んで紐をかけてある包み」を持って、空襲を避けたということであろう。

即ちその包みの中身は、谷流水氏の家から出たもので、戦後田岡典夫氏が持っていて、判らなくなっていたが、ようやく資料の山の中から探し出されて、「それが、中島図書館長が人に謄写させたもので」（傍点筆者）とあるから、谷流水家から中島図書館長に渡り、謄写されて、戦後古本屋を経て田岡氏の手に落札され、陽の目をみたのであろう。田岡氏の所有する婉の手紙は、中島氏が谷家から借り、人に謄写させた、婉の手紙の写し＝写本である。戦後も、婉の手紙の写しは存在したということだ。

戦時中富枝が三日間通って写しとったこれらの手紙は「二十数通のうち谷秦山に宛てたものが二十通あって、そこにはまさに、婉と呼ばれた一人の女が生きて呼吸」しており、「婉の手蹟をそのまま敷き写したもので、彼女の書き癖にまだ通じていなかった私は、読解できない文字、意味のわからない文字にしばしばつまづきましたが、しかし婉の手蹟の立派さには賛嘆せずにはいられませんでした」。

「別に、婉の自筆の秦山宛手紙が、軸物としてこっとうやに出た」ので、それとひき比べてみて、富枝の写した婉の手蹟が、まぎれもなく婉の手蹟（真筆）をまねて謄写したものであることが知られて、「非常にありがたいことである」と富枝はしるしている。

江戸時代の初期に書き遺された婉と秦山の文通は、その真筆の所在は不明ながら、近い形で富枝のもとへやってきたのであった。

印刷術のなかった時代、人は真筆を模ねて写本を作り、名作を残したのである。『源氏物語』は言うに及ばず、『おくのほそ道』ですら私達は芭蕉真筆[1]といわれるものもあるが、最良と思われる清書本の素龍本を底本とした活字本で読んできたのだ。

昭和三十四年、土佐山田駅から「お婉堂」を訪ねる大原富枝は、この地から秦山への手紙を書いている婉を確かめ、この手紙の遺品によって、婉の心情のありかを推しはかるのである。

富枝が宿毛の幽居の跡を訪ねたのは、作品を書いた後である。戦後の病弱と交通不便のために行く機会を得なかった。

「いってみてそこがあまりにもわたくしの想像にそっくりな地形のところにあったので驚いた。市役所の土地台帳に『野中屋敷』と記入されたところがあって、一つの古い井戸があり、一体の地蔵尊が立っていた」。幽囚の四十年間の描写は竹矢来と高塀のうちにあり、外界の様子は眺めうる里人の描写に留まるが、このことは、この小説が前半の克明な心理描写に力点の置かれたことを物語っている。手紙の果した役割は大きいものであったに違いない。時代を活写しながらその時代を生きた人の心理を手紙から推察しつつ書く、その宿命を生きたひとりの女性に、日本土佐の女の一典型を込める、歴史小説でありながら、歴史離れの手法である。

『婉という女』の書かれる前年、昭和三十二年「ストマイつんぼ」により女流文学者賞受賞。四月、父八十八歳で急逝。亡き父の葬儀埋葬のため高知へ帰郷、三十四年、亡父三回忌。『婉』の資料をおぎなうため高知へ帰郷。多年念願しつづけた『婉という女』に筆を下す。年末までに二百六十枚脱稿。昭和三十五年『婉という女』により第十四回毎日出版文化賞、第十三回野間文芸賞受賞」（自筆年譜より）という経過を辿った。

五　考える・構成する

幼いころからの若々しく理想的なものに対する情熱、山崎闇斎と親友野中兼山の姿、野中兼山の偉業、その母子関係、失脚した父とその娘。異母兄弟姉妹の密室の情。幽閉四十年の生に音信の灯をかかげた谷秦山との交流。偉業と学の系統に親近性を見出した、秦山の野中兼山への尊崇の念、弟子の情の内実。婉の自我貫徹の「生きる」意志。赦免による外界の現実の苛酷さ。姉妹から男まさりと頼まれる身の自嘲。書かれなければならないことはたくさんあった。

六　『婉という女』の構成

『婉という女』は二部構成である。一部には幽閉の四十年間が描かれ、赦免によって旅立つまで、第一章「赦免ということ」、第二章「憎しみの意味」、第三章「見ぬ人」。二部には自由の世が描かれ、第四章「生きること」、第五章「挽歌」へと続く。

即ち、宿毛の山峡に幽閉された婉女が野中家の男系の血が絶え赦免となるところに始まり、幽閉の四十年の生活を活写し、人里離れた誰も来ぬ地の、幽獄に生きる異母兄弟姉妹の残忍な青春、谷秦山という名の藩の儒官と手紙を交わすことに生きる喜びを見出す婉。後半は男児の血統が絶え、自由の身になって、朝倉の里に居を移し、秦山に相まみえ、その剛毅さにうたれ、妻帯していることに虚を衝かれ、旧臣の息子、若い岡本弾七にかしずかれ、秦山との手紙の往来に弾七を使い、秦山・弾七ふたつながら欲しいと思う、婉の心のたゆたい。やがて秦山も政変で蟄居《ちっきょ》し、まもなく死ぬ。母も乳母も死去した婉は、たった一人になり、終日秦山の文束と相対し、六十一歳になった今も薬の調合を生計《たつき》として「孤りここに生きている。これからも、生きてゆく――」。

婉の人生に特別な意味をもった谷秦山《たにしんざん》は、勿論実在の人物である。江戸前期に生きた人。延宝七年（一六七九）に江戸に出て来、山崎闇斎らに学び、渋川春海から天文・暦道を、ほかに伊勢神道や有識故実も学んだ。宝永三年（一七〇六）には藩命により『土佐国式社考』を著し、翌年佐川文藩事件により蟄居に処される。その後も『神代巻塩土伝』『秦山集』などを著している。

幽閉と自由と、兼山の子に生まれた因と果と。その宿命の悲劇性とドラマ性を意地を貫いて生きる姿に集約する。喀血して病床にあった富枝自身の幽囚感と、その後の作家活動と。病床にとらわれ人の意味と婉の幽囚四十年と。婉という女性の一生への共感。母と兼山の母子像に、再婚しなかった父と十歳で母を亡くした富枝の父子像と。男女の対社会観の違い。兼山・秦山の学問と政治への関与、一人で愛妾四人に八人の子を産ませ、血族結婚を厭うところから正妻とは関係をもたなかった父兼山と未婚のまま六十歳を迎えた婉と。男たちの学問・執政の代わりに、「糸脈」で生活を立てた婉。富枝の筆はそれらを描き尽くす。

「お婉さまの糸脈」とは、幽閉から回帰した婉が、医を業として生計を立てた。即ち、患者を襖の向こうにすわらせ、その手首に巻いた糸によって診断をつける。それがよくあたって、婉の調合した薬はよく効いたと、いわれる。

前半生とその後の生に対照構造を示しながら把握される婉の生涯の筆法は、野中婉の伝記ではない。野中婉の生涯に材を得ながら、時代と境遇の精査に怠りはないが、心理描写に主軸のおかれた作品である。作家の想像力に、婉の手紙の果した役割は大きいと言わねばならない。

幽閉の四十年とその後の自由の二十余年が鮮やかに対照されつつも、その前半が後半のありようにからめとられる封建の時代性と社会性が、そこを抉り出した大原富枝の存在論をも物語る。野中兼山の学問と政治、理想社会実現の為にする執政が政敵たちの反感をかい、血族の抗争を生み、使役される者の反撥を生み、ついには失脚へと繋がる、儒葬で為した母の葬礼は反感のいいがかりにすぎなかった。人のうごめく社会の、立場を異にする者たちの利益、欲望の縮図を小気味よく描き、人の世の歴史、社会、個人のうごめきを一望に見渡すが如き作品となっている。

七　キーワードは〈おしおき〉か、〈いごっそう〉か

山内一豊の甥に生まれた兼山の父は、一豊公の姫婿に望まれながら、姫の震災による圧死から果たされず、一豊公の弟君修理亮に長男が生まれるや、山内家の世嗣はその子に決定し、兼山の父は傍系にならざるを得なかった。兼山の父は「謹直峻烈」の野中家の気質と「傲岸短慮」の山内家の血筋を備え、仕官の道を絶った。まさしく土佐の〈いごっそう〉である。兼山四歳の時その父は亡くなり、母子の困苦に満ちた流浪の生活が始まったが、有能さを見抜いた野中家本家の養子となり、二十二歳で家督を継ぎ、土佐藩の家老、奉行職を継ぐことになる。兼山は四十九歳で失脚するまで理想を次々に形にしていった。「一人の激越な理想家、理想を追って短い生涯をお仕置（政治）に賭けた男の、血に対するあの人々の執拗、無残な憎しみも、ついに止む時があったのか」（傍線筆者）。

「運河、疎水三十流、三十余里、堤防、港湾、井堰水門、排水溝」と荒れた山野を河川中心に整備していき、「国土の美と豊饒さに感動し」「一つの理想の具現であり、精魂こめて生みだした芸術《たくみ》でさえもあった」。長い戦乱に荒れ果てた国土を整備する手段として「儒学のもつ、やや煩瑣なほどの形式と結構と秩序の美」が兼山の思想の根底にあった。兼山もまたまさしく土佐の〈いごっそう〉であろう。

〈野中家系譜〉

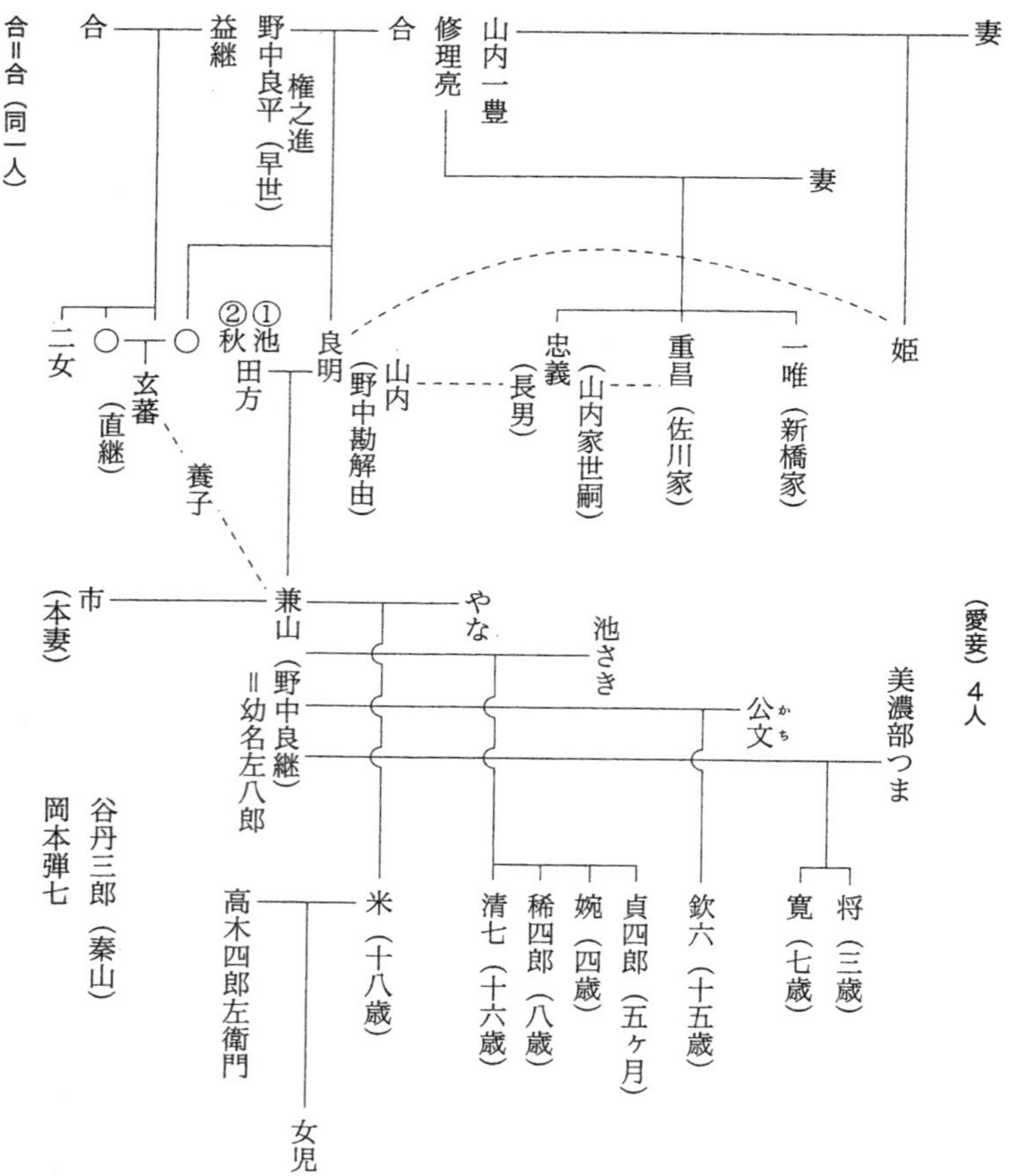
妻
山内一豊
修理亮
合
権之進
野中良平（早世）
益継
合
合=合（同一人）
妻
姫
一唯（新橋家）
重昌（佐川家）
（山内家世嗣）
忠義（長男）
山内（野中勘解由）
良明
①池田方
②秋
○
玄蕃（直継）
○
二女
養子
（愛妾）4人
美濃部つま
公文《かち》
池さき
やな
兼山（野中良継）
=幼名左八郎
市（本妻）
将（三歳）
寛（七歳）
欽六（十五歳）
貞四郎（五ヶ月）
婉（四歳）
稀四郎（八歳）
清七（十六歳）
米（十八歳）
高木四郎左衛門
女児
谷丹三郎（秦山）
岡本弾七

「父上が気鋭な、聡明な人であったこと、理想を追い求める情熱の人であったこと——禅学から儒学にきて、夜を徹して講義を聴き、注釈も、送り仮名もない原本を手に入れて、熱心に独り注釈を試みたことなど——。二十二歳の若さで養父のあとを継ぎ、土佐二十四万石の執政となり、死までの二十八年間、学問で得た知識と理想を、お仕置きの上に一つ一つ実践していった人であったこと。山を崩して河の流れを変え、運河を延々と通して田園を拓き、港を深くして大船を出入させ、山々、浦々、父上の理想の鍬の入ってない土地はない、といわれる盛んな経論《おしおき》の数々——」

そこには人足たちの不満があったかもしれない。土佐のような外様の大藩が財政豊かになることを喜ばない、将軍家の姻戚隣藩松山の松平勝山公の、敵対するお目付役もついて廻ったであろう。権謀渦巻く政治の世界に兼山の創りだそうとした理想社会の結構と秩序は数日のうちに破壊され尽くし、兼山の死、古槇八郎の殉死、「野中家に父の追罰として一家取潰し、領地没収、子女八人を宿毛配流申しつける」(2)という幕府の厳命。

理想社会建設のために兼山が課した施策は、「武士に、新しいご政道の宣言、市民に対する二十三箇条の赦免減税令、農民に三十九箇条の赦免、減税令、漁民、船に関する四十三箇条の赦免令。」と、もろくも費え去ったのだ。

婉の、幽閉が自由と感じられた子ども時代、里人の方が不自由な苦役に這いずり回っているとみえた幼少時代。やがて自身が囚われ人であることを知った娘時代。

「幽閉すでに二十三年の」野中家の追罰の人々を記憶していて、面会に来た秦山谷丹三郎。

ひとりの女性の数奇な生涯を、内面に入り細密に描写した『婉という女』は、「女は産む器械」の如くあった時代に、産まず、料理・裁縫の家事に従事せず、がんこに糸脈・薬の調合で生計を立て、父にも似た儒学者秦山への思い、若い弾七への憧れを胸に秘めて意地をつらぬいて生きた女の孤独と幽囚の物語である。

大原富枝五十三歳の時の別作品に、「鬼のくに」(昭和40・4、『群像』)がある。ここには土佐人の〈いごっそう〉(女性は〈はちきん〉)ぶりがうつし出されている。土佐は「遠流のくに」「鬼の国」、野根山峠に魔性の棲むという伝説の国。土佐犬の「音をあげない」強さに象徴される、「頑固」に「義」の加わる「固い珠玉《たま》」気質として描かれている。

幕末に坂本龍馬、後藤象二郎ら土佐勤王派を産み、薩長藩閥政治に抗して、自由民権運動の拡大に努めた土佐自由党の板垣退助を出し、幸徳秋水・田岡嶺雲ら社会主義の思想家を輩出した反骨の土佐人気質〈いごっそう〉の系譜は、はるかに、野中兼山、野中婉、近くは大原富枝の血脈に流れこんでいる。土佐の作家、宮尾登美子の『櫂』『朱夏』『春燈』『仁淀川』にも、土佐人気質が看取されて興味深い。

〔注〕

（1）平成八年十一月桜井武次郎・上野洋三両氏によって、中尾堅一郎氏所有の『おくのほそ道』芭蕉自筆本が発表された。

（2）宿毛は土佐くろしお鉄道の終着駅。高知市からも愛媛県からもいくつもの山を越えてようやく辿りつく遠隔の地。

（初出・平成20・3、一藝社、ソシオ情報シリーズ7、原題「歴史・社会・個人―お婉さまの糸脈―」）

第二部

地

第一章　松島

絶景は自我を没了させる『おくのほそ道』＊松尾芭蕉＊「松島に於て芭蕉翁を読む」＊北村透谷＊

はじめに

地の文と俳諧から成る旅行記を俳諧紀行と呼ぶ。桃青松尾芭蕉の俳諧紀行文は五篇、なかでも『おくのほそ道』は代表作である。『おくのほそ道』中の「松島」の条りで句作が載せられていないことにはいくつかの理由があるらしい。曾良作と言われているものが実は芭蕉の句だとか、作ったが気に入らず採録しなかったとか言われている。

透谷北村門太郎は十五、六歳の日記に「桃紅日録[1]」と名をつけていた。芭蕉の号を十分意識していたようだ。トラヴェベラーとあだ名をつけられるほどの旅好きだった。後に「松島」で芭蕉を「読む」。俳句・短歌・漢詩を作り、日記やエッセイにしばしば挿入し、俳諧紀行文には「三日幻境」がある。

本稿では、芭蕉と透谷によって残された「ことば」から「松島」に対峙する両者の「こころ」を探り、「詩人像」に及びたい。

一　芭蕉の俳諧紀行

松尾芭蕉（正保元年〈一六四四〉～元禄七年〈一六九四〉十月十二日）は伊賀上野に生まれた。伊賀忍者説・幕府の隠密説もある。二十九歳のとき江戸に出、三十七歳のとき深川芭蕉庵に居を定めた。二年後には芭蕉庵が類焼してしまい、再建は成ったが以後の十年余を旅に暮らすことが多かった。貞享元年（一六八四）、四十一歳のとき門人千里を伴って東海道への旅に出た。芭蕉の俳諧紀行文はこの『野ざらし紀行』に始まる。

「野ざらしを心に風のしむ身かな」と八月、出立の句を詠み、富士川の「捨子を悲し」み、駿河路、伊勢参宮。大和を行脚し「ある坊に一夜をかりて」「碪打てわれにきかせよや坊が妻」の句を詠み、美濃より伊勢へ、熱田、名古屋着。名古屋にはしばらく滞在して、竹斎という『仮名草子』「竹斎」の主人公で藪医者、狂歌をよみながら放浪したという竹斎に身をなぞらえて、「狂句凩の身は竹斎に似たるかな」と詠み、奈良へ。京より湖南へ、「大津に出る道、山路を越て」詠む、「やま路来てなにやらゆかしすみれ草」と。僧と道連れになり、江戸に下り、八カ月の旅程を終えた。

次に旅立つのは貞享四年（一六八七）、四十四歳の時の八月、曾良と宗波を伴う『鹿島紀行』である。「このあきかしまの山の月見んと、おもひたつ事」ありとして、目的は鹿島の月見と参禅の師仏頂和尚を根本寺に訪問すること。十四日江戸を出発、小名木川、行徳、八幡、鎌ヶ谷へ。つくば山を仰ぎ、利根川べりの布佐を経て鹿島へ到着したが、あいにくの雨で月はかくれ、「月はやし梢は雨を持ながら」と詠み、十六日、雨後の月を楽しみ、本間家に滞在してから帰路に着いた。

同年の十月二十五日『笈の小文』の旅に出る。江戸を出発、尾張鳴海の知足亭を訪ね、三河保美の杜国を訪問。伊良古崎、名古屋、熱田の遷宮に立あい、「磨なほす鏡も清し雪の花」と詠み、十二月に帰郷。二月伊勢参宮、吉野の花見、「雲雀より空にやすらふ峠哉」と詠み、高野山、和歌の浦、奈良、大阪、須磨・明石、四月下旬に下京、六カ月の旅の記録である。これは俳諧紀行文中の第一と見える。ここには、「風雅の道」が説かれ、「西行の和歌における、宗祇の連歌における、雪舟の絵における、利休が茶における、其貫道する物は一なり。しかも風雅におけるもの、造化にしたがひて四時を友とす。見る処、花にあらずといふ事なし、おもふ所、月にあらずといふ事なし（風雅の心でみれば見るもの思うものはみな美しい）。像花にあらざる時は夷狄にひとし。心花にあらざる時は鳥獣に類ス。夷狄を出、鳥獣を離れて、造化にしたがひ造化にかへれとなり（野蛮人の境涯を出て、鳥獣の段階を離れ、天地自然にのっとり、天地自然に帰れと言う）。風雅の世界は、私利私情を離れ、野蛮人鳥獣の心を脱して自然に従い自然に帰らねばならないと言うのである。〈（　）内筆者、以下同〉

「旅人と我名よばれん初しぐれ」とうたい、「旅人」と人から呼ばれることを喜びとする。日々心を新しくする風雅の旅であるならば、と。山野海浜の美景に自然の功を見、造物主のすばらしいわ

町田市小島資料館蔵② 矢立

ざを見る。次いで「道の日記」論が展開される。紀貫之の『土佐日記』・阿仏尼の『十六夜日記』のような名作が出てから、「情を尽くし」筆をふるうが、新味はなかなか出せない。その日の天気やどこにどんな松があり川が流れていたなどとは誰でも書けるが、「黄奇蘇新のたぐひにあらずば云《いふ》事なかれ」（紀行文学である以上はただ事実を記録するだけでなく、黄山谷や蘇東坡の新味を出さなければならない）と。『笈の小文』には風雅論・旅論・紀行文学論が説かれている。

次の『更科紀行』は、元禄元年（一六八八）、芭蕉四十五歳の八月、「さらしなの里、おばすて山の月見んことしきりにすゝむる秋風」に心を騒がせて、越人同道の旅に出、木曽路更科の月を見て帰庵、「送られつ別ツ果は木曽の秋」とうたう。

そして「奥の細道」。奥州行脚の旅に出る。元禄二年芭蕉は四十六歳である。元禄七年五十一歳十月十四日近江の義仲寺に埋葬されるまであと五年を残すのみ。

今から三百二十七年前の元禄二年（一六八九）旧暦三月二十七日（新暦五月十六日）、芭蕉は江戸深

川の芭蕉庵を「奥の細道」に向けて出立した。同行者は弟子の河合曾良。百五十五日、二千四百キロの長旅である。持ち物は厚紙を糊でつぎ、柿渋を塗りもみやわらげた着物一枚、浴衣、雨具、墨筆の類、断りにくい餞別など。

筆記用具は「矢立」[2]。矢立は墨壺に筆入れの筒のついた道具である。

旅の日記や句を書き留めるもの。今ならばさしづめタブレット端末片手にということにもなろうか。鉛筆、万年筆、ボールペン、シャープペンと、歴代の筆記用具の美しさには心奪われる。そのもとに矢立があり、徐々なる進化のさまに、人間の便利を求める改善の智恵を想いながらも、この筆墨はいとも優雅にみえ、小さく奥床しく無駄がないと感じられる。文字にも魂が籠められた。

時は徳川五代将軍、犬公方綱吉の代である。徳川幕藩体制の基礎が固まり、幕府は最盛期を迎えていた。

芭蕉は流行俳諧師の宗匠として、繁栄していたが、その暮らしに縁を切り、見てきた通り、もう六年来旅から旅への暮らしを続けていた。東海道、奈良、京都、信濃から奥州へ。みちのくは芭蕉の俳諧芸術を完成に導いた。

宗匠としての繁栄にピリオドを打つとはどういうことか。吟行という行為が自然を糧としながら自己の今を検証せねばやまない、こころの底を、自らの生きる姿を問い続ける行為だからでもあろうか。

心の底をのぞいてみると、ことばがぎっしりと詰まって出番を待っているが、真に自分に必要とされるコトバしか活動できない。なんと因果なことであろう。用意がなければ情報はキャッチされることもない。

旅立ちの冒頭の名文は漂泊の思いを語る。芭蕉庵を発ち、千住、草加、室の八嶋、日光山の麓仏五左衛門、日光、那須野、黒羽、雲岩寺（「木啄も庵は破らず夏木立」）、殺生石、蘆野（「田一枚植えて立去る柳かな」）、白川の関、須賀川（「風流の初やおくの田植うた」）、あさか山、しのぶの里（「早苗とる手もとや昔しのぶ摺」）、佐藤庄司の旧跡、飯塚、笹嶋、武隈の松（「桜より松は二木を三月越し」）、宮城野（「あやめ草足に結ばん草鞋の緒」）、壺の碑、末の松山、塩竈の明神、松嶋、雄嶋が磯、瑞巌寺、石巻、平泉（「夏草や兵どもが夢の跡」）、尿前、尾花澤、立石寺（「閑さや岩にしみ入る蝉の声」）、大石田、最上川、羽黒山、三山（羽黒山・月山・湯殿山）順礼、酒田（「暑き日を海に入れたり最上川」）、象潟、越後路、市振（「一家に遊女もねたり萩と月」）、那古の浦、金沢（「塚も動け我泣く声は秋の風」）、小松、那谷（「石山の石より白し秋の風」）、山中温泉、全昌寺、汐越の松、天竜寺、永平寺、福井、敦賀（「月清し遊行のもてる砂の上」）、種の浜、大垣（「蛤のふたみにわかれ行秋ぞ」）〈（　）内及び引用句は筆者の芭蕉アンソロジー〉

以上が『おくのほそ道』の旅程である。

麻生磯次はこの旅の動機を四つ挙げている。1、詩人の宿命　2、未知の自然へのあこがれ

3、古人の心を求める、歌枕・旧跡を探る　4、風雅の実体をつかむこと、と。これに西行五百年祭にちなんで、ということをつけ加えることもできよう。

悠久の自然を目の前にして、芭蕉はことばを失った。旅立ちのはじめに「松嶋の月先心にかゝりて」と書かれるほど、松島はこの旅の目的の一つとなる勝景であった。しかし芭蕉は、風景を点綴したのち、「ちはや振神のむかし、大山ずみのなせるわざにや造化の天工、いずれの人か筆をふるい詞を尽くさむ」と認めるのみで、句作はあるのだが、『おくのほそ道』に自作の句を入れない。曾良の句とされている「松嶋や鶴に身をかれほととぎす」を芭蕉作だとする説もあるが定かでない。無論「松嶋やああ松嶋や松嶋や」を芭蕉作というのは後世の人のたわむれだ。

芭蕉はこの松嶋の美に対して、造物主のなさった神業は、どんな人が絵筆をふるい、美辞麗句を尽くしたとしても、十分に表現することはできないし、表現しきれるものではないと言っているのである。

悠久の自然の美妙を前にして、ことばを失った詩人の境地であり、定め無き人の生命のはかなさを想う不易流行の思想が見えてくるところでもある。

ならば人ははかない生命をどのようにして生きうるのか。北村透谷の問いはここから始まる。

二　北村透谷の俳諧紀行

北村透谷（明治元年〜明治二十七年）の芭蕉受容にいく前に、「透谷日記」などから、芭蕉にかかわる部分をみていきたい。

小田原に生まれ、銀座煉瓦街で成長した透谷は、明治二十五年、満二十三歳一月十五日の日記にこのように書き付ける。

　コーサンド氏より愈々免職の相談あり、帰途歩上作あり。

　　ぬら〳〵とからをはなれた蝸牛

　是よりいよ〳〵文壇に踊出る考へ専らなり。

と。殻を離れたカタツムリはなめくじだが、のちに「みゝずのうた」に描かれる形状のよく似た「みみず」であろう。殻を脱ぎみみずとなって地を這う決意の条りである。みみずとかたつむりの生存の対比は、みみずの一層の身軽さゆえの寄る辺なさを物語る。寄る辺を文壇に、書くことに求めている決意表明である。

同月二十九日には「イビー氏方も亦免職となる」。二月四日には、「千姫物語」の想を構え、「藤波氏王子を吊ふ歌」と詞書を付して「ともに見し紅葉の秋も過果て／落葉の音をきくもかなしき」

と詠む。

三月十七日には「ジョンスなる宣教師と共に奥州の旅に向ふ」とある。通訳として同行した。そして八月二十三日「芝公園地第二十号四番に移る、樹影、地高く、尤も我意に適せり」。移転し、同三十日の日記には「幽界に対する観念（自然的幽霊を論ず）／芭蕉翁の一側（俳道の自在を論ず）／（中略）悟迷一転機（文覚、西行、芭蕉等の品性を評すべし）」と記載され、芭蕉の自在、文覚・西行・芭蕉の品性に注目している。以下の日記には、九月二十一日「西ひがし夢は一つのかれのはら」、十月六日「夏草のしげみに蛇の目の光り」等記事の合間に芭蕉と措辞の似た俳句や短歌を詠みいれている。

一方、これらの日々には友人たちとも足繁く交流している。

明治十七、八年ごろの「透谷日記」は、日本画家の弟丸山古香が持ち出し、大正十二年の関東大震災時に焼いてしまったという経緯があるようだが、明治二十六年十一月一日の条りに「顧れば明治十七八年の頃、『桃紅日録』と題して日に記し来れる文字、今はなし、」とある通り、十五、六歳の日々録に、桃青松尾芭蕉の弟子を任じたと思われる「桃紅」と名づけた日記があった。[1]またこの頃「トラヴェラー」と異名をとっていた透谷を宮崎湖処子が証言している。

「旅の詩人」松尾芭蕉の弟子にふさわしく、透谷は「富士山遊びの記憶」（明治十八年起筆）には漢詩まじりの、「三日幻境」（明治25・8〜9）には俳句まじり（「七年を夢に入れとや水の音」「越へて来て又た一峯や月のあと」「すゞ風や高雄《ママ》まうでの朝まだち」「この山に鶯の春いつまでぞ」「日ぐらしの声の底から岩清水」など）の紀行文を残し、夙に「明治二十一年の旅行記概略」という紀行文もある。「電影草蘆淡話」（明治25・7〜9）は句作まじりのエッセイである。透谷は眼前に広がる瞬時の風景や物音・触覚に「人生」を籠める心象を（五七五音中に）形象化した。

「桃紅」と署名した詩文で残されているものは「富士山遊びの記臆」一つ、桃青をもじって桃紅としたとばかりは言えないものを感ずるが「脱蝉子」「透谷隠者」「透谷庵」などの署名別号は芭蕉世界を共有するものであるといってもさしつかえないだろう。

三　透谷の芭蕉受容

透谷が芭蕉に言及している詩文は「松島に於て芭蕉翁を読む」（明治25・4）・「徳川氏時代の平民的理想　第二」（明治25・7）（「芭蕉起りて幽玄なる禅道の妙機を開きて主として平民を済度しつゝ、ありし」）・「文学一斑」（明治25・8）（「《不知庵》が芭蕉を品評する」）・「富嶽の詩神を思ふ」（明治26・1）・「人生に相渉るとは何の謂ぞ」（明治26・2）・「賤事業弁」（明治26・5）・「偶思録」（明治26・7）・「情熱」（明治26・9）などである。これらの詩文には、その影響の跡が色濃く反映している。

明治二十五年四月の、芭蕉体験の代表作とも言うべき「松島に於て芭蕉翁を読む」について、拙訳による口語訳を試みたい。透谷に独特な用語には〈　〉をつけ、なるべく素のままを残している。

〔口語訳〕

私（透谷）が松島（宮城県）に入ったのは、四月十日の夜であった。「奥の細道」に記載されているところを見ると、松尾芭蕉翁が松島に入ったのは、明治と元禄とのちがいはあれ、同じ四月十日（筆者注・誤記。芭蕉は、五月九日に到着した。透谷は「奥の細道」をどの版で読んだのであろう。探索中である。）の正午近くであったとある。私がこの北奥州の洞庭西湖に足を踏入れた時は、風が吹き樹木は鳴り、物凄い心地がして、外に出て島の夜景を眺めるどころではなかった。けれども私は、すでに、みなが日本一の美と認める景勝地に在る。私の魂がどうして飄然としてそそり出て、霊なる〈美神〉と通じあい変化しないことがあろうか。

寝床は私をのみこみ、睡りは私を眠りにつかせようとする。その半醒半睡の境にあって、私は生命ある霊景と結び合おうとしている。枕辺の灯はだれのために広間を守っているのか、憫《あわ》れなことに、灯は客を守ることに忠実であって、客は寝床にいてもすでに魂はそこにないということを知らないのだ。灯よ、客の精神は肉体となってしまったか、飛び去って室内には留まっていない。灯よ、おまえはどうして守るべき客がそこに臥していると思うか。

明にして滅、また滅にして明、ついたり消えたり、今や灯は私を愚弄するかのようだ。灯が私を愚弄するのか、私が灯を欺くのか。人生が私を愚弄するのか私のほうで人生を愚弄しているのか。

自然が私を欺くのか、私が自然を欺くのか。美術が私を眩するか、わたしが美術を眩するのか。〈韻〉あり。〈美〉あり。これらが私を毒するのか。〈詩〉あり。〈文〉あり。これらのもの果して〈魔〉か、これらのもの果して〈実〉か。

灯が再び晃々と明るくなった。この灯をにくむ。内面（こころ）がごたごたしている時には、私はむしろ外界（外の世界）を識別することをやめて、暗黒と寂寞の時を迎えたい。内面に鋭く入ること深く、外界の諸々の事柄を没却しようとすることは自然である。内面世界は〈悲恋〉という悲しみの感情をかもす場であることを知りながら、私はその〈悲恋〉に近寄り、〈悲恋〉に刺し貫かれることを楽しむような心があることを如何にしよう。手をさし出して灯を消すと、今までは松の木の根に佇んでいた小鬼大鬼が大声で笑い興じて、私の寝室をうずめ尽くすほど入って来た。しかし、私は、彼らを迎え入れはしなかったけれど、半醒半睡の間に小鬼大鬼共の相貌のおおよそを認識した。

小鬼大鬼共が私をとり囲んでいるようだ。しかし彼らは皆暴戻悪逆の徒ではないばかりか、悉く皆兇暴性を発揮する者たちでもない。中には私の枕辺で、踊りながら笑っている者もいる。何となく重く感じられるので、夜具の脇を上げて払うと、大鬼小鬼共がすっかり消え失せた。しばらくすると、わいわいがやがや傍若無人に騒ぎ、前のようになった。あまりうるさいので枕を蹴って起き上がり、傍らの円柱に寄りかかっていると、大小の鬼達は再び来なくなった。静かに思えば、鬼の形をしていたものは、我が心身中の百八煩悩（私利私情）の姿であった。静かに坐して、無言の行、妙ようやく機熟した。座禅の境地で、佳境に入ろうとするとき、破れ笠にぼろ衣の老人が眼前に現れた。私は無言で対峙した。老人も口をひき結んで物を言わない。

彼は沈黙のまま私の前を通り過ぎて行った。暫くののち、その姿が見えなくなった。彼は無言で来て、無言のまま去って行った。けれども、彼の沈黙こそは、私に対して絶大の雄弁となった。知る人ぞ知るだろう。桃青翁が松島に遊んで句をなさず西に向かったということを。そして私をおおった暗の幕は、幻聴幻覚をもたらし、桃青翁の姿を幻視させる便を与えたのである。

いぶかしいことではあるが、私は松島を瞑想したいという気持ちよりも、一句をも作らずに西へ向かった芭蕉翁の無言の意味を考える楽しみにふけった。古来、名山名水は詩人文学者の宝であり、生命である。しかし造物主の秘蔵である名山名水は、往々にして、韻低く調備わらぬへぼ文士によってその粋美を失わせられることがある。

飄遊は私の好みであり、飄遊できなければ私の性情はどこか物足りない感じがする。天地には粋があり、山水には美がある。自然は粋美を包みもって景勝地に姿を現すのである。詩心ある者が、景勝の地に来て、神動き、気躍るのは当然の道理である。けれどもその景勝の地はわずかに自然が包み込む粋美の一端にしか過ぎないということを知れば、景勝に対する理解はほんの一部であって、だからこそ景勝・風光を通貫し、自然の秘密を理解し、粋美を納得することこそが詩人の仕事ではないだろうか、いやそうであるに違いない。どうすれば自然の秘密（神秘）の理解に進み、粋美を堪能できるようになるだろうか。どのようにして俗調を脱し、高邁な逸興を得ることができるだろうか。沈黙を守っている芭蕉翁に尋ねたいと思う。

「美」は説明し尽くすことはできない。「美」は肉眼で見える表面的な判断によって凡人に誤解されるように、すぐれた詩人・哲学者をも眩惑しつつあるものだ。美妙なる絵画はよく人を魅了する。けれどもすぐれた画家も一部の魅力を発見したに過ぎない点を如何にしよう。われわれが〈真如〉を捕まえたと思うや否や〈真如〉の輝きは〈真如〉を去らしてしまう。「美」を観る眼もまた同じであろう。正面から「美」を観ようとすれば、雲がかかっている。〈迷宮〉の中で「美」はいずこにあるかと争い、右往左往して、東奔西走して、疲れる者、皆このことに由来している。詩人は力を籠めて詩美の極致を探り、哲学者は凝念して解析しようとするけれど、全体像がわからないという点では、始めから今まで変わるところはない。

けれども奥深い迷宮であると知りながら迷宮にわけ入ろうとすることは、文士の楽しむところであり、迷宮に入ることができないと知ることは文士の悲しむところだ。古くから文章で自然の勝景を探索する者で、まだ迷宮の入口にもいないのに、魅了すらされていないのに、また自然の神秘に近づいてもいないくせに、まず筆を握って秀句を作ろうとする者が多い。彼らは工夫をこらした秀句を作るだろう、しかし、自然に魅了される前の工夫をこらした秀句は、人工であり、自然でない。

どうして神霊に動かされた天然の奇句を詠出することができようか、できはしない。それはひとつ探景の詩文について言うべきことではない。凡ての文章が〈神〉に入っているか〈神〉に入っていないかは、この境界にあるのだ。古くからの大作名著で〈神〉に入ったものは、いずれも神霊に動かされるのを待って筆を執らなかったものはない。ひとたび妖魅されれば、後に澄みきった清らかな識別を得ることができよう。

　勝景は多かれ少なかれインスピレーションを何人にも与えるだろう。だから勝景はどんな田夫野人にも詩心を帯びて探索する者とならせよう。しかしいわゆる詩客文人たちの多くは、勝景を見れば詩をつくらなければならないと思う。勝景を前にすると、自然に詩が出るというわけではなく、強いて詩を作ろうとするのだ。みみずのように歌とは知らず歌う存在ではない。これは「題を設けて歌を作る」歌人の悪風であり[3]、日本の悪しき習慣だ。彼らは〈造詩家〉であっても〈詩人〉ではないということの理由がここにある。彼らは〈作調家〉ではあっても〈入神詩家〉ではないという理由もここにある。そしてこのことは、景勝を詠ずる詩人に限らず、人間の運命を考究しようとする近代的文学者が、筆に任せて文章の神を失うのもみなここに理由がある。試みに考えてごらん、あのとき芭蕉翁が俳句を作らなかったのは、今日の文人が文章をデッチ上げるようにはできなかったのだということを。ましてや日本一の好風景に遊興して、一句も作らず帰西したことは、どれほどのくやしさであったことか。しかし凡庸の作調家ではとてもできないことを、芭蕉はしたのだ。

蕉翁が私の前に広がる一巻の書であることは、このゆえを以てである。（筆者注・芭蕉は松島で句を作ったが、『おくの細道』に収録するに足るほどの作品が作れなかったこと）

私は常に言う、絶大の景色は文字を殺すものである、と。しかし私は改めて悟った、絶大の景色はひとつ文字を殺すばかりでなく、「我」（自我）をも没了し去るものである、と。絶大の景色に対するとき、詞も句も悉く尽き、「我」の全部を没了し去り、恍惚として、私がここにあるかかしこにあるかを知らぬ没我の境に陥る。絶大の景色は我を盗み去り、いや私はかれに従っていくのだ。玄々不識（なにがなんだか分からぬうちに）私は「没我」となり、私もすべての物も一つ（The One）となり、広大なる一が凡てを占領する。無差別となり、虚無となり、ぼおっとして追跡できないものとなる。あっさりとしてしづかで、空のように広く遠く、広大なる一はつながれざる舟（漂う舟）の如し。だれが捕らえることができよう。ここに至れば詩歌もなく、景色もなく、いずれを我、いずれを彼と見分ける術もない。これを冥交といい契合と言おう。

冥交契合に長短があるのは、霊韻を享けることの多少による。霊韻を享けることの多少は、後に作り出される詩歌に霊があるか霊がないかで決まる。冥交契合が長ければ、自ら山川草木のうちに、自分と同様の生命を認め、一筋の〈万有的精神〉、宇宙の精神を得、唯一のうちに円かな真実を認め、私が山川草木の一部か、山川草木が私の一部であるかと疑うほどに、風光の中に自分を投ずることができるのである。このときにはもはや句を作ろうとしても得られず、作調家たる姿は遠去かる。詩人はこのような境地にあって、句作できないことは甘受すべきだ。芭蕉翁が松島に遊んで句を作らなかったのは、果たして私が考えるようなものであったろうか。あるいは、違うか。芭蕉翁は私にとってよき思索の源であった。私の考えの当否はおいて、私が松島に宿泊した一夜の感慨はこのようなものだ。帰宅して「奥の細道」を開いてみると、芭蕉翁は松島のくだりに次のように誌している。

「ちはや振神のむかし大山つみのなせる業にや造化の天工いづれの人か筆をふるひ詞を尽さむ」と。

口語訳は以上のようなものである。ここで面白いのは、内面世界は悲恋をかもす場所であると知りながら、私は近寄りさし貫かれることを楽しむ心がある、というところだ。悲恋をかもす場所であると知りながら内面世界に近づきたいマゾヒズムの痛みが真実をもたらすという認識であろう。ここらに自己否定の論理があって、透谷が嫌われる原因とも、好かれる理由ともなっているようだ。

透谷は暴風の松島で芭蕉のこころを瞑想する。なぜ芭蕉は句を残さなかったか。美を説明し尽くすことはできない。絶大の美は全体像を見せないばかりか、我をも没却させる。宇宙と我との合一の境地は、文字も詞も失わせるものだと。絶大の自然は改変不能である、人力の及ばぬところにある。

絶大の景色をうつすのにその全体像をうつすことばがないのが人間存在だとする認識があろう。悠久・絶大の景色（自然）に有限の人間存在を対置する。ここに不易流行思想を見出すことができる。狭量で利己的な、小さな人間存在が神に近づく道のありようが「詩人」に求められている。にもかかわらず、であるからこそ宇宙と我との合一の境地から発せられることばが求められなければならない。

宇宙（自然）と我との合一の境地に芸術境があり、詩人の理想がある。我を限りなく宇宙の意志、神の意志に近づけるところに文学の理想も人生の理想もある、ということであろう。

四　「造化の天工」と詩人・こころとことば

透谷は幼い日から、「自然」に魅了されることが多かった。芭蕉の無言を考えることは、無言の宇宙と冥交するきっかけを与えた。宇宙（「造化の天工」・神・自然・美・絶対境）はことば無きものであるが、それに対峙する透谷のこころは「ことば」を求めて思念する。

A、詩人　B、造化　C、こころ　に関する透谷文を執筆順にあげてみよう。

A、「厭世詩家と女性」（明治25・2）に「夫れ詩人は頑物なり」「我が自ら造れる天地の中に逍遙する者なり」

B、「粋を論じて『伽羅枕』に及ぶ」（明治25・2）に「古今の名作は」「造化自然の神に貫くを得て、名作たるを得るなり」

B、『伽羅枕』及び『新葉末集』（明治25・3）に「恋愛は花なり、造化の花なり」
B、「松島に於て芭蕉翁を読む」（明治25・4）に「造化の秘蔵」ほか
B、「蓮華草」（明治25・5）に「造化は」「至美をあらはす」
A、「徳川氏時代の平民的思想」（明治25・7）に「俳道の普及は」「其粋美を蹴棄したり」
C、「各人心宮内の秘宮」（明治25・9）に「心に宮あり、宮の奥に他の秘宮あり」「第二の秘宮は常に沈冥にして無言、蓋世の大詩人をも之に突入するを得せしめず」
A、「処女の純潔を論ず」（明治25・10）に「桃青は履戦し」「桃青を俳道の偉人として尊敬す」
B、「ツルゲーネフの小品」（明治25・12）に「自然の妙趣描して妙」
C、「心の死活を論ず」（明治26・1）に「心と宇宙とは其距離甚だ遠からざるなり、観ずれば宇宙も心の中にあるなり。」「心の静なり」
A、「富嶽の詩神を思ふ」（明治26・1）に「西行芭蕉の徒、この詩神と逍遙する」
B、「閑窓茶話」（明治26・2）に「造化の秘蔵は、限ある人の心もて窮めがたし」
B、「人生に相渉るとは何の謂ぞ」（明治26・2）に「天下に極めて無言なる者あり、山獄之なり、然れども彼は絶大の雄弁家なり」「常に無言にして常に雄弁なるは、自然に加ふるものなきなり」「天地の限なきミステリーを目掛けて」「明月や池をめぐりてよもすがら」
B、「山庵雑記」（明治26・2）に「人間の心中に大文章あり」「身心を放ちて冥然として天造に任

ぜんか」「自然は我を弄するに似て弄せざるを感得すれば、虚も無く実も無し」「苦海塵境に清涼の気を輸び入る、」詩人

C、「心池蓮」(明治26・3)に「心池のあたりに好日和を得る日は多からじ」

B、「明治文学管見」(明治26・4)に「花の美」「山水の美」「人間の一生は旅なり」「生は有限なり」

B、「対花小録」(明治26・4)に「真如」

B、「満足」(明治26・4)に「造化を観じ、人間を観じ、然る後に天を観ず」詩人も哲学者も宗教家も「帰する所は即ち一なり」

B、「頑執妄排の弊」(明治26・5)に「造化は終古依然たり、而して終古鮮新なり」「霊活なる心」

B、「内部生命論」(明治26・5)に「造化は常久不変なれども、之に対する人間の心は千々に異なるなり」「造化は人間を支配す、然れども人間も亦た造化を支配す」

A、「偶思録」(明治26・7)に「古池に飛び込む蛙」

B、「万物の声と詩人」(明治26・10)に、みみずは「人をして造化の生物を理する妙機の驚ろくべきものあるを悟らしむ」

A、「漫罵」(明治26・10)に「文字を求むれども詩歌を求めざるなり。作詩家を求むれども、詩人を求めざるなり」

以上見てきた通り、透谷の目指した詩人像の原型は、松島で絶句した芭蕉の境地を考え詰めたと

ころから発せられたものと思われる。「造化」に「我」を対置し、「人」を対置する。真の「我」は「こころ」（内面世界・想世界）にあり。偉大なこころは造化＝宇宙の中に秘められてある。その思想形成の根底にほとんど全篇を通して芭蕉への憧憬が投影していることに私たちは気づくのである。

〔注〕

（1）透谷の号の一つである「桃紅」は、「桃紅李白薔薇紫」（『禅林句集』）からの転用であるかもしれない。島崎藤村の『桜の実の熟する時』（大正七年）に「ある禅僧の語録で古本屋から見つけて来たといふ古本までも青木は取出して来て、それを捨吉に読んで聞かせた」とある。青木（透谷）が禅僧の語録を持っていたという説明はここにしかないが。そして『禅林句集』のどの版本で読んでいたかも特定できないのだけれども。

（2）町田市の小島資料館には小島家歴代の貴重な資料が保存されている。貴重な矢立も保存されている。

（3）同時代の『歌学』十四冊の解題を用意している。

［参考文献］

麻生磯次訳注『奥の細道』、昭和63・5、旺文社
久富哲雄全訳注『おくのほそ道』、昭和55・1、講談社学術文庫
萩原恭男校注『おくのほそ道』、平成3・12、岩波文庫
長谷川櫂『「奥の細道」をよむ』、平成19・6、ちくま新書

（初出・平成22・5、三弥井書店、ソシオ情報シリーズ9、原題「俳諧紀行のこころとことば―芭蕉と透谷の『松島』情報」）

コラム

奈良 室生寺

心眼で見る『空花乱墜《くうげらんつい》』（立原幹）

楢野透子は草田季行との同棲四年に及ぶ三十二歳の時、突然視界に歪《ゆが》みを生ずる。画廊を営む父、母、商社員の兄、寺の大黒として嫁入《よめい》った姉に囲まれ、何不足のない彼女は美術出版社に勤め、フリーライターに転じて、室生《むろう》寺の釈迦如来像に強く惹《ひ》かれていた。同棲者との間に異物が入ったと思われるほどの焦がれ方であり、仏師と仏像に恋していた。そこは自問自答の世界である。

無論、季行への愛情が薄れたわけではない。しかし、徐々に視力を失っていく透子の不安は、如何に季行の庇護《ひご》厚くとも解消されえない。安定剤を飲まねば安眠できぬ透子に、健康を気づかう季行は薬の使用を禁ずる。生身の愛人はいつの間にか敵対者と化してさえいる。

生涯を季行に委《ゆだ》ねて厄介をかけ続けるに忍びないと思う透子は自宅に戻り、手術は視力の回復を許さなかったが、自分にしかみえぬ「青い水」をたたえた眼の力を体験し、やがて真の安らぎを求めて、再び戻らぬ覚悟で室生寺釈迦如来像のもとにおもむく。四十歳になろうとしていた。

透子の仏像への思い、とは何か。視力を失うことへの無意識が視力のある時代のかたみとして仏像を彼女に与えたのか。仏的《ぶってき》な心に棲《す》むものを顕在化するために、釈迦如来像が彼女に眼の障害を施したのか。著者は、人が生きる場所の究極を眼《がん》疾《しっ》者に負わせて、ぎりぎりと問いつめていく。眼があいているからといって、よくみえる、みえているというものではない。ともすれば表面しかみていない。真にみるとは心の眼の働きによってみることだろう。移りゆくものと変わらざるものをみ分けるのは、眼ではなく、心眼である。

透子の眼の喪失は、心眼の獲得であった。『沙《しゃ》石《せき》集』第七（二五）に「一翳眼《いちえい》ニアル時ハ、空花《くうげ》ミダレヲツ」といい、『正法眼蔵』第一四「空花」に「一翳在眼《いちえいざいげん》、空花乱墜《くうくゑらんつい》」という。眼に一点のかげりが生ずれば妄執《もうしゅう》の花乱れ散る。自立の根拠に仏を据えて、生存の足場を追求する姿勢の激しさに、父・立原正秋の蘇生をみる思いがする。

（メディア総合研究所、二〇〇二年八月、一二〇〇円）

☆たちはら・みき　一九五三年〜、神奈川県生まれ。作家。著書に『風のように光のように—父立原正秋』など。

（初出・平成14・12・2、『公明新聞』）

室生寺

第二章　武蔵野

自然と生活が密接する「武蔵野」＊国木田独歩＊

はじめに

武蔵野、と言えば私たちは、太宰治（明治四十二年六月十九日～昭和二十三年六月十一日）が入水心中した雨の玉川上水や大岡昇平（明治四十二年三月六日～昭和六十三年十二月二十五日）の『武蔵野夫人』（昭和25）の復員兵が帰還する〈はけ〉の地を想い起すかも知れない。

国木田独歩の名作「武蔵野」（初出は明治31・1～2、原題は「今の武蔵野」、明治34・3短篇集『武蔵野』所収「武蔵野」）とともに。

関東大震災（大正十二年）時には、東京市の郡部で比較的地盤の強い武蔵野も、下町と接した北豊島郡、南葛飾郡の一部は、家屋倒壊数も多く、死者も出している（吉村昭『関東大震災』）。本稿では関東大震災よりも二十五年前に書かれた独歩の「武蔵野」を読みながら、百十八年前の武蔵野をとらえ、独歩が武蔵野に寄せた意味を考えてみたい。

図1　空知川　紅葉の美観

一　空知川と武蔵野

一九九〇年代の十年間、年に一度私は函館から小樽、札幌、旭川、ニセコなどを廻った。短大生たちと共に石川啄木、伊藤整、国木田独歩、三浦綾子、有島武郎らの足跡を追う五泊六日の旅であった。

図2　現在の空知太

独歩については、三浦華園（三浦屋奥座敷）、空知太、空知川の岸辺、砂川、歌志内公園と辿りながら、空知川の岸辺の紅葉の美観と石狩の原野に目を見張った。（図1）

今は丸太しか残らない草ぼうぼうの空知太（図2）から馬車に乗り、三浦屋に着いた独歩は、三浦屋主人から聞いた通り空知太に引き返し、砂川経由で炭鉱の町歌志内をめざした。私たちのルートとは反対に、歌志内から空知川の岸辺に向かったのである。

札幌から空知川へとたどり行く独歩の時代の未開の原野が想われて「山林に自由存す」の詩句が自然にうたわれた。

独歩は後に妻となる佐々城信子と小金井散策をし、ふたりで暮らす晴耕雨読の地として北海道移住を考え、十二日間の石狩探訪を試みる。結婚から破婚に至り、結局北海道での新婚生活は叶わなかったが、「山林に自由存す」を含む「独歩吟」（『抒情詩』、明治30・4、民友社）の詩集を得た。

独歩は新婚の地を辺境に求めたように、恋人との散歩も市中を離れ、郊外にくり出す。

二　文政年間の地図

国木田独歩が『武蔵野』第一章を書くに当たって、参照したのは、「文政年間の地図」（文政年間、一八一八〜一八二九）である。この地図は「東都近郊図」といわれるもので、「此図ハ江戸ヲ中トシ

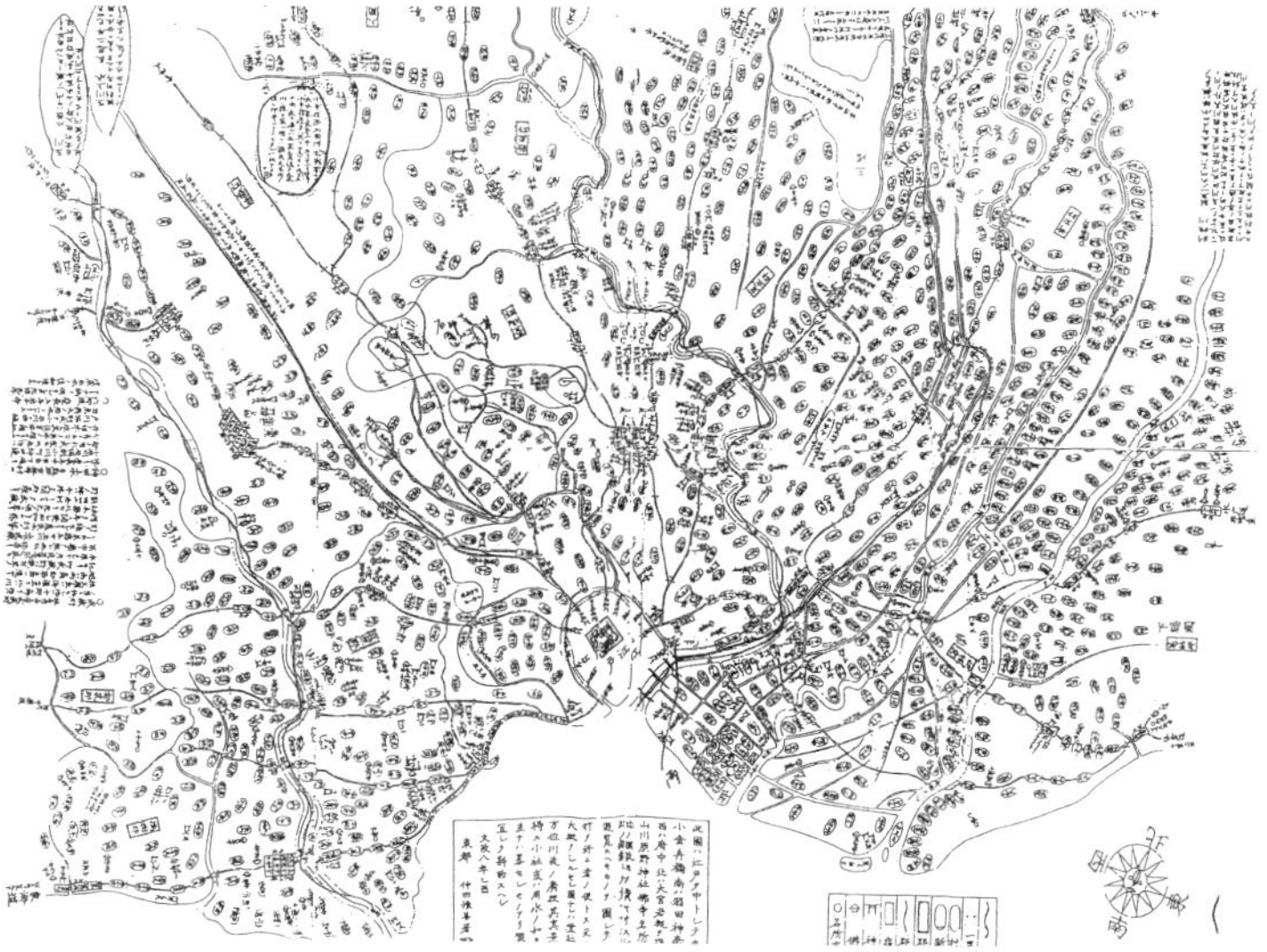

図3　文政年間の地図

テ東ハ小金井舟橋南ハ羽田神奈川西ハ府中北ハ大宮岩槻」「山川原野神社仏寺名所」「遊覧スベキモノヲ図シ」「大概ヲシルセシ図ナレバ」「方位川流ノ広狭其真景ヲ持ス小社或ハ用水ノ如ニ至テハ略セシモノアリ宜シク斟酌スヘシ／文政八年乙酉東都仲田惟善著」と記されている（図3）。これは江戸を中心として、東は小金井、船橋、南は羽田、神奈川、西は府中、北は大宮、岩槻等々の山川、原野、神社、仏閣等の名所や遊覧場所の概略を示したもので、方位や川の流れの広狭など真実の姿を写している、しかし小さな社や用水は略しているものもある、との断り書きである。

　文政八年は江戸の末期一八二五年、十

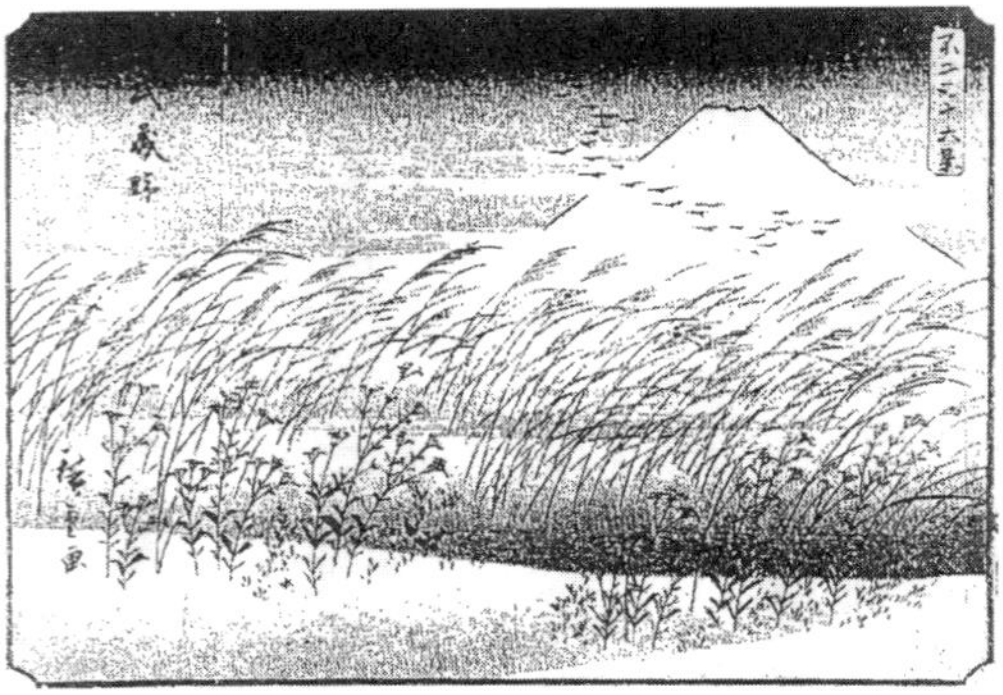

図4　不二三十六景・武蔵野

一代将軍家斉の世、老中水野忠成（宝暦十二年〈一七六二〉～天保五年〈一八三四〉）による賄賂情実の時代で、『東海道四谷怪談』が上演されている。この地図を一覧すると、江戸城を中心として、放射状に広がる多摩川、玉川上水、荒川、隅田川、綾瀬川、中川や利根川からの分流、支流がきわだって見える。

この古地図に書かれた「武蔵野ノ跡ハ今僅ニ入間郡ニ残レリ」「小手指原久米川古戦場ナリ」の解説を引きながら、独歩は建武の中興に至る、小島法師の『太平記』応安三年（一三七〇）に描かれた古戦場跡を、〈武蔵野がわずかに入間郡に残っているところ〉として、「畫や歌で計り想像して居る」その地の考察を始めるのである。絵や歌というのは、おそらく安藤広重「不二三十六景・武蔵野」（図４）や画俳与謝蕪村（明和七年〈一七七〇〉～嘉永三年〈一八五〇〉）の「山はくれて野は黄昏《たそがれ》の薄《すすき》哉」などの情景であろう。

ところで、〈武蔵国〉といえば、現在の埼玉県と東京都と神奈川県東部である。『和名類聚抄』（承平元年〈九三一〉～天慶元年〈九三八〉）によれば、多磨、都筑、久良、橘樹、荏原、豊島、足立、新座、入間、高麗、比企、横見、埼玉、大里、男衾、幡羅、榛沢、賀美、児玉、那珂、秩父の二十一郡であり、古くは東山道に属したが、宝亀二年（七七一）東海道に編入されたとされる。

鎌倉時代には北条氏が守護となり、室町時代には鎌倉公方のち上杉氏が支配した。戦国期には、後北条氏の所領となり、徳川家康が江戸に幕府を開いたため、ほとんどが幕領と旗本領であった。明治元年（一八六八）江戸は東京と改称、明治四年（一八七一）の廃藩置県により、東京府、埼玉県に統合し、一部が神奈川県となった。

独歩は『武蔵野』七章で「武蔵野の範囲」を次のように語る。大江戸八百八街は昔の面影を想像できないから、「東京は必《かなら》ず武蔵野から抹殺《まっさつ》せねばならぬ。／しかし其の市の尽《つ》くる処、即ち町外つれ《（ママ）》は必《かなら》ず抹殺してはならぬ。」「武蔵野の詩趣《ししゅ》を描くには必ず此の町外れを一の題目《だいもく》とせねばならぬと思ふ。例へば君が住はれた渋谷の道玄坂《だうげんざか》の近傍、目黒の行人坂《ぎやうにんざか》、また君と僕と散歩《さんぽ》した事の多い早稲田の鬼子母神辺《あたり》の町、新宿、白金」「その野から富士山《ふじさん》、秩父山脈国府台《こふのだい》」「其の中央に包《つつ》まれている首府《しゅふ》東京をふり顧《かへ》つた考で眺めねばならぬ。」「多摩川は」「武蔵野の範囲《はんゐ》に入れなければならぬ。」「武蔵野の多摩川の様な川《かは》が、外にどこにあるか。其川が平《たひら》な田と低い林《はやし》とに連接する處の趣味は、恰《あたか》も首府が郊外と連接《れんせつ》する處の趣味と共に無限の意義がある。」「亀井戸の金糸堀《きんしぼり》のあたりから、木下川辺《きねかはへん》」「関《くわん》八州の一隅に武蔵野が呼吸《こきう》して居る意味を感ずる」と。箱根から北の八カ国、相模、武蔵、安房、上総、下総、常陸、上野、下野の一隅に武蔵野が呼吸していると見取る。

東京の南北にかけては鉄道が通じているので「武蔵野の領分」は「せまい」が「武蔵野は先づ雑司《ざうし》谷《がや》から起つて線を引《ひ》いて見ると、それから板橋の中仙道の西側《にしがは》を通つて川越近傍まで達《たつ》し」「入間郡を包《つゝ》んで円《まる》く甲武線の立川駅に来る。此範囲《こんはんゐ》に「所沢、田無などといふ駅《ゑき》がどんなに趣味が多《おほ》いか。」「殊に夏の緑の深い頃は」格別であると言う。ここで武蔵野の情趣は桜咲く春よりも夏にあり、と言っているところに注目しておきたい。「立川からは多摩川を限界《げんかい》として上丸辺まで下る。八王子は決して武蔵野には入れられない。」「丸子《まるこ》から下目黒《しもめぐろ》に返」り、「此範囲の間に布田、登戸、二子などのどんなに趣味多いか。」以上を西半面と言い、東半面は亀井戸、小松川、木下川、堀切、千住近傍などと限定して、この範囲は異論があれば外してもよいが、一種の趣味があって、これぞ武蔵野にちがいないと力を入れる。

　続く八章では、「今の武蔵野」の水流を説く。「第一は多摩川《たまがは》、第二は隅田川」であるが、「小金井の流」が第一である。この流れは「東京近郊に及んでは千駄ヶ谷、代々木、角筈《つのはぜ(ママ)》」を流れて、「新宿に入り四谷上水」となる。「井頭池《ゐのかしらいけ》善福池などより流れ出で、、神田上水《かんだじやうすゐ》となる者。目黒辺を流れて品海《ひんかい》に入る者。渋谷《しぶや》辺を流れて金杉《かなすぎ》に出づる者。其他名も知れぬ細流小溝《さいりうせうきよ》に至るまで」「今の武蔵野の平地高台《へいちたかだい》の嫌なく、林をくゞり、野を横切り、隠《かく》れつ現はれつして、しかも曲《まか》りくねつて」「流るゝ、趣は春夏秋冬《しゆつかしうとう》に通じて」「心を惹《ひ》く」。「武蔵野の流《ながれ》」は「多摩川を除《のぞ》」いては「濁《にご》つた流れ」で不快だったが、慣れてみると、「平原の景色に適《かな》つて見へる」ように思えてきた。「神田上水の上流《じやうりう》の橋」の際の人々が群れ集う声に興を得る独歩である。この多摩川の流れについて言えば、百年後のカヌーイスト野田知佑は多摩川を「百万都民が収奪し尽した川の残骸」と評していた。

三　町外れの光景、自然と生活の配合

　こうして独歩は九章に入り、東京の町外れの光景即ち武蔵野に思いをいたす。「東京市街の一端」或いは「甲州街道《かうしうかいだう》」「青梅道《あふめみち》」「中原道《なかはらみち》」「世田ケ谷街道《せたやかいだう》」などの「郊外の林地田圃《りんちでんぽ》に突入する處の、市街ともつかず、宿駅《しゆくえき》ともつかず一種の生活と一種の自然《しぜん》とを配合して、一種の光景を呈《てい》し居る場處を描写することが」「自分の詩興《しけう》を喚び起す」として、このような「町外れの光景は何となく人をして社会《しやくあい》といふもの、縮図《しゆくづ》でも見るやうな思をなさしむる」換言すれば「田舎《いなか》の人にも都会の人にも感興を起《お》こさしむるような物語《ものがたり》、小さな物語、而《しか》も哀れの深い物語、或は抱腹《はうふく》するやうな物語が二つ三つ其處らの軒先《のきさき》に隠れて居さう」に思われるからと言う。「大都会の生活の名残《なごり》と田舎の生活の余波《よは》」が落合って「うづを巻いて居る」。そこらは朝まだき、納豆売りの声と荷車の音、九時十時ともなると、蝉が鳴き、暑くなる。砂ほこりがたち、蝿の群れが出て、府の中心部で鳴る昼を告げるドンの合図がかすかに（傍点筆者）聞こえてくる場所である。

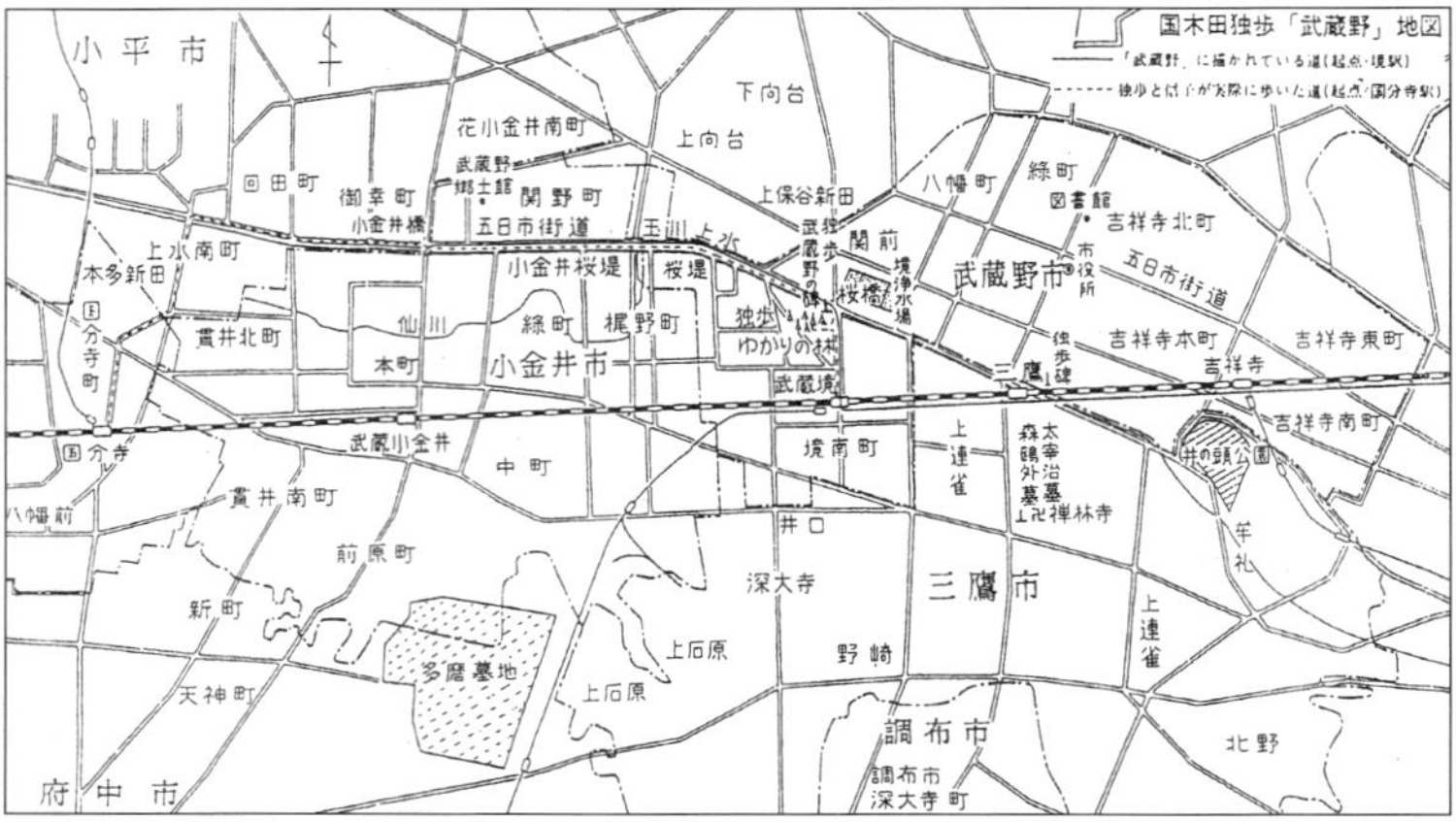

図5　小金井散歩地図

四　小金井散歩・独歩の林

そもそも独歩がこのように郊外に目を移すようになったのは、恋人信子との散策があったからだ。独歩の日記「欺かざるの記」（明治25・2・3〜30・5・18）中の明治二十八年六月から三十年五月十七日までの記録には、信子との出会いから郊外散歩での語らい、北海道に移住してみての晴耕雨読の生活に憧れ土地を求めて空知川まで調査に赴き、しかし逗子で新婚生活を始め、半年の短い結婚生活に破れ、渋谷村に移り住み、思索を重ねて出世作「源叔父」（明30・8、『文藝倶楽部』）を書くに至る、独歩の作家として立つべき闘いの日々があった。

小金井散歩には三度行っている。（図5）一回目は明治二十八年八月十一日。「三崎町なる飯田町停車場」から二十二年四月十一日内藤新宿から立川駅まで開通した甲武鉄道は、二十八年四月三日、飯田町・八王子間開通、飯田町から乗車した独歩と信子は、「国分寺」に下車して直ちに車を雇い小金井に至る。「小金井の橋畔に下車して流に沿ひて下る。」「吾等二人、愈々行きて愈々人影まれなるところに至り、互に腕を組んで歩む」「遂に桜橋に至る」「橋畔に茶屋あり」「境停車場の道に向ひぬ。橋を渡り数十歩、家あり、右に折る、路あり。此の道は林を貫いて通ずる也。／直ちに吾等此の路に入る。林を貫いて相擁して歩む。」「更らにみちに入りぬ。計らず淋しき墓地に達す。古墳数十基」「更らに林間に入り」「腕をくみて語る。若き恋の夢！」「境停車場にて乗車す。」帰途の車中信子はしみ〴〵とした調子で「故郷の空」（明治21・5、『明治唱歌一』、大和田建樹 詩）を歌った。

図6　現在の独歩ゆかりの林

　二回目は八月二十四日。「小金井近傍の林を訪ふことに定め、車を駆りて、飯田町停車場に至る」「此のたびは境停車場に下車したり。彼の林まで停車場より五六町に過ぎず」「接吻又接吻、唱歌、低語、漫歩、幽径、古墳、野花、清風、緑光、蝉声、樹声、而して接吻又た接吻」。二回目

図7　現在の小金井散歩道

は独歩ゆかりの林に直行している。（図6）

三回目は破局の後、二十九年四月二十四日。七歳下の弟収二と桜堤まで。「新緑もえん許りの郊外の風光は却て吾が心に無限の感傷を加へぬ。境の停車場に下車し、昨年信子と夫婦永劫のちぎりを約したる林に到り、収二に去年の事を物語れり。信子と共に紙を布きて憩ひたる林、今は悉く伐木せられしを見る。松柏も一年立たぬ中に変じて薪となり、夫婦永劫のちぎりも一年ならずして一片回顧の情となる」。破婚後には追憶の場（トポス）として小金井散策に出かけているのである。

明治二十九年十月二十六日の日記には、「武蔵野に春、夏、秋、冬の別あり。野、林、畑の別あり。雨、霧、雪の別あり。日光と雲影との別あり。生活と自然との別あり。昼と夜と朝と夕との別あり。月と星との別あり。／平野の美は武蔵野にあり。草花と穀物と、材木との別あり。／茲に黙想あり、散歩あり、談話あり、自由あり、健康あり」と。自然詩人独歩の面目が躍っている。（図7）

五　独歩に聞く武蔵野の美

短編集『武蔵野』収録の「武蔵野」は初め「今の武蔵野」と題して、明治三十一年一月から二月の『国民之友』に二号にわたって発表された。九章から成る。第一章はすでに見た通り、序文に当たる元弘の変（元弘三年〈一三三三〉）から建武中興（建武元年〈一三三四〉）にいたる『太平記』の世界。源平古戦場の跡としての武蔵野。二章は二十九年の秋の初めから春の初めまで弟と渋谷村で暮らした「欺かざるの記」からの引用。二十一日分の記述は「自然」にかかわる描写が抜粋される。三章は林の美。ツルゲーネフの『あひびき』（明治22）におけるロシアの白樺林と武蔵野の落葉林の美しさが重ねられる。武蔵野の林の、楢などの黄葉し落葉する黄葉の美観が歌われ、凋落から生成にいたる生命の摂理を美と捉えている。四章は武蔵野の野原が取り上げられる。高低起伏しながら、平原のように見える広々とした野原。麦の新芽で青々とした武蔵野の美。五章は武蔵野の路である。縦横に通ずる数千条の路を当てもなく歩くと武蔵野の美は獲られる。富士を背にした、落日の美観はえもいわれぬ。六章は武蔵野の夏の美である。なるほど小金井は桜の名所として名高いが、ここには信子との小金井散歩体験が生かされ、さらに自然詩人ワーズワースの「泉」の詩が引かれる。「水の快い調べにあわせて、古い辺境の歌か夏の正午にふさわしい輪唱歌でも歌いましょうか」と。

桜の名所として知られる小金井堤を夏の盛りに歩くことを笑う人は（茶屋の婆さんに笑われ、甜瓜《まくわうり》をふるまわれるシーンが「欺かざるの記」にある）武蔵野の夏の日の光の美を知らない人だと。ふたりでした青春の散歩から得た夏の実感である。七章以後は先に紹介した。

要するに詩人は、今は古き戦場、落葉林の林、広き野原、自由に歩める路、黄葉の美観と落日の美観、真夏の水流と日光、生活と自然とが密接している場所、多摩川の水流、玉川上水、そして東京の〈町外れ〉であること、などを挙げて東京の中心地、官庁やお屋敷街とは異なる武蔵野の美を称揚しているのである。

六　多摩川の水流・武蔵野地名考

文政年間の古地図には、玉川の水源は「甲州ノ瀬ト云ヘル幽谷ヨリ出武州秩父郡ノ山水落合多麻郡羽村辺迄ヲ多波川ト唱夫ヨリ下玉川ト云」とある。また玉川上水は、「様応二年巳四月掘割四年十二月ニ成ル分水口羽村ヨリ谷大木戸迄九里余アリと云」。玉川上水ノ両岸には「五十年ノ間桜数百株アリ是元文年中ヨリ延享ノ頃迄年々官ヨリ植ヘラレシ処ナリ中ニモ花淡紅ニテ葉色ウルハシキハ吉野ノ種ナリ花白ク葉色青ハ常陸国桜川ノ種ナリト云／立春六十五日頃」と。甲州に発し秩父から羽村辺りまでを多摩川と称し、それより下流を玉川といい、玉川上水は羽村から大木戸まで三六キロに及ぶと説明されている。上水の両岸には吉野桜が咲きこぼれる。桜の花が水の浄化に役立つとして、武州多摩郡小金井橋（東京都小金井市）周辺の玉川上水堤に多数の桜の樹が植えられたのは、元文二年（一七三七）のことであった。幕府の指示(注)によりこれを担当したのは、武蔵野新田開発世話役で府中押立村名主川崎平右衛門定孝であった。小金井桜の夕景は、天保八年（一八三七）歌川広重による「江戸近郊八景之内小金井橋夕照」で知られるところである。

また、この古地図には地名・河川についての説明も付されている。原文はカタカナ混じり文語体であるが、筆者が口語体にかえて、以下〈 〉内に紹介する。

武蔵野の地名に関しては〈武蔵野の原は十郡にまたがり、西は秩父、東は海に至り、北は川越、南は向カ岡、都筑カ岡に連なる。そもそも武蔵野は数百里の平原で、月光万里玉川に及び、富士の嶺を照らし、無双の勝景である。承応年中（一六五二〜一六五四）玉川上水が武蔵野に通じた頃より、農民たちは水利の便を得て、年々開発し、田畑拓け、林木蜜に茂り、元文（一七三六〜一七四〇）のころに至り、新田四十余村になり、武蔵野の跡は今わずかに入間郡に残っている〉と。

また荒川については、〈水源は榛沢男衾両足立郡の地方は秩父郡大滝より出て、谷々を通って、諸水落合郡の間を流れ、西の方は横見、東の方は葛飾郡隅田村から隅田川となる。荒川水流の堤は元和三年（一六一七）に、石出掃部が官許を得て築いた〉と。

三沼代用水については、〈水源は忍領下中条で、利根川と分れ、星川に入る云々〉とある。綾瀬川については、〈水源は足立郡小針領家村で元荒川より分れ、所々の悪水が落ち合い葛飾郡から隅田川に入る〉とある。

元荒川については、〈水源は荒川で、大里郡熊上で分れ、東に流れ落ち、中川に入る〉とある。古利根川については、〈中川、水源は埼玉幡羅両郡の境、利根川より分れ、葛飾郡猿ヶ俣村までを古利根川と言い、それより下を中川と言う〉とある。

利根川については、〈関東一の大河なので、坂東太郎と言い、水源はいちいち記すのは難しい。烏川、神流川、佐野川、渡良瀬川等々と落ち合い大河となる。葛飾郡中田の宿、武州葛橋宿の境を過ぎて、東西に分れ、東の方は赤堀川又下という。三十里ほど下って銚子の海に入り、西の方は利根川と言い、関宿より下を江戸川と名付ける〉とあり、独歩が手にしたのは、このように懇切丁寧な案内図であった。

おわりに

北海道移住を考えた石狩探訪といい、小金井散策といい、独歩は辺境、或いは町外れを目指した。「市街ともつかず宿駅ともつかず、一種の生活と一種の自然とを配合して一種の光景を呈しうる場所を描写すること」が「詩興を呼び起す」と言う。

独歩は『武蔵野』執筆に先立つこと五年、「田家文学とは何ぞ」（明治25・11、『青年文学』）において、「帝位、戦争、地獄、天堂」よりも、「賎が伏屋、谷の小がわ、森、岳陵の方、意味深かりしなり」として、そこらに起き伏しする老牧者、一村娘の心に詩と真実があるとしている。ここには郊外から勤めに出る人や、郊外地で農業を営む人らに、独歩のまなざしが向けられていることに気づく。

近世の都市は江戸城を中心に、大名屋敷、一般武家屋敷、寺社、町屋としだいに広がり、区画され、その外は農地、空地であった。士・工商は都市部に、農民は農村部に棲み分けた。

明治になっても士農工商の差別意識は残り、大雑把にいえば、都市部の大名屋敷に華族、政府高官、高級将校などが住み、組屋敷にはそれ以下の役人、軍人、教師などが住んだ。商人、職人は下町に暮らし、外郭には細民もいた。農村部には農民が暮らした。

明治六年の身分別人口構成によれば、三千三百三十万六百七十三人の調査対象の、九十三、四パーセントが、商工農からなる〈平民〉である。

独歩は、自然と生活が密接する場所、晴耕雨読のかなう、小さな、哀れ深い、抱腹絶倒するような物語の軒下に隠れていそうな、また社会の縮図をみるような思いを抱かせる大多数の人の住む場所、〈町外れ〉を詩趣深いところと認め、以後の小説にそのような人々を登場させていく。

『武蔵野』は〈郊外〉の発見であり、郊外に住む人々の発見であった。〈郊外〉の発見は、多数の生活者、〈民〉の心の発見であった。

〔注〕 八代将軍吉宗は、享保七年（一七二二）、江戸日本橋に高札を立て、新田開発を奨励した。武蔵野新田として用水も整備された。

追記　独歩『武蔵野』関連の碑には、JR三鷹駅北口に「山林に自由存す」の武者小路実篤揮毫による書と独歩の次男哲二の手になる独歩レリーフがある。また桜橋には、「国木田独歩文学碑」が建てられている。北海道には、滝川公園内に「空知川の岸辺」文学碑、赤平に「国木田独歩曾遊の地」碑、歌志内公園に「山林に自由存す」詩碑などがあり、九州佐伯市には国木田独歩館が整備されている。

〔参考文献〕

橋本健二『階級都市』、平成23・12、ちくま新書

内山節『内山節のローカリズム原論』、平成24・2、農山漁村文化協会

野田知佑『日本の川を旅する』、昭和60・7、新潮文庫

竹内誠監修『江戸時代館』、平成14・12、小学館

中江克己『江戸の暮らし』、平成19・2、青春出版社

『山川日本史小辞典（新版）』、平成13・4、山川出版社

『日本近代文学大系　第10巻　国木田独歩集』、昭和45・6、角川書店

（初出・平成24・6、三弥井書店、ソシオ情報シリーズ11、原題「武蔵野遠く春来れば―郊外の発見『武蔵野』を読む―」）

第三章　百草園と百花園

草花を愛ずる「明治二十一年四月の旅行記概略」＊北村透谷＊『七草集』＊正岡子規＊

一　百草園と百花園

明治二十二年四月、今から百二十七年前のことである。小田原に生まれ、銀座で成長した北村透谷は、満二十歳、処女詩集『楚囚之詩』を自費出版した。四国松山に生まれ育ち、上京して大学予備門に入学した正岡子規は、満二十一歳、前年八月『七草集』に着手し、集尾の一巻をこの年四月に加えて、友人に回覧した。彼らの青春時代である。

明治維新から二十二年、前年の二十一年七月十五日には、磐梯山に大噴火があり、山体が破裂して死者四百四十四人、東京の十五の新聞社は共同で義捐金を募集し、八月一日、画家山本芳翠は磐梯山噴火の図を木版の絵付録として速報し、評判をとった。八月七日から写真師吉原秀雄の現地写真を銅板写真にして掲載、これは新聞に写真を掲載することのはじめとなった。二十二年一月には徴兵猶予を廃止し、二月十一日には大日本帝国憲法発布。皇室典範・衆議院議員選挙法・貴族院議員令など公布。五月には〈百草園〉で講談落語が行われている。七月二十八日にはこんどは熊本県に地震が起こり、八月五日まで余震が続いた。家屋の倒壊二百三十四戸、死者十九人に及んだ。激化を辿った自由民権運動は終焉し、二十三年十一月二十三日の第一回帝国議会に至る、これが、わが国が近代国家としての歩みを確実に始めた、明治という時代の青春譜であった。

本稿では時を同じくして、多摩川べりの景勝地〈百草園〉(1)にしばし憩いのひとときを過ごした後、『楚囚之詩』を上梓した透谷と、向島〈百花園〉にちなんで『七草集』と名付け制作した子規の、〈詩人〉として、また〈俳句の人〉としての出発を飾る、それぞれの〈草花〉に寄せる想いの表白を鮮明にしてみたい。

ふたりの〈箱庭〉には、どのような〈草〉と〈花〉が添えられるのだろうか。

二　一歳違いの子規と透谷

正岡子規は慶応三年(一八六七)十月十四日に生まれ、明治三十五年(一九〇二)九月十九日に没した。享年三十四歳十一ヵ月であった。北村透谷は明治元年(一八六八)十二月二十九日に生まれ、明治二十七年(一八九四)年五月十六日に没した。享年二十五歳四ヵ月であった。子規と透谷は比べてみれば子規が一年二ヵ月の年長ではあるが、ほぼ同時代の人であり、詩歌の革新をともに担ったふたりである。

明治二十一年四月と八月、透谷と子規はそれぞれ市中を離れ、自然の妙味に抱かれ、しばしの安息と休養のときを得る。自然界の探訪、自然界のスケッチによって、人事のわずらわしさから解放される。

三　「明治二十一年四月の旅行記概略」

透谷の「明治二十一年四月の旅行記概略」によれば、透谷は四月十九日にほぼ婚約の整った石坂ミナの実家、野津田に行き、二十日は桜見物の予定で、でもあったか、小金井公園に行くはずがうかうかと過ぎ暮らし、二十一日は雨、二十二日にはミナの妹登志子とその母、友人吉倉汪聖らと連れ立って、〈百草園〉に赴き、「百花雑草の好風景、乱塵煩雑の市井を離れ」「限りなき天然の風色、年々死して年々生き、年々咲いて年々散り、永世を長からず思う草樹と、吟咏を共にし、縦談を放《ほしい》まゝにするを得たるは、神の特に恵みし、慈意」〈筆者訳、百花雑草が咲き乱れるよい風景に出会い、乱れ雑然とした市中を離れて限りなき天然の風景をみながら、年々枯れては蘇り、咲いては散る限りある草樹と吟詠を共にし、思いのままに語り合うのは神の与えし恵み、慈しみの愛である〉と感ずる。また、気の合う人々と「集つて、山河と共に、別天地の真想」を味わい合うのはなんとよい機会であることかと思う。

「丘の形、水の姿、一々、談話の料」となり、「之れを社界にくらべ、或は政治、或は人情、或は歴史上の人物、或は当世の人才」に比べてみると、そのすがすがしさは一層勝ると知る。いずれ義妹となる登志子は「おのが身の春の花」と知りてか知らざりてか、「緩水（チョロチョロミヅ）の岸に生ひたつ、欲もなく情もなき、バイヲレットをきりつみ」「汚れなき」胸に挿むのもかわいらしいと思う。鳥は「功名場裡の寒客を嘲つて」飛び去り、「春蝶は雙々飜転して、伴に遠ざかる」人を笑い、「小魚も、自由に遊泳して、枉げて歓笑を売り、強いて、世波に浮沈する、江湖の愚人を憐む」かに見える。丘・水・緩水・バイヲレット・鳥・蝶・小魚の自然界に対置して、功名を競う人々、世情に流される愚かな人々を配する。

ここで透谷は、〈百草園〉を逍遥し、気の合う人々と語らい、景勝を堪能して、あくせく生きる浮世人を脱し、出世間的な時空間を楽しんでいる。

二十一年四月の、この旅行記概略を書いてのち、二十二年四月一日の日記まで、克明な手記書簡は残されていない。この一年間に、ミナとの結婚準備、自らの自由民権運動離脱の鍵ともなった大阪事件の被告たちの上告判決、上告却下。十月二日の北村家相続。十一月三日キリスト教式によるミナとの結婚、という事情がはさまる。

二十二年二月十一日の大赦により、大阪事件の人々は出獄するも、透谷を大阪事件に誘った親友大矢正夫は強盗罪との併合罪により出獄できなかった。

　四月一日日記に「病来久しく文筆に倦み、自伝も中断《ぎ》れとなり居たりしが、近頃漸く旧来の精神を回復し、勇気を奮ふて学事にも従事する様になりたれば、再び自伝を記述することを始めん」「余は実に過る二三年」を「愛情の為め、財政上の為め、或は病気の為め」費消したが、十二日日記には、『楚囚之詩』は「多年の思望の端緒を試みたり、大いに江湖に問はんと印刷に附し」「出版することとし」「去る九日に印刷成りたるが、又熟考するに余りに大膽に過ぎたるを慚愧したれば、急ぎ書肆に走りて中止することを頼み、直ちに印刷せしものを切りほぐし」「自分の参考にも成れと一冊を左に綴込み置く」と書いている。

　このきりほぐしたとされる『楚囚之詩』は、現在までのところ小田原市立図書館、日本近代文学館ほか各所に少なくも十二冊の原本が所蔵されている[注1]。が、私が手に取ってみたものは、日本近代文学館所蔵の桐箱入りの一冊である。

「大胆に過ぎたる」とは何を以ていうのだろうか。

四　二十一年八月の長命寺月光楼

子規は明治二十一年大学予備門（第一高等中学校）を卒業、夏休みを帰松せずに、三並良・藤野古白とともに向嶋の長命寺境内の山本屋に滞在し、制作に励む。

「我住める月光楼ハ宝寿山長命寺境内」にあり、「長命になれや病の出養生」と、春先から喀血の徴候ある身をうたっている。長命寺はなんといっても桜餅で有名。桜餅は塩漬けした桜の葉で巻いた餅菓子であり、桜の香を楽しむ。江戸時代にかしわ餅の類似品として長命寺の門番山本新六が考案した、と伝わる。長命寺は現在も墨田区向島にある天台宗の古刹。宝寿山遍照院。江戸時代前期までは宝寿山常泉寺と称していたといわれる。三代将軍家光（一六〇四―五一）が鷹狩りに来て腹痛を起し、寺の般若水で薬を飲むと治った由、以後、「長命寺」と号するようになったという。

明治十三年五月の「東京府管内全図」には隣村の小梅村に常泉寺があり、長命寺とは別の場所に記載されている。むろん長命寺も今ある場所に載っていて、「ウシノゴゼン」と「アキバ社」の間にましましている。が、明治三十年から三十三年の「東京市全図」には「常泉寺」は消えて、長命寺は現在の向島須崎町のあたりに記載されている。

ここは雪見の名所として名高く、松尾芭蕉の「いざさらば雪見にころぶ所まで」の句碑があり（この句は芭蕉が名古屋で作句したものだが）、歌碑人物碑などの石碑が四十余りもある。桜の名所としても有名であり、「東京方角一覧地図　一名名所獨案内」には、将軍吉宗（一六八四―一七五一）が隅田川のほとりに百本の桜を植えたとして、桜の木がずらりと描かれている。八月には雪見も観桜もなく、葉桜餅であるが、食いしん坊の子規にはよく似合う。

向島〈百花園〉（下図）は文化元年（一八〇四）、日本橋の骨董屋佐原菊塢が万葉植物を中心に草木を集め、幕臣の多賀屋敷跡に開園した。長命寺からは目と鼻の先にある。

幼少時の透谷と同様に軍談を好み、自由民権運動に関心を示し、「自由何クニカアル」と演説をし、東京遊学。ベースボールに熱中したころの子規である。

五　透谷の箱庭

透谷二十歳の『楚囚之詩』は自由律長篇叙事詩。主人公「余」は国事犯として囚われの身である。「国の為」に闘った結果楚囚の身となり、死に至るかと思われるほどの〈孤絶〉の状況を〈牢囚〉に託し、〈自由〉の象徴としての菊の香、バイヲレット、蝙蝠等々の〈音信〉のモティーフをそこに配する。大赦で出獄すると〈鳥〉たちが微妙の調べを聞かせて迎える。

向島百花園の藤棚

『楚囚之詩』は大阪事件への不参加、自由民権運動の挫折、ミナとの恋愛、結婚、キリスト教受洗なしには成立しえなかったが、政治青年透谷が〈詩〉の道に政治を深め、持続していくための方角と方法を把握した、日本初の自由律長篇叙事詩である。三二音を中心とした三二調ともいうべき音数律と、長短ケイデンスを駆使し、脚韻を踏み、行内韻を工夫して、全く新しい詩の世界を創出した。

想世界（箱庭）の中心的シンボルである〈月〉〈山〉〈水〉〈庭〉〈花〉〈菊の香〉〈バイヲレット〉〈フォゲットミイナット〉〈種々の花〉〈彼山〉〈彼水〉〈彼庭〉〈彼花〉〈蝙蝠〉〈野花〉〈渓の楽器〉〈鶯〉〈梅〉が示され。ここには〈百草園〉での一日がおだやかにイメージされている。

実世界のシンボルとして、〈日光〉〈鷲〉〈喬木〉〈熊〉〈湖上〉〈毒蛇〉〈花の都〉〈山川〉〈富士山〉〈富嶽〉〈隅田に舸〉など実世界（体験の世界）が広がっている。

透谷は自由と牢獄、即ち想世界で維持される自由と、社会に捕縛されて生きる、近代人の心のドラマを描ききったように見える。〈百草園〉は自由の象徴であった。

六　子規の箱庭

子規二十一歳の試み『七草集』は、二十二年五月一日、閣筆。角書きに「無何有洲」とあり、荘子の応帝玉篇「無何有之郷《むかうのさと》」をもじったもので「向嶋」を指すと、『子規全集』第九巻解題にある。「むこうのさと」を「むこうじま」ともじるセンスに言語感覚の豊かさが感じられる。

八月、ときは旧暦「秋」。巻名を「秋の七草」（はぎ・おばな・くず・なでしこ・おみなえし・ふじばかま〈らん〉・あさがお〈ききょう〉）にちなんで名付け、ジャンルを変え、署名もとりかえて、この地に伝わる梅若伝説や都鳥物語や、隅田川上流に遊んだ三週間をうたう。

「蘭の巻」は漢文仕立てである。署名は「莞爾少年」。「墨江僑居」での記録。小景六景。

「萩の巻」は五五七七七／五七五七／五七五七七／七五五七七音で締る形式は、あたかも五七調のリズムを想わせる。署名は「獺祭魚夫」。「墨江僑居雑録」との表題がある。「だっさい」とは「かわうそ」のこと。かわうそは獲物を並べて祀る由あり。「涼風にのって鐘の音がきこえ、水辺の楼に冷気溢れる」とうたう。この巻には観音崎、鎌倉他をうたう付録がついていて、ここも五七七五、七七七七、六、七七七七音でしつらえられる。五七音への親しみが看て取れる。

「女郎花の巻」は短歌八十三首仕立て。署名は「うすむらさき」。「諸人は世のまがつみにあひつなるふしのけふりと消失にけり」とこの年の磐梯山地震をもうたう。後半の短歌三十首は恋の歌、別離のうたとみえるが、これをしも桜餅屋の娘との恋物語とみるべきだろうか？

「尾花の巻」は発句仕立て。集中最も楽しめる。署名は「真棹家丈鬼」。私淑した桂園派の歌人井手真棹と、鬼貫にちなんだ署名。写生句を中心に百十五句仕立て。

磐梯山の破裂と大垣の洪水に際して「山をぬく火の水にかつ熱さ哉」の句は、短歌での表現より理に勝って面白く感じられる。「あさがほの巻」は謡曲仕立て。署名は「無縁痴佛」。「葛之巻」は評論仕立て。署名は「野暮の舎撫翠」。言語論。「瞿麥《なでしこ》の巻」は小説仕立て。万葉仮名書きにて「亦打山、暮越行而、廬崎乃、角太河原爾、独可毛将宿」（マッチヤマ、ユフコエユキテ、イホサキノ、スミタカハラニ、ヒトリカモネン）と始まり、「梅若伝説」と「業平都鳥物語」を書き込んで、多様な文学ジャンルへの挑戦を試みているが、集中の圧巻は、やはりこの「尾花の巻」ではなかろうか。ここには、首都東京の川向こう、辺境の隅田川べりに宿して風景が自然物と溶け合い、中心のざわめきを伝えてくる明治二十一、二年の秋をうたっている。

小舟、白帆、夏坐敷、都鳥、渡守、あしの葉、霧、浅草の塔、朝霧、帆かけ舟、渡し舟、きり、花火、流燈会、みやこ鳥、涼しさ、天の河、簾、絽、水鳥、鵜、す、み舟、納涼、涼しさ、蓮、若葉、鴎、火取虫、灯取虫、船歌、涼風、闇の夜、扇、夜す、み、あつさ、夕立、熱さ、蝉、夏の夜、日あふぎ、あけの月、蚊、短花、夏川、夏木立、蚊遣、蚊柱、朝皃、夏氷、涼み舟、さくら餅、破れ扇、こほり、萩、松風、新米、夜風、秋たつ、秋の蚊、尾花、水涼し、まつり、行水、秋の草、邯鄲の枕、月の冴、瓜の花、星一ツ、朝顔、七くさ等々、ここで多様に表現される季の世界は、子規の句に見落とせない季語の群れである。写生の対象は山本屋の二階からながめる川と川岸、せいぜい枕橋までの散歩であるが、細かに風景が描写されることによって、今私たちは、隅田川を舟でわたっていた当時の、霧の深さや、夏の涼味を知るのである。

『七草集』には表紙に「Criticism on Nanakusa-shu」（「七草集批評」）と書かれた白紙が五十枚

余付され、師友の回覧に供した。一夏の向島土産である。あとがきの自作評は「蘭の長くのびて見ばへなき。芳芽の花の半ば枯れて咲き揃はざる。女郎花のゆらゆらとして力なき。花ならぬ尾花の花といつはれる。朝皃の散りやすさ。葛の花なき。あるハ撫子の季も分からず時も分かぬ」とすこぶる厳しいものだが、多様な文学的才能の試みの中から表現形式として俳句を選びとっていく子規の観察眼の鋭い想世界（箱庭）のさまが生き生きと伝わってくる。

七　箱庭づくり

透谷は「脳病」（脳充血）から一時回復した時期に『楚囚之詩』を書いた。子規は喀血の養生を兼ねて余命十年と思い定め『七草集』を作った。ともに青春の集大成であり、詩人の誕生を飾った。体調不良という不都合を宿命として引受けながら、自分の道を探りあててゆく。透谷の場合、これまでに誰も編み出さなかった「三二調及び長篇詩」の創出という箱庭を築き、詩人としての出発を果たした。精神の「牢獄」に対峙するものとして自由、その願望のイメージとして、自然界の月、花、水、庭をシンボル化した。

子規の場合、多様なジャンルの試みを展開し、のちの俳句への出発を飾った。五七五の、自由でありながら強固な箱庭である。五七五の箱庭に、月や川、霧や蓮の道具をしつらえて、自らの精神世界を創り出していく。

ここで箱庭とは、いうまでもなく、近年では心理学用語としての箱庭療法でよく知られることばであるが、もとをたどれば、元和六年(一六二〇)、桂離宮の造営にあたって桂宮が庭師小法師にまずそのひな型を作らせたことに始まるという(『日本大百科全書』)。このように「庭園」のひな型として生まれたものが、江戸中期以降、庭を持たない庶民の、折からの流行でもあった園芸趣味を満たす慰めとして発達した。箱庭は精神世界のあこがれの造園であり、反映となる。そこに何を置くか、樹木も花も橋も川も、置かれる道具は、置かれ方によって、精神世界の反映となる。何しろ箱庭だから、イメージの世界を自由に造型することができる。

箱庭のはじめは浅い箱の中に土や砂を入れ、小さな木や草を植え込み、庭園のミニチュアを作っていた。やがて景勝地の風景を作るようになり、鳥居や人や、神社や小動物などが、陶製の小道具としてつかわれるようになった。明治二十年ころには次第にあきられ、箱庭は「盆景」(お盆の上に大自然の景を盛る)にとってかわられた。盆景の創始者は和泉智川である。

透谷・子規にとって青春の枠組がどのようなものであったか、その心象風景を物語る、明治二十二年の代表作に探った。

体調の不良や世界との不調和、不調子、不満足をかかえて生きるのが人である。すべての欲望を充足させる世界は、テクノロジーを駆使して人の生命までも作り出し、不老不死に挑戦するまでになったが、生命を部品化する試みではないだろうか。

精神の安定、調和をことばの世界に求めて作詩・作句したふたりの詩人のイメージの世界（箱庭）は、百二十七年ものちの私たちに「欠乏」こそ人の常であることを問いかけてくる。そしてその欠乏を治癒するものとして自然界の美とことばの世界の広がりが待っていることを知らせている。

〔注〕

（1）明治二十二年四月開通し、後に中央線となる甲武鉄道は、内藤新宿駅を起点とし、中野、境、国分寺、立川駅間二十七・二キロメートルで開通した。百草園は国分寺駅から西南に二里、百草村にあり、桜を植え、眺望の佳い景勝地であった。

（2）鈴木一正氏の調査によれば、国会図書館に一冊、大学図書館に六冊、公立図書館に二冊、文学館に二冊、個人所蔵のもの一冊の、計十二冊の原本が残存している。

（初出・平成23・6、三弥井書店、ソシオ情報シリーズ10、原題「明治二十二年、透谷・子規の箱庭」）

第四章　日本橋

界隈をかけめぐる『食後の唄』＊木下杢太郎＊『東京景物詩及其他』＊北原白秋＊

一　日本橋小網町カフェ「鴻の巣」

日本橋をうたった近代詩人の代表は、木下杢太郎（明治十八年八月一日〜昭和二十年十月十五日）と北原白秋（明治十八年一月二十五日〜昭和十七年十一月二日）であろう。

それは、かれらの詩業のうち、杢太郎の詩集『食後の唄』（大正8・12）と白秋の詩集『東京景物詩及其他』（大正2・7、大正5・7『雪と花火』と改題）に集約されている。

この二つの詩集を生んだ〈場〉（トポス）は、日本耽美派文芸運動の拠点ともいうべき「パンの会」（明治41・12〜44・2）であった。

「パンの会」は杢太郎の発案によって、青年洋画家の石井柏亭・森田恒友・山本鼎らが創刊していた美術雑誌『方寸』（明治40・5〜44・7）の人々に、文芸雑誌『スバル』（明治42・1〜大正2・12）創刊直前の木下杢太郎・北原白秋・吉井勇が加わって、結成されたものだ。

明治四十一年（一九〇八）十二月十二日、第一回「パンの会」は、隅田川右岸の両国橋に近い、矢ノ倉河岸の西洋料理店「第一やまと」で行われた。隅田川をパリ、セーヌ川に見立てていた。「第一やまと」は木造の三階建てで、畳に座って牛肉を食すという趣向である。

この日のことを吉井勇（明治十九年十月八日〜昭和三十五年十一月十九日）は、

両国の橋のたもとの三階の窓より牧羊神《パン》の
躍り出づる日

と、うたっている。

両国橋の畔に会場を求めたのは、モネ、ピサロ、シスレー、ドガ、ルノワール、セザンヌなどヨーロッパ印象主義の画家たちが描いて、逆輸入された江戸芸術の浮世絵や錦絵版画の江戸情緒(1)が、さながら「異国」を想わせ、そこが「異国情調」として感受されたからである。パリ、セーヌ河畔のカフェ文芸運動を模していた。

月一回、第二土曜日に集合と決め、会の名もギリシャ神話の「牧羊神」「半獣神」からとって、「パンの会」と付けた。同名の芸術家の会が、世紀末のベルリンにあったことを杢太郎は承知していた。杢太郎は書いている。

千九百十年は我我の最も得意の時代であつた。「パンの会」は毎週開かれた。我我はRodinの銅像の首の脣に寄せた皺の粘《ねば》さが何《ど》う云ふ情《なさけ》を蔵《か》くしてゐるかが分るほどになつた。（中略）毎日同じ仲間と交遊して、作詩し、（中略）予は（中略）小さい歌曲を以て、如何に東京の五月の美しく、舶来の酒の香しきかを歌つた。（中略）／そのころ日本橋も小網町のほとりに鴻の巣と云う酒場が出来た。まづまづ東京最初CAFÉと云つても可い家で、（中略）その若い主人は江州者ながら、西洋にも渡り、世間が広く、道楽気もある気さくな亭主であつた。（傍点筆者、『食後の唄』序）

該里酒（杢太郎）

（「鴻の巣」の主人に）

冬《ふゆ》の夜《よ》の温爐《すとおぶ》の
湯《ゆ》のたぎる静《しづ》けさ。
ぽつと、やゝ顔《かほ》に出《で》たるほてりの
幻覚《げんかく》か、空耳《そらみみ》かしら、
該里玻璃杯《せりいぐらす》のまだ残《のこ》る酒《さけ》を見《み》いれば
ほのかにも人《ひと》の声《こゑ》する。

ほのかにも人《ひと》すすり泣《な》く。
「え、え、ま、あ、な、に、ごと、
ぞ、い、な……　あ……」と
さう云《い》ふは呂昇《ろしょう》の声《こえ》か、
此春《このはる》聴《き》いた京都《きやうと》の寄席《よせ》の、
それをきいて人《ひと》の泣《な》いたる。
乃至《ないし》その酒《さけ》のしわざか。

冬《ふゆ》の夜《よ》の静《しづ》けさに
褐《あか》く澄《す》む、該里《せりい》の酒《さけ》。
さう云《い》ふは呂昇《ろしょう》の声《こえ》か、
乃至《ないし》その酒《さけ》のしわざか。
幕《まく》あけて窓《まど》から見《み》れば
星《ほし》の夜《よ》の小網町河岸《こあみちやうがし》
舟《ふね》一つ……かろき水音《みづおと》。

（XI. 1910）

日本橋小網町河岸、カフェ「鴻の巣」での明治四十三年（一九一〇）十一月の一夜、杢太郎は舶来のシェリー酒の朱にそまったグラスに、女義太夫語りの「神秘不可思議な百年の痴情をにじませた」哀調をきくのである。

二　江戸情調と異国情調の「不可思議国」

「パンの会」の会場は、「第一やまと」の後は、日本橋瓢丹新道の「三州屋」、小網町の「鴻の巣」、永代橋の「永代亭」・「都川」などで開かれ、明治四十二年十月の大会は日比谷の「松本楼[2]」、四十三年十一月の大会は日本橋大伝馬町堀留の「三州楼」、四十四年二月大会は浅草雷門の「よか楼」へと移っていく。

「三州屋」には「明治初年のエキゾチズム」の残渣が、「幾分の下町浮世絵趣味と共に、こびりついて居た」「小伝馬町の広重、清親ばりの商家のまん中に、異様な対象をなして」西洋料理店「三州屋」は建っていた。「永代亭」は、「大河の朝暮の眺めを自由にすることが出来る」というわけで、倶楽部の代用にした。ルンプという若いドイツ青年も参加していた。「若いということは、世の中を面白くさせるもので、」杢太郎の「町の小唄」はそんな巷から材料を得ていた。

杢太郎は書いている。「『町の小唄』は（中略）、青い夕方の雰囲気の中にほのぼのと黄ろく光り出す永代橋の瓦斯燈にしても、また赤い斜日を浴びながら河岸通りを流して通る薬屋の歌にしても、凡て東京の――下町の色、音、響は、孰れも不可思議の情緒に染まつて居る。（中略）小網町、深川の河岸河岸を歩き廻つた」と。うら若い杢太郎には紅い煉瓦の官庁や、ぴかぴか真鍮の光る銀行のかげに咲いていている歌沢や新内の悪の華を見るのが興深かった。「大学の教授たちが、黒のフロツクコオトで孔子誕生祭を」している戸外では、新内流しが流してゆく。「こんな変てこな対照で混雑してゐる時代を、仮に『不可思議国』と」名付けた。新旧がいりまじり「当時どこへ行つても東京は普請中」であった。

杢太郎は、蒲原有明の象徴詩『朝なり』（明治38・1）から大きな感銘を受けた。「そんなしやれた心持は少しも分らないで」、子どものおしめや、下宿屋での月末の心配を記述する、牛込辺の文士団体もあるのだった。牛込辺の文士団体とは早稲田派の自然主義文士達のことである。

「そんなしやれた心持」とは、『朝なり』の東京は日本橋の下を流れる朝の川――「江戸橋から荒布橋附近の情調」を、「濁川」「湿める川」「泥かは」と表現しながらも、「濁れど」大川は「緑練り」「瑠璃」ひかり、「碧」よどむ川であるという、美の発見に至る心象を象徴した作品として感受する心である。杢太郎は、「醜」と見えるものの中に「美」を見出し、そこに自らの心象を重ねる有明の象徴ぶりに、感動する。「紅玻璃燈の下に、重く光る液體を充したる小高脚杯を前に置いて、」杢太郎は自分の目の前に「攪乱する亜刺比亜夜話の復活を諦視した。その中には鰹の切身を持つて立つ大屋《おほや》、中央亜細亜の倉庫《クウチヤ》から出たと云ふ塑像の佛頭、伝問答師作の阿修羅の首、乃至それよりも美しい豊竹昇菊《とよたけしょうぎく》の頬の輪郭、中村児太郎の外郎売、松尾のどんつく、小登良の錆さび、古渡更紗のすれずれの唐艸《からくさ》、また樝子聿《ちよこれいと》、杏仁の実の味《あじはひ》などが、歌の如く、螢の如く、初夏の雹《や》の如く、山羊《ぎ》の叫喚の如く、汽船の跡《あと》に残る白浪の如く、洶湧し、巻舒し回転し、出没して狂奔した。／さう云ふ怠惰の生活の心に投げた悲哀は、凡て是れ『食後の唄』の基本情調である」という。そこに「町の小唄」が生まれた。

両国（杢太郎）

両国《りやうごく》の橋《はし》の下《した》へかかりや
大船《おほぶね》は檣《はしら》を倒《たふ》すよ、
やあれそれ船頭《せんどう》が懸声《かけごえ》をするよ。
五月五日《こぐわついつか》のしつとりと
肌《はだ》に冷《つめ》たき河《かは》の風《かぜ》、
四《よ》ツ目《め》から来《く》る早船《はやぶね》の緩《ゆるや》かな艪拍子《ろびやうし》や、
牡丹《ぼたん》を染《そ》めた半纏《はんてん》の蝶々《てふ〳〵》が波《なみ》にもまるる。

灘《なだ》の美酒《びしゅ》、菊正宗《きくまさむね》、
薄玻璃《うすばり》の杯《さかづき》へなつかしい香《か》を盛《も》つて
旅亭《レストラント》の二《に》階《かい》から
ぼんやりとした入日《いりひ》空《ぞら》、
夢《ゆめ》の国技館《こくぎくわん》の円屋根《まるやね》こえて
遠《とほ》く飛《と》ぶ鳥《とり》の、夕鳥《ゆふどり》の影《かげ》を見《み》れば
なぜか心《こころ》のこがる。

（V. 1910）

「四ツ目」は、隅田川から本所亀戸に通ずる竪川という堀川の、川口から数えて四つめの橋のあたり、そこには江戸時代からの牡丹園があり、早船は五月の牡丹見物の客を両国橋から四ツ目橋まで運ぶ船である。そのような生粋の江戸情緒に、江戸以来の銘酒灘の生一本菊正宗を洋酒のグラスに注いで、大川端の待合ではなく西洋料理店の二階で味わえば、対岸の夕空には、新しい両国名物、国技館の丸屋根が見えて、時の流れにしみじみとした思いを重ねるのである。ここにうたわれた「両国」の西洋料理店は、四十二年四月から「パンの会」の会場となり、深川河岸の、階下が隅田川汽船の発着所になっていた「永代亭」の二階である。『物いひ』（XII. 1910）にも国技館と客が歌われた。

築地の渡し　並序（杢太郎）

築地《つきぢ》の渡《わた》しより明石町《あかしちやう》に出《い》づれば、あなたの岸《きし》は月島《つきしま》また佃島燈《つくだじまともしび》ところ〴〵。實《げ》に夜《よる》の川口《かはぐち》の眺《なが》めはパン会勃興当時《くわいばつこうたうじ》の芸術的感興の源《げいじゅつてきかんきょうのみなもと》にてありき。永代橋《えいたいばし》を渡《わた》つての袂《たもと》に、当時永代亭《えいたいてい》といへる西洋料理屋《せいやうれうりや》ありき。その二階《にかい》の窓《まど》より眺《なが》むるに、春月《しゅんげつ》の宵《よひ》などには川《かは》の面　鍍金《おもてめっき》したるがごとく銀白《ぎんぱく》に、月影往々《つきかげわう〳〵》その上に瀲灔《れんえん》たる光《ひかり》を流《なが》しぬ。かゝる折《をり》しもあれや、一艘《いつそう》の小《ちひ》さき舟來《ふねきた》る。形《かたち》あたかも陰画《かげえ》の如《ごと》く、白光《はくくわう》の面《おもてくわくぜん》に劃然たる黒影《こくえい》を現《あらは》して、舟中《しゅうちゅう》の人々《ひとびと》の拳《けん》を闘《たたか》はし嬉遊《きいう》する様、真《しん》に滑稽《こつけい》の極《きは》みにてありき。我等《われら》パンの会《くわい》の同志《どうし》は屢〻《しば〳〵》この家《いへ》の階上《かいじやう》に集《つど》ひてパンを祭《まつ》るの酒宴《しゅえん》を開《ひら》きたり。

　房州通《ぼうしうがよ》ひか、伊豆《いづ》ゆきか、
笛《ふえ》が聞《きこ》える、あの笛《ふえ》が。
渡《わた》しわたれば佃島《つくだじま》。
メトロポオルの燈《ひ》が見《み》える。

対岸の佃島は、江戸以来の伝統的漁師町のある人工の小島であり、メトロポールは、かつては外人居留地だった隅田川河口の明石町海岸に建てられていた外人専用といってもよいホテルの名である。東京の中の江戸と、東京の中の西洋を並べ、そこに汽笛を配置して人生の旅情をそそるのだ。

『金粉酒』(V.1910)には五月の若い東京の心をとろかす「日本《にっぽん》の三味線《しゃみせん》」が登場する。『薄荷酒』(IX. 1912)には「浅草蔵前植木店《あさくさくらまへうゑきだな》に歌沢松声会《うたざはしょうせいくわい》を聴《き》きにゆく」という序がついている。端唄を主とした俗曲の一流派で、安政年間(江戸末期)に歌沢大和大掾が起こし流行した歌沢節は、杢太郎に「この音曲《おんぎょく》の有《いう》する一種固有《いっしゅこいう》の悲哀《ひあい》の精神《せいしん》」を喚起せしめ、昇菊、昇之助の義太夫《ぎだいふ》語りと共に、江戸情緒の味わいを感受させる。すでに『街頭初夏』(V. 1910)にも「花《はな》の『昇菊《しょうぎく》、昇之助《しょうのすけ》』/義太夫節《ぎだいふぶし》のびら札《ふだ》の」と歌われていた。

『お花さん』(II. 1910)には「深川《ふかがは》の西洋料理《せいやうれうり》の二階《にかい》から/お花《はな》さんがまた大川《おほかは》を眺《なが》めてる。/入日《いりひ》の影《かげ》は悲《かな》しかろ、/細《ほそ》い汽笛《きてき》が鳴《な》いて来《く》る。(以下略)」とうたわれ、『鳥屋』の序には「魚河岸《なまがし》を入《い》ると左《ひだり》にかつぷくのよき老女《らうぢよ》の屋台寿司屋《やたいずしや》ありき。その後《うしろ》は大《おほ》きなる鳥屋《とりや》の店《みせ》にて鳩《はと》、七面鳥《ひちめんてう》など飼《か》ひ居たり。」とあり、この七面鳥がわかい女の後《あと》を追うと聞いたところから『鳥屋』の詩はできた。「小石川《こいしかは》の新開道路《しんかいだうろ》を行《ゆ》き」かう女たちの詩も『工場がへり』(III. 1910)にうたわれた。「新川新堀《しんかはしんぼり》の酒屋《さかや》」街や「江戸橋《えどばし》」「魚河岸《うをがし》」の登場する『立秋の日』(IX. 1910)。「明石町《あかしちやう》の河岸《かし》」にひびく「船《ふね》の唄《うた》」(『こぞの冬』IX. 1910)、そして「寄席《よせ》の燈《ひ》」やうすくかすむ「永代」の『秋』(IX. 1910)がうたわれた。

三　南蛮詩に始まる

当時の杢太郎（太田正雄）の交遊を辿ってみよう。静岡県伊東市の雑貨等卸売業を手広く営む老舗「米惣」に生れ、十四歳で本郷西片町の姉の嫁ぎ先齋藤家に寄寓し、十八歳のとき白山御殿町に完成した太田家住宅に兄と同居、翌年独協中学から第一高等学校に入学、二十二歳で東京帝国大学医学部に入学した杢太郎は、翌明治四十年（一九〇七）与謝野鉄幹の主宰する新詩社同人に加わり、『明星』に『蒸汽のにほひ』を発表、七月二十七日鉄幹をリーダーとする新詩社の九州旅行に参加する。同行は北原白秋（二十三歳、早稲田大学文学部生）、平野万里（二十三歳、東京帝国大学工学部生）吉井勇（二十二歳、早稲田大学文学部生）、それに『明星』創刊から八年目を迎えた鉄幹（三十五歳）の五人連れである。新橋ステーションを出発し、厳島（広島）、赤間関（下関）、博多（福岡）、柳川（白秋の故郷、銘酒「潮」を看板とする造り酒屋）を経て、唐津、佐世保、平戸、長崎、茂木、天草、三角、島原、長洲、熊本、阿蘇を廻り、熊本、柳川に引返して、八月二十七日に帰京した。この「南蛮遺跡探訪記」は『東京二六新聞』に『五足の靴』と題してリレー連載され、好評を博して、杢太郎は、「一種古風の異国趣味《えきぞちずむ》に多大の詩的感激を得」て、『黒船』や『長崎ぶり』（明治40・9、『明星』）に、「異国情調」を歌い込んだ。

白秋もこの時の経験を『天草島』（のち『天草雅歌』に改題）（明治40・11、『明星』）に歌って、象徴詩風の南蛮詩の創造を試みた。

南蛮詩の好評に自信を得た鉄幹は、『明星』の大刷新をめざして四十年十二月号の広告欄に自然主義への挑戦状をつきつけるが、時は自然主義の全盛期であり、かれらには黙殺され、頼りとする白秋、杢太郎、勇、長田秀雄・幹彦兄弟、秋庭《あきば》俊彦《としひこ》、深井天川ら七人には『明星』を連袂脱退されてしまう。

千駄木の森鷗外邸では、四十年三月二十日から、四十三年六月ごろまで、毎月一回第一土曜の夕暮から、夜にかけての「観潮楼歌会」が始まっていた。新詩社系からは鉄幹、晶子、万里、白秋、杢太郎らが出席した。

四十一年八月、白秋は『邪宗門秘曲』を完成、「われは思ふ、／末世《まつせ》の邪宗《じゃしゅう》、切支丹《きりしたん》でうすの魔法《まほう》。／黒船《くろふね》の加比丹を、紅毛《こうもう》の不可思議国を、色赤《いろあか》きびいどろを、匂《にほひ》鋭きあんじやべいいる、／南蛮《なんばん》の桟留縞《さんとめじま》を、はた、阿刺吉《あらき》、珍酡《ちんた》の酒《さけ》を。」と歌い、封建の世に隠されていた「不可思議国」を発見したのである。

四十一年十一月には『明星』（第一次）は百号を以て終結した。十二月の第一回「パンの会」にはわずか六名だったものが、翌年一月『スバル』の創刊号消息欄に「『Pan の会』と申す青年文学者芸術家の談話会の第一回、本月十二日両国公園前『Pan の会』会場にて催され候。来春は正月第二土曜開会引続いて毎月第二、第四土曜に開かるる筈《はず》に御座候」と広告を掲載するや、新時代の若い芸術家たちが次々と集合してきた。

『スバル』は『明星』の脱退者たちと残っていた者たちとで創刊した。出資者平出修の自宅、神田区北神保町、のちに芝区芝公園五号地が発行所である。創刊号の編集は平野万里、第二号は石川啄木、第三号は木下杢太郎、第四号は吉井勇、第五号は栗山茂・平出修、第六号は江南文三らが編集を担当した。大正十二年（一九二三）の終刊を迎えるまで、千駄木のメートル（師）森鷗外がほとんど休まず執筆した。反自然主義の牙城であり、ヨーロッパエキゾチズムに憧れ、印象派の理論やパルナシアン（高踏派）、またサンボリスト（象徴派）の詩に、因循な封建遺風からの脱出を見出した者たちの集まりであった。

「パンの会」もまた、ヨーロッパ主義を掲げ、文学の自由主義を唱え、日本社会の封建的遺物に反抗し、芸術至上主義を訴えた。

荻原守衛や高村光太郎ら造型美術の人々も参集し、谷崎潤一郎、永井荷風、小山内薫、市川左団次、志賀直哉、武者小路実篤と、次々にメンバーが増えていった。

四　日本橋界隈をかけめぐる

添田唖蝉坊作の「ラッパ節」のメロディに合わせて、白秋の作った小曲「空に真赤な」（明治41・5）、「八乙女」（明治42・2、『方寸』ローマ字で掲載）が会の歌のように合唱された。

空に真赤な
空《そら》に真赤《まつか》な雲《くも》のいろ。
玻璃《はり》に真赤《まつか》な酒《さけ》の色《いろ》。
なんでこの身《み》が悲《かな》しかろ。
空《そら》に真赤《まつか》な雲《くも》のいろ。

七五調、脚韻の工夫があり、雲＝芸術＝パンと、グラスの酒＝バッカスとの青春寿ぎの歌である。
四十二年一月九日、杢太郎は午後からパンの会に出、夜は観潮楼歌会に廻る。十三日には青楊会（四十年十一月二十七日に横浜を出帆した上田敏の壮行会が月半ばに第一回青楊会として上野精養軒で発足し、以来、時々開かれていた）に出て、寛、敏、伊藤左千夫、小泉千樫、啄木、斎藤茂吉らに会う。十七日、午後二時、杢太郎は本郷森川町蓋平館本店に下宿している啄木を訪問、先客の勇と連れ立って白山御殿町の自宅に帰る。十八日には、『南蛮寺門前』を脱稿して観潮楼へ見せに行く。十九日、杢太郎は朝七時から八時二十分までバッフの仏蘭西語講義をきき、啄木の下宿を訪問、そこに白秋が来て、三人で啄木振舞の食事を済ませ、夜、一月に神田駿河台東紅梅町へ転居したての与謝野宅訪問、四谷で下車、芸術談義。二十二日にも杢太郎は啄木を訪問。二十三日には「パンの会」あるも、柏亭、白秋、長田幹彦、平野万里、栗山茂らしか集まらず、明治座へ行き「破戒曾我」を立見する。二十四日、杢太郎は島村抱月の「欧州近代画家論」評を持って、啄木を訪問、二月『スバル』の二号が出、啄木の短歌論「小世界の住人」が載り、短歌は六号活字で組まれていて、その扱いに万里が抗議した。九月一日、日曜日には、杢太郎は痙攣性脊髄麻痺の勉強をし、二時半、観潮楼の「根津、上野が一望の下にある小室」を訪問、鷗外を「千駄木のメエトル」、四十二年十月飯田町の長田秀雄方から発行の『屋上庭園』第一号表紙絵を描いた黒田清輝を「平河町のメエトル」と誌している。啄木日記にもこの時期のことが記述され、杢太郎と啄木の親交厚かったことがよく判る。

この月の松本楼大会では、自由劇場旗揚げを前にした演劇人小山内薫と市川左団次が加わり、白秋は「おかる勘平」の自由朗読をして、出席者を感動させたが、掲載紙『屋上庭園』二号（明治43・2）は、風紀壊乱で発禁になってしまった。「顫えてゐた男の内股《うちもも》と吸はせた唇と」の一行が発禁の理由であるが、白秋は「官能万歳を極度まで亢奮《かうふん》さした」と述べている。官能美の極致をうたうことで芸術の自由を謳歌したが、官憲も黙ってはいなかったのである。

四十三年十一月の日本橋三州楼大会では、『スバル』『白樺』『三田文学』『新思潮』の同人も合流し、いよいよ活況を呈した。四十二年後半から四十三年にかけてが「パンの会」の全盛期である。

このころには、先述の日本橋川の鎧橋袂《よろいばしたもと》にカフェーの前身とも言うべき「メーゾン鴻の巣」というレストラン兼バーのハイカラな店も開かれ、李太郎が「該里酒」にうたった色とりどりのカクテルは、五色の酒として名物になっていた。

五　白秋の新俗謡体に実を結ぶ

明治三十七（一九〇四）年、故郷柳川を捨てて上京、「暗い烏森《からすもり》の芸者屋つづきの路次をぬけて、汚ないある街の某《なにがし》と云う素人下宿に辿りつ」（「新橋」、明治42・7、『女子文壇』）き、早大に入学した白秋は、赤城元町、戸塚、弁天町、千駄谷と移り、だんだんに木挽町、飯田河岸、新富座裏、浅草聖天横町《しょうてんよこちょう》、越前堀のお岩稲荷のそばと、東京の中心地に移動していった。「私達は日となく夜となく置酒し、感激し、相鼓舞しながら、競って詩作し、論議した。（中略）今から思っても、この時代ほど制作欲の爆発を来《きた》した事は私自身にも珍しい。而《し》かも種々雑多の詩風が一時に芽を出し、前後相交錯して、転々として遂に俗謡の新体を創るに到った」（「雪と花火余言」）と言い、二十九歳で三浦三崎へ転居するまでの、「パンの会」盛時の作品が『東京景物詩及其他』に実を結んでいる。

　東京の四季の景物を題材としながら、そこに江戸趣味と異国趣味を交錯させ、かつて南蛮に異国を観たように、東京のなかに残る江戸に異国を観る。

　『東京夜曲』中の「公園の薄暮」（明治42・3、『スバル』）第一連は「ほの青き銀色《ぎんいろ》の空気《くうき》に、／そことなく噴水《ふきあげ》の水はしたたり、／薄明《うすあかり》やしばしさまかえぬほど、／ふくらなる羽毛頸巻《ボア》のいろなやましく女ゆきかふ。」と歌われ、夕暮れの日比谷公園周辺が都会的な象徴感覚でとらえられている。同じく「露台」（明治42・10、『屋上庭園』）第三連には「いつしかに、暮るとしもなき窓あかり、／七月の夜《よる》の銀座となりぬれば／静こころなく呼吸《いき》しつつ、柳のかげの／銀緑の瓦斯《ガス》の点《とも》りに汝《なれ》もまた優になまめく、（以下略）」とあり、銀座の黄昏と夜のあわいを感覚的、官能的に歌う。「S組合の白痴」の中の「物理学校裏」五連には「惶《あわ》ただしい市街生活の哀愁《あいしゅう》に縺れる……／汽笛が鳴る……四谷を出た記者のCadence《カダンス》が近づく」と、物理学校裏の汽笛の鳴る黄昏が静かに官能的に捉えられる。そして、「かはたれ」の「曳舟」の登場である。

片恋（明治42・10）
あかしやの金《きん》と赤とがちるぞえな。
かはたれの秋の光にちるぞえな。

片恋《かたこひ》の薄着《うすぎ》のねるのわがうれひ。
「曳舟《ひきふね》」の水のほとりをゆくころを。
やはらかな君が吐息《といき》のちるぞえな。
あかしやの金と赤とがちるぞえな。

この詩に白秋は後年「わが詩風に一大革命を惹き起こした『片恋』の一篇（中略）私の後来の新俗謡詩は凡《すべ》てこの一篇に萌芽して、広く且つ複雑に進展して行つたのである」と言う。団伊玖磨作曲で歌われるようになったこの詩は、「一読すれば『片恋』は大川端を歌つたかに見え、（中略）京橋もしくは日本橋界隈の堀割めいた川、隅田川に注ぐ市中の溝渠《こうきょ》の一場景と見るべきかとも思ふ。（中略）『曳舟』にわざとかつこがつけてある所から見ると、或は東京郊外の、溝渠の多い曳舟（今の墨田区）あたりを背景にしたものかも知れぬ」（昭和28・6、吉田精一『日本近代詩鑑賞　明治篇、新潮文庫』）とされるが、かぎかっこがのちにはずされることからすれば、曳舟一般をさす普通名詞と解釈され、京橋もしくは日本橋界隈の風景ととるのが適切であるかもしれない。「かはたれ」は、「誰そ彼」を転倒した「彼は誰」で、本来、明け方の薄明時をいうが、白秋は「たそがれ」（黄昏）の意味に用いている。金と赤との色彩感覚が黄昏の秋の色感に照り返り、官能の熱い吐息を連想させる。「ぞえな」の詠嘆的古典語が江戸情緒をかもし、小唄調、歌謡調を引き出している。

「夜ふる雪」（明治44・5）は、白秋が木挽町に下宿住まいをしていたころのもので、隅田川沿いの岸辺に江戸情緒を盛り込んだ小唄調である。元禄時代の歌謡集『松の葉』などの「百年の小曲の一つ一つに」涙が出る、と杢太郎も言う。

春の鳥（明治43・4）

鳴きそな鳴きそ春の鳥、
昇菊の紺と銀との肩ぎぬに。
鳴きそな鳴きそ春の鳥、
歌沢《うたざは》の夏のあはれとなりぬべき
大川の金《きん》と青とのたそがれに。
鳴きそな鳴きそ春の鳥。

この詩は「わがひとところの都会趣味をその怪しき主調とせる」（『東京景物詩及其他余言』）ものと言い、「片恋」「かるい背広」などとともに「新俗謡体の小唄」に白秋自ら分類している。杢太郎の「薄荷酒」「街頭初夏」にも登場する「昇菊」は、先にも述べた通り、当時流行していた女義太夫の芸名である。

吾妻橋から河口にかけての隅田川下流の「金と青」とのたそがれに鳴く春の鳥、あかしやの金と赤、またノクターンの「金と青」とともに、豊かな色彩感による印象主義的な世界である。

金と青との（明治43・5）

金と青との愁夜曲《ノクチュルヌ》、
春と夏との二声楽《ドウエット》、
わかい東京に江戸の唄、
陰影《かげ》と光のわがこころ。

ここには「金と青」「春と夏」「わかい東京と江戸の唄」「陰影《かげ》」と「光」の対比があり、明治末普請中の若い東京を生きる青春の、江戸情調（江戸の唄）と異国情調（ノクチユルヌとドウエット）へのあこがれをかもし出している。

「薄あかり」には、「河岸の月夜」の「雪と瓦斯」の「杵屋」の「青い月夜」の「ほんに未練な」薄あかりが歌われ、「心中」には「アカシア並木」と「河岸のおでんや」が登場する。

かるい背広を（明治43・7）

かるい背広を身につけて、
今宵《こよひ》またゆく都川、
恋か、ねたみか、吊橋の
瓦斯の薄黄《うすぎ》が気にかかる。

「都川」は永代橋橋畔にあった座敷の鳥料理屋であり、薄黄色のガス燈こそ、イルミネーションに映えてゆく近代の明るさの象徴であろう。この詩もラッパ節に合わせて歌われた。

「槍持」（明治45・4、『朱欒』）には、日本橋川川畔の魚河岸から見える呉服町の大店の灯が歌われ、「忠彌」（明治44・12、『朱欒』）には「江戸城の濠」がうたわれる。「屋根の風見」（明治44、11）には、日本橋小網町の「メエゾン鴻の巣」で、カクテルをのみ、ポンチを食べ、「荒布橋」「兜町の株屋」方面を見やると、そこにはあこがれの「江戸の面影」がうつる、とうたわれる。

「銀座の雨」（明治45・1、『朱欒』）には、築地新富町に住んでいた白秋が、銀座の舗道に積った雪に降り注ぐ雨の中に佇み、明治末年の風俗を見つめて、黒い山高帽に猟虎《ラッコ》の毛皮、蝙蝠傘に羽帽子、蛇目傘を歌い、フランス人ロティの書いた異国情緒のなかに、明治末年日本の異国情調を見出している。

以上に見てきた通り、白秋・杢太郎の成果は、詩史的には、ヨーロッパ印象派画家たちの影響下に印象主義の詩を作り、叙情の新領域を開拓して、薄田泣菫・有明の高踏的象徴主義を脱し、近代詩を成熟に導いたところにその意義が認められよう。

白秋・杢太郎は、青春時代に、若い東京の市街地を歌った。それはヨーロッパ画家によって描かれた江戸情調に触発され、異国情調を感受したものだったが、封建の世のエキゾチズムを南蛮詩にうたったように、整備されてゆく若い東京のエキゾチズムを「町の小唄」「抒情小曲」に歌いこめたのであった。

明治末年の「パンの会」を中心とする活動のなかで、「日本橋」周辺は、その輝きの中心地帯であった。

〔注〕

（1）杢太郎は、大正十四年四月、「昔の東京の市街、雪旦雪宵、池の端辨天、浅草寺雪中、雪中両国、三ツ又永代橋遠景、隅田川枕橋前、両国百本杭暁の図、萬代橋朝日出などの異国を思ひ出させる小林清親はもっとも優れてゐる」と言う。

（2）松本楼は、明治三十六年日比谷公園とともに誕生。公園のまん中の洋風建築、西洋料理店である。このあたり東側には、鹿鳴館や帝国ホテル、西側には官庁街が開けている。

【参考文献】

木下杢太郎『藝林閒歩』、昭和11・6、岩波書店
野田宇太郎『木下杢太郎の生涯と藝術』、昭和55・3、平凡社
藤田圭雄編『白秋愛唱歌集』、平成7・11、岩波書店
福永武彦他編『日本の詩　第六巻　木下杢太郎・日夏耿之介・山村暮鳥集』、昭和54・10、集英社
木俣修編『北原白秋詩集』、昭和53・4、旺文社文庫

（初出・平成19・11、『日本橋トポグラフィ事典』本編、たる出版、原題「近代詩と日本橋――杢太郎・白秋」）

コラム

町の郵便局

交差点でコミュニケートする『A2Z《エイ・トゥ・ズィ》』（山田詠美）

表題の意味は「Y2K」（二〇〇〇年問題）を借りて読み解けば、本文26章プラス2章（序・跋）にわたる、二〇〇〇年の恋愛小説、のfrom A to Zつまり二人の出会いから別れ、あるいは訣別から再会の物語、という仕掛けだ。

この詩的言語で綴られた二〇〇〇年の最新「恋愛」小説の醍醐味は、登場人物相互のコミュニケートする能力（会話の意味）を楽しめること、そして作者のメッセージを自在に解釈する楽しみが許されることだ。例えば「私が求めているのは、まさに愛など入り込む余地すらないいとおしさの塊なのである」という夏美の思索に対して、読者は何と多くの感想を持つことができるだろう。

筋はシンプルである。発端部に夏美・一浩夫婦の二人を頂点とする二つのトライアングル、四人の関係が提示される。互いの愛人との深まりによる複雑化、告白のクライマックスを経て、離別と再会の大団円に至る。夏美と成生の新しい恋の始まりと終り、夏美と一浩の積み重ねられた愛の終結と再生がこの小説の太い一筋の流れである。新しい恋の展開が、永続する関係を打破れないのは、そこにロゴス（言葉・理性）の大いなる働きがあるからだ。ヒロイン夏美は出版社の編集部員で、同業の夫とは対等、別姓を貫く三十五歳。「心の作業場」「個人的に抱えている熱烈な情熱」を持ち、「男みたい」と十歳下の恋人成生（郵便局勤務）に言われるほど一本立ちの「男前」の女。「おねだり女」とは訳が違う。ゲイの男の子の兄貴分、両性具有者なのだ。

　夏美は「語る」。いつだって「伝え合いたい」。言葉で、言葉を使い分けて、共感も対立も明確にしてきた。新しい恋が日常に帰した時、成生との間には「共有するものがない」ことに気付く。共通の言葉で積み上げた一浩との歳月の、味方でありながら敵でもありうるような創造的な生の現場を認識するのだ。夫とか男とかの役割を超え、自己の存在証明のために全部を語り合える自由な男女の、持続するカップル理想を描きながら、存在の自由に言語化という倫理の筋を通す女性論、恋愛論、夫婦論となっている。言葉を媒介する出版社・本・作家・郵便局・手紙・速達・ケイタイ・カフェ・コンビニ等の二〇〇〇年における新旧コミュニケーションの道具立てが効いている。

（講談社、二〇〇〇年一月、一四〇〇円）

☆やまだ・えいみ

　一九五九年二月、東京生まれ。明治大学中退。作家。主な著書に『ベッドタイムアイズ』（文藝賞）、『ソウル・ミュージック・ラバーズ・オンリー』（直木賞）、『アニマル・ロジック』『4U（ヨンユー）』など。

（初出・平成12・4・3、『公明新聞』）

第五章　洲崎

パラダイスに深入りする『洲崎パラダイス』＊芝木好子＊

一　芝木好子と洲崎

土地に葬られ、その累々たる屍の上に私たちの暮らしがある、などと考えさせるのも、芝木好子（大正三年五月七日～平成三年八月二十五日）の『洲崎パラダイス』のせいだ。

芝木好子が〈洲崎もの〉と呼ばれる連作短編六篇を『洲崎パラダイス』（講談社）に収録、刊行したのは、昭和三十年（一九五五）のことだった。

前年十月、「洲崎パラダイス」を『中央公論』に発表以来、翌三十年四月には「洲崎界隈」を『別冊文藝春秋』に、六月には「歓楽の街」を『小説新潮』に、七月には「洲崎の女」を『文芸』に、十月には「蝶になるまで」を『小説公園』に、また「黒い炎」を『別冊文藝春秋』に、矢継ぎ早やに〈洲崎もの〉連作六篇として発表した。本稿では、表題の『洲崎パラダイス』から〈パラダイス〉の意味を考えたい。

東京王子に生まれ、浅草、湯島、下谷育ちの芝木好子は、「下町」を描くことを得意とする。〈洲崎〉は、しかし育った街ではない。通りかかって深入りした街である。なぜ深入りしたか。

『洲崎パラダイス』を書く時も転機に迫られていて、ゆきくれた時期だった。ある日銀座からあてもなく下町をめぐるバスに乗り、月島をめぐって、日没のあとの洲崎へ降りたのがこの世界とのふれあいのはじまりである。それからいくたりものひとと知りあい、生きる哀歓の中に私もおかれた。最初の一作「洲崎パラダイス」を書き上げると、次の主人公が待っていて作者を急がす心地だった。夜ふけの洲崎の暗い海を幾度のぞいたことだろう。するうち橋桁に立っている女を見ると、それだけで私自身が彼女と合わさって、語り合っている気になったものだった。室生犀生《（ママ）》氏の洲崎のうた[1]を私は愛誦している。（『芝木好子作品集』第一巻「あとがき」、傍点筆者）

作家としての転機を迎えている四十代に入ったばかりの芝木好子が出会った、〈暮色〉の洲崎である。

三十一歳で終戦を迎えた芝木好子の青春は、東京府立第一高女を卒業後、小林秀雄や横光利一の講義をきくＹＷＣＡ文学講座で学び、昭和十六年（一九四一）経済学者大島清と結婚、翌二十八歳で「青果の市」により芥川賞受賞、と文字通り〈戦時下の青春〉であった。のちに書かれる自伝三部作、「湯葉」（昭和35・9、『群像』）、「隅田川」（昭和36・9、『群像』）、「丸の内八号館」（昭和37・8、

『群像』）に、つぶさに描かれている通りだ。

戦火にさらされた戦後焼跡の下町は〈暮色〉であり、のちに名作『隅田川暮色』（昭和59・3、文藝春秋）が書かれるように、〈暮色〉の感覚が芝木好子の主調低音ともなる。

二　「パラダイス」の両面価値《アンビヴァレンツ》

室生犀星の「洲崎《すさき》の海」(1)（大正12・4、『青き魚を釣る人』、アルス刊、所収）をプロローグに据える「洲崎の女」の冒頭部分には、洲崎は以下のように細叙される。

隅田川が佃島のわきをぬって、海に流れてゆくあたりの干潟が埋立地になったのは、いつのことだろう。この一帯の街筋には工場街もあれば木場もあって、昔はかなり繁栄した下町らしいが、戦災で壊滅したまま忘れられたのか今は場末の町をゆくようなさびれかたである。風が吹くと下町特有の砂埃りが庇の低い家々にざらざらと舞いこんでくる。私は同じ東京の下町に育ちながら、この界隈へくるのは初めてのことだった。木場があるせいか町はどこも川がめぐっていて、運河には通路のための細い橋が渡されている。この土地の端れに、運河で囲われてうしろは広い海につづく陸《おか》があった。以前は陸全体が遊廓街であったそうだが、戦災のあとは半分がバラック建ての住宅に変貌して、残る半分がささやかな特飲街を形成している。

と。

生い立ちの悲しみや貧困のどん底の暮らしのなかで詩作を続け、詩人として名を成そうとした室生犀星二十代の、金沢から東京へ、東京から金沢へと、上京と帰郷を繰返していたころの制作「洲《す》崎《さき》の海」は、ゆきくれて、冬のつめたい洲崎の海に自己の生存を重ねた詩であり、芝木好子もまた「ゆきくれて」この犀星詩を愛誦しつつ、洲崎界隈を歩いている。

近藤清春画作の「江戸名所百人一首」[2]（宝永二年〈一七〇五〉頃?）に登場する〈洲崎〉とは、どのような場所であったか。広重の「洲崎弁天の祠、海上汐干狩」の画に見られるように、「三月の大汐のころははるかに二里も先まで砂地が出現、汐干狩りには絶好の場所だった。浜辺の茶店には遠眼鏡（望遠鏡）が備えてあり、房総半島や品川が望めた」（平成6、『大江戸ものしり図鑑』）、海の広がる明媚な土地柄である。

「遠からぬ洲崎もいはゞ江戸の果（というべきで）」「洲崎という俚俗名でよばれた地域は、東之方辨才天境内（東は洲崎弁天境内から）、西之方深川久右衛門町建跡明地（西は深川久右衛門町の空地）、南之方海手（南側は海が開け）、北之方拾間川境深川木場町（北は十間川を境とする木場町）〈文政書上（ ）内筆者〉」「辨才天というのは、海潮山増福院吉祥寺」（護持院派）の寺内に、知足院隆光大僧正が元禄十四年（一七〇一）に起立したもので、この境内は東に房総の山を眺め、南に羽田、鈴の森、西は江戸の市中を望み、北はかすみの中に筑波山を見ることが出来る、展望名勝の地であった」「この吉祥寺に三百四十坪余の門前町があって、この場所に隠し遊女がいた。その記録に現われるのは、宝永二年（一七〇五）十月十一日の吉原よりの提訴として『町中端々遊女場所』の中に、深川地区は『深川八幡』と『深川洲先』の二か所だけである。」「享保五年（一七二〇）二月、吉原よりの遊女場所を書上げての提訴の内に『一、洲崎弁天門前、遊女六十人』とある（花咲一男『江戸岡場所遊女百姿』（平成4・11、三樹書房）。ここには、一七〇五年ころの地域と景観、洲崎の遊所と遊女六十人が紹介されている。

また、花咲本にはこの遊女たちの衰微と発展のさまが『諸聞集・「集古」』（大正13・8）からの引用として、元禄十一年（一六九八）には、門前に茶見世二軒と温飩《うどん》屋一軒があり、宝永二年（一七〇五）には門前に遊女屋両側二十軒余りが立ったが、正徳元年（一七一一）に増福院が焼失し、門前の遊女屋は享保二十年（一七三五）までに衰微し離散したものの、二十三軒が残った。宝永三年（一七〇六）には、元禄十六年（一七〇三）の大地震と宝永元年（一七〇四）六月の深川大洪水の際、洲崎の遊所の被害がなく、他の深川遊女の被災遊女屋がこの地に移転してきたため、急発展した、と明かされている。更に『諸聞集・「集古」』（大正15・3）より、「深川八幡町十二間」にかんする文献が挙げられ、元禄十一年まで今の裏門通橋の向かいに宮があり、両側に六軒ずつ茶屋が立つゆえ、十二軒茶屋と言い、この茶屋に売女がいた、「宝永元年周応東の方へ五十間余り開き、石垣を築上、八幡宮を遷す。是より十二軒の方裏門となる。売女は洲崎へ越」す、と紹介されている。

景勝の地洲崎は、洲崎弁天に参詣者が跡をたたず、潮干刈の名所でもあった。人の集まるところ、遊所は発展する。人の歴史に、〈麻薬〉〈賭博〉〈戦争〉の欠けたためしなく、女性の性が商品化される〈売春〉も、古代のはじめ霊媒者であった巫女、斉女《さいめ》が生活に窮するようになり、巫娼に転落、売春行為をするようになったとされ（昭和54、足立直郎『遊女百姿考』）、古代、原始、飛鳥、白鳳の時代から、すでに呼称を与えられている。呼名があるということは、その存在の明証である。(3) 客にとっての楽園《パラダイス》は身も心もある生身の女には失楽園《ロストパラダイス》に他ならない。部品化され、商品化された女の性には、女たちの怨念がこもる。

三　売春防止法施行までに

昭和三十三年（一九五八）四月一日、〈売春防止法〉が施行されたが、(4) それと芝木好子の『洲崎パラダイス』連作とは、なにか関係があっただろうか。『洲崎パラダイス』連作の発表が、折りしも〈売防法〉施行の三年前だったことは、出世作「青果の市」で戦時の統制を描いた好子であったことを併せ考えれば、多少は意識されていただろうとは思える。しかしそれに触発されて稿を草したというふうには考えられない。

防止しても防止しきれないところに、この問題の根深さがあり、芝木好子の目は、その根深さに向けられていると私には思われる。戦場、戦時を生きた者の戦後の悲惨は描かれるが、売春婦を産み出す社会への直接の糾弾はない。むしろその境涯を生きる女たちへの限りない愛惜と悲哀感の描出が、その境涯を生きてはいないはずの普通の女たちの真実の姿をまでさらけ出してしまうようなところに、『洲崎パラダイス』の人間認識の深みがあるようだ。

四　特飲街とその周辺の女性たち

作品「洲崎の女」には、特飲街での経営者菱田常子と中年の娼婦登代の物語が描かれる。常子は戦争未亡人となり二人の子を抱えて、女学校時代に嫌いぬいていた生家の稼業を継ぐことにより生きてゆかざるをえなかった。特飲街の橋の外には小さな酒の店が並んでいる。老残の娼婦登代は蒼い顔の老けた表情を桃色地に花模様のぴらぴらした着物で飾っている。子連れの登代は空襲で逃げ場を失い、海に逃れて戦後を生き抜いている。客の野木も戦地ビルマで片目を失い、義眼の敗残者である。野木は思う、「どんな女も運命をもっている。生きてきた歴史が貧しければ貧しいほど、彼女は人間らしいのかもしれない。（中略）来る日も来る日も淫靡な道具として男の欲望にこたえることで、いつか自分でも自身を道具のように思いこみ、なんとも思わなくなっているのであろう」と。ここには戦争の傷痕を負って、「娼婦」と「視力を失い宿なしとなった男」の「暮色」の光景が描かれている。生き抜くことの苛酷さを経営者と娼婦と敗残者の戦後に重ねている。誰も彼も好んで選んだ境涯ではないのだ。

作品「洲崎界隈」では、「大門の代りにネオンのアーチが赤や青に輝」く特飲街で五年間働いていた菊代がヒロイン、彼女は二年前に小池と結婚、身を固めたが昔の馴染客や舞台役者に心を通わせたがる。一度染みついた娼婦稼業はなかなかおさまらない。土地を買うための貯金をしているが、「だが、なんと金を溜めることは困難だろう。ことに肉体をひさぐ者にはデスペレートな翳がつきまとう。淫蕩から成り立った職業に彼女たちはいやでもスポイルされてしまう。金が入ればまず酷使した身体を癒すために、食べたり遊んだりしなければいられない。そうでもしなければ身が持たないのだ。」事業欲を満足させるためには、身体を張って金策を交渉する菊代の姿が、夫に拘束されない娼婦の「自由」さととらえられる。

作品「洲崎パラダイス」に登場するのは、蔦枝《つたえ》と義治《よしはる》。倉庫会社の帳付けだった義治は、一カ月前まで「鳩の町」にいた娼婦蔦枝を知り、失職後二人で転々としてこの洲崎にやってきた。蔦枝はかつて洲崎特飲街にもいたことがある。かつての洲崎遊廓の入口にある小さな「酒の店」（徳子の店としてこの連作短編に登場、本作品では「おかみさん」と呼ばれている。徳子は夫に逃げられたが二人の子を抱えて、この店を守っている。「さっぱりとした顔立の三十五、六」「どうせ同じような客相手なら、パンパンになっても化粧や美しい着物に飾り、華やかな嬌声の生活に変りたいと思うのが、お定まり」と、安易な生き方を批評している。本連作では正路を歩む徳子の視点が随所に生かされている。）で蔦枝は働くことになり、義治もそば屋の出前持をする。「生きるために身をひさいでいた蔦枝を救いたいと思った義治であったが、給料はすぐに底をついた。酒の店で働く蔦枝に客がつき、かれに身を売ってアパートを借りようというところまで行くが、義治への想いがたち切れずに蔦枝は出奔する。徳子はいう「それですよ、すぐに身をまかすのは商売なんです」と。客にすぐなじんだように、義治に会えばもとにもどろうとするこの情念は、〈安易さ〉の象徴と、とらえるべきか、〈性〉の深淵ととらえるべきか。義治に対する蔦枝はもはや娼婦でないと言える。

作品「歓楽の町」には女学校時代の同級生徳子と恵子の物語が描かれる。洲崎特飲街の入口で腰掛け飲み屋を営む徳子と、夫との不仲によって徳子の店に家出してきた恵子。徳子の店の手伝いをするうちに恵子は特飲街への走り使いをするようにもなり、様子が知れるにつれて「一夜の交りが稼ぎの代になって、肉体がすりへってゆくのに、情愛のかけらもおいていってもらえないで、嬲られたり、殺されたりもする。いやでもいつか人間の芯がすっかり腐ってしまわないだろうか。恵子は自分が良人から離れてきたのも、その情愛が疑わしかったからだと思った。」恵子が家出をしたきっかけは、後妻に入った木部家には、先妻の息吹がみちみちており、先妻の妹と夫が関係を持つようになったからだ。生活のために犠牲となって特飲街で身を売る女と失業中のその夫のであいを目撃して、恵子はそこまで窮してはいない我が身を照らし、その女にわびたい気持になった。専業主婦も夫との関係を「経済」でなく「情愛」で結ばないかぎり、娼婦の位置に限りなく近づくのである。特定者を相手にするとはいえ、家庭にあっても情愛の通わぬ性行為は、不特定者との交情といえるかもしれない。人の性は複雑なのである。

作品「蝶になるまで」は十六歳の鈴子の物語。中学を出て就職した町の機械工場が不景気から閉鎖になったので東京へ出てきたばかりの娘がパラダイスの入口の徳子の店にあずけられる。

橋の上からみると、コンクリートの堤防で仕切られた運河の水は穢《よご》れて、案外にゆらめいている。上潮なのかもしれない。赤や青に明滅する橋の上のネオンを仰ぐと、「洲崎パラダイス」と書いてあるが、鈴子にはパラダイスの意味は解らない。橋を渡ってはいけないといわれたので、彼女はおとなしく千草の店へ戻ってきた。

アーチのネオンサインは、吉原大門の象徴と同様のしかけである。

アーチのこちら側（「千草の店」）と向う側（売春宿）は、似て非なるトポスである。こちら側で見聞する、父と息子を繰《あやつ》る女や銀月の親殺し未遂事件など、男と女が起す絶え間のない葛藤に驚く鈴子は、通ってくるタクシー運転手に惹かれるようになり、かれの通っていた特飲街の女とはり合う気分になる。男も鈴子との心の通い合いによって特飲街の女と遊ぶ気にならなくなり、鈴子は女に撲られる。「『ばか、ばか、畜生、パンパン、誰が負けるものか』鈴子はもう昨日までの少女ではなかった。」恋知り初めた少女の姿を書く。

作品「黒い炎」は徳子の店でしっかり働き、客の正造と結婚した、歓楽街の入口に留まった京子の物語である。夫の家に放火、三年の刑期を終えて出所した姉の久子が、〈夫探し〉をするために上京する。夫への復讐は彼に注ぐ執着そのものとみえる。久子は、池袋、下十条、花川戸、千住とついには占いにまでたよって夫を探しまわるのだ。一方京子は半焼けの材木を買い取って、増築の準備を始めるしっかり者として描かれる。

五　特飲街の内と外

『洲崎パラダイス』収録の六短篇は、洲崎特飲街《なか》の人々と、周辺の人々、ことに特飲街入口の酒の店で働く人々をあざやかに写し出して、身を売る者、身を買う者、窮しても一線を越えないで身を処していく者たちの、階層的にも経済的にも恵まれていない人々の生活哀感を描いた。

『洲崎パラダイス』は、身を売る者の思慮の足りなさ、のっぴきならなさをほりおこし、貧困にうごめく特飲街周辺の〈内と外〉の女の生命をうつし出した。

生き抜くための性の切り売り、身を売る職業に転じた女の性の安易な濫用、でありながら親しんだ男への絶ち切れぬ恋情、結婚生活のなかで信じ切れぬ情愛、少女の初恋、〈夫探し〉の執念等々を写し出しながら、芝木好子は〈洲崎パラダイス〉周辺にうごめく昭和三十年代の女たちの性を定着させた。

『洲崎パラダイス』は、吹きさらしの特飲街周辺に材を得ながら、芝木好子が女たちの性の新たな発見を企てた作品でもあった。芝木好子の世界は、特飲街をとりあげたことによって、人間観察のいっそうの広がりを獲得したものと思われる。性を商品化して生きる女の生命は、思考停止へ下向する魔の瞬間を生きる姿ではないだろうか。それは日常を超える情念の魔の時であろう。

のちの作品『隅田川暮色』で、夫とのドイツ行きを決意したヒロインが愛人との別れの前にかれの待つ築地明石町ホテルへ向かう時、死んだ父の声が「生きるってのは、罪深いな。お前も業の深い女だな」と囁くシーンは、このヒロインの情念の燃焼をうつして、感銘深いエピローグである。芝木好子は非日常の中にある生の飛躍《エラン》を、特飲街の女たちに発見したようにも思われる。『洲崎パラダイス』が〈転機を画した〉作品になりえたのは、洲崎界隈のぎりぎりの淵を生きる情念の発見にあったのではなかったか。

ところで、〈売春〉〈買春〉という行為を顧みればにみられる通り(4)、売春防止法が成立して五十年以上経った今も〈ザル法〉の呼名高く、なくなるということがない。

しかし、ヒトがヒトを生み出すのだから、生命につながる性の行為はモノのようではなく扱われたい。この観点に立てば、生命を扱う〈人工授精〉〈代理出産〉は性のモノ化に他ならないとさえ思われる。生命を操作する安易さは、ヒトを限りなくモノにしてしまう危険性が感じられる。

明治の青年北村透谷が「余は実に数多の婦人を苦しめて自ら以て快としたる者なり」（明治20・8、「一生中最も惨憺たる一週間」）と気付き、真の恋愛の情熱を獲得していくプロセスは、感動的でさえある。出産を担わない男たちの欲望は続く。

〔注〕

（1）この〈洲崎のうた〉は、「洲崎《すさき》の海」のことである。以下に紹介する。

洲崎《すさき》の海　　室生犀星

1

あかき日のもとにいづるなかれ。
そのあをきひたひはひかりにいたからめ。

2

君のねむれる顔は硫黄《いわう》のごとし。
なじみ深なるひたひなれど死のごとし。

3

冬ざれの洲崎の海、ひとりめざめかなしく
さぐりもあてしはつめたき肌《はだ》なり。

4

宿をおはれ、かへるべき家なし。
かなしき終電車のなかにひたひ垂《た》れ

なれとともに夜更《ふ》かしてきく海の冬。

5

あけぼののなかよりきたる電車に
いづこにかへらんとするわれかえしらず。
その蒼《あを》かりし空にはるかに雁《かり》のわたれり。

6

あはれ、おもひいづるは洲崎の海
かれはみやこになにをするらむ。

あてどない未来に、痛苦と悲哀に満ちた心に、冬の洲崎の海が浮かぶ。犀星のトポスである。好子はこの詩の〈冬〉の季節感に共鳴したものと思われる。「第二の故郷」（犀星『寂しき都会』、大正9・8、聚英閣）にも、この界隈がうたわれている。

（2）「江戸名所百人一首」中に、文屋康秀の本歌取りというのも少し気がひけるが、「吹くからに秋の草木のしをるればむべ山風を嵐といふらむ」のかえ歌「ふか川のあのやすさきの色みれば、まず弁天へまいるといふらん」とある。

（3）古代、はじめに霊媒者であった巫女《みこ》、斉女《さいめ》・采女《うねめ》・神采女《しんさいじょ》・御陣女郎《ごじんじょろ》・陣中女郎《じんちゅうじょろ》・遊行婦女《ゆぎょふじょ》・神《しん》母《ぼ》・巫椙《ふしょう》。奈良時代には、亜曽比女《あそびめ》・宇加礼女《うかれめ》・佐夫流児《さぶるこ》・駿河采女《するがうねめ》・石川女郎《いしかわじょろ》・児島女郎《こじまじょろ》・佐用姫《さよひめ》・賤女《せんじょ》・郎女《いらつめ》・娘女《おとめ》。平安時代には、歩《ある》き巫女《みこ》・遊女《ゆうじょ》・浮《う》かれ女《め》・弓月《ゆづき》・高麗《こま》・漢女《あやめ》・傀儡女《くぐつめ》・難波女《なにわおんな》・初瀬女《はつせおんな》・蜑《あま》の子・海女の子・川竹の子・流れの身・販女《ひさめ》・夜発《よはち》・浮《う》かれ妻《つま》・戯《ざ》れ女《おんな》・纏頭《てんとう》もの・比丘尼《びくに》・眉刀自女《まゆとじめ》・白拍子《しらびょうし》・遊君《ゆうくん》・君・君女・子女。鎌倉時代には、遊びもの・傾城《せい》・道のもの・湯女《ゆな》・

足洗《あしあら》い・鬻女《ひさめ》と呼ばれ、室町時代には、加世《かせ》・地獄《じごく》・売女《ばいた》・地極《ちごく》・町湯女《まちゆめ》・辻君《つじぎみ》・立君《たちぎみ》・大湯女《おおゆな》・小湯《こゆ》女《な》・桂女・初瀬・加賀女・勧進比丘尼《かんじんびくに》・絵解き巫女《えどみこ》・勧進巫女《かんじんみこ》。安土・桃山時代には、居稼女《いかせぎ》・三筋《みすじ》女・廓二郎《くるわじょろ》・揚傾城《あげけいせい》・端傾城《はしけいせい》・端女郎《はしじょろ》。江戸時代になると、全国廓女の名称は等級も分れ、傾城《けいせい》・太《た》夫《ゆう》・天神《てんじん》・鹿子位《かこい》・格子女郎《こうしじょろ》・見世天神《みせてんじん》・端天神《はしてんじん》・端傾城《はしけいせい》・端女郎《はしじょろ》・百蔵女郎《おくらじょろ》・茶女郎《ちゃじょろ》・突出《つきだ》し・引舟《ひきふね》女郎《じょろ》・鉄炮女郎《てっぽうじょろ》・散茶女郎《さんちゃじょろ》・呼《よび》出し・昼三《ちゅうそう》・附廻《つけまわ》し・仕廻し・埋茶女郎《うめちゃじょろ》・座敷持《ざしきもち》・局女郎《つぼねじょろ》・五寸局《ごすんつぼね》・三寸局《さんずんつぼね》・並局《なみつぼね》・小女郎《こめろう》・新造。私娼には、奴女郎《やつじょろ》・歌比丘尼《うたびくに》・湯女《ゆな》・垢掻女《あかかきおんな》・垢《あか》すり女《おんな》・髪洗女《かみあらいおんな》・髪《かみ》梳女《すきおんな》・黒塗女《くろぬりおんな》・白湯文字《しろゆもじ》・銭見世女《ぜにみせおんな》・切見世女《きりみせおんな》・白女《はくじょ》・白人《はくじん》・中白《ちゅうはく》・隠売女《かくしばいた》・鈴《すず》の女《おんな》・地獄《じごく》・引張《ひっぱ》り・比丘尼・ころび・蓮葉女《はすっぱおんな》・手たたき・蹴転《けころ》・飯盛《めしもり》女・宿場女郎《しゅくばじょろ》・ぴんしょう・呼出《よびだし》・天神女《てんじんおんな》・櫓下《やぐらした》の女《おんな》・矢倉下《やぐらした》・お菰《こも》・山猫《やまねこ》・金猫《きんねこ》・銀猫《ぎんねこ》・売比丘尼《うりびくに》・歌比丘尼《うたびくに》・茶屋女《ちゃやおんな》・綿《わた》つみ・踊子《おどり》・伽《とぎ》やろう・船饅《ふなまん》頭《じゅう》・釜払《かまばら》い・茶汲女《ちゃくみおんな》・一夜妻《ひとよづま》・矢場女《やばおんな》・大弓《だいきゅう》・小弓《しょうきゅう》・わか・踊子《おどりこ》・臭屋《くさや》・ぽん女・食売女《しょくばいおんな》・腰元女《こしもとおんな》・鳥《とり》追《お》い・船比丘尼《ふねびくに》・船君《ふなぎみ》・船虫《ふなむし》・浜の君《はまきみ》・間間《けんぴん》・それしゃ・流れの女・川竹の女・夜鷹《よたか》。古代以降、江戸時代を通してあった〈私娼名〉にはハイハチン・斉《なら》い妻《つま》・尸巫《よりまし》・乗童《のりばら》・仲座《なかざ》・郎女《いらつめ》・色之女《いろつめ》・処女《おとめ》・女《おと》頭《め》・おつや・おじゃれ・おじゃらく・おしゃらく・おしゃめ女郎・しゃら・貸妻《ひとよ》・つとめ女・早家《そうか》・あんにょう・おかみん・歩き巫女《みこ》・県巫女《あがたみこ》・里巫女《さとみこ》・村巫女《むらみこ》・市子《いちこ》・笹《ささ》はたき・口寄せ・マンチ・イタコ・もり子・打臥《うちふし》・青暖簾《あおのれん》・ごぜ・ちょんころ・猿廻女《さるまわしおんな》・女子《さるこ》・ガの字《じ》・町芸者《まちげいしゃ》・芸子《げいこ》・踊子《おどりこ》・太鼓《たいこ》女郎《じょろ》・太鼓女通《たいこじょつう》・提重《おじゅう》・女臈《じょろう》、等々。明治以降になると、枕芸者《まくらげいしゃ》・転《ころ》び芸者・銘酒屋女《めいしゃおんな》・白首《しろくび》・十二階下の女・夜《よる》の女《おんな》・夜《よる》の姫君《ひめぎみ》・エキストラー・高等内侍《こうとうないじ》・酌婦《しゃくふ》・青線《あおせん》の女・洋妾《らしゃめん》・トルコ嬢・そして今や〈援交〉・〈ウリ〉。

　この多岐にわたる遊女売春婦の異名が物語るのは、歴史以来のその存在と、はじめにあった巫女性が失われ、底辺に広がり、安土桃山時代の遊里の出現につれて、売春婦も定着するに至り、廓が形成され、他方私娼も輩出したという事態である。正しく貧困のもたらす性の政治学である点、また男性の欲望の生物性を見失いたくない。

（4）　煩瑣を厭わず、『近代日本総合年表』（昭和43・11、岩波書店）社会欄から近代になって〈売春防止法〉成立に至るまでの重要な「売春」にかかわる項目を拾ってみると、万延元年（一八六〇）に「横浜大田新田に、岩亀楼など外人客を主とする遊廓ができる」から始まる。慶応二年（一八六六）十一月二十日「幕府歩兵200人余、新吉原などで暴行、妓楼を破壊し数人を負傷させる」。同十二月十七日「吉原に火災、花街ほぼ焼失」。明治三年（一八七〇）九月八日「政府、在留中国人で、子供を買取って海外へ売る者の厳重取締を命令」。明治六年二月十一日「京都下京第十五区検番、女紅場設置。芸娼妓に、読書き、手芸、裁縫などを教える」。明治九年八月二十九日「高橋お伝、蔵前の九竹旅館で、商人後藤吉蔵を殺して逃走」。明治十二年六月二日「群馬県会、貸座敷業改正の建議を提出（群馬県廃娼運動の初め）」。明治十五年四月十四日「群馬県、全県下の遊廓を88年6月限り廃止すべき旨布達（実際は延期）。これより廃娼運動盛んになる」。明治十八年三月「荻野吟子、医術開業試験（後期）に合格」。明治十八年「近来清国各地・安南・シンガポールなどに日本婦人の売婬者増加（上海で約800人）婦女売買人も暗躍、問題となる」。明治十九年十二月六日「矢島揖子・佐々城豊寿ら、婦人矯風会を設立、発会式を行う」。明治二十年十月十三日「警視庁、宿屋営業取締規則を定める（営業者資格・衛生風紀の取締・木賃宿営業区域などを規定）」。明治二十二年四月「東京府会議員で、娼妓賦金全廃について、新吉原貸座敷業者より収賄した者発覚し問題化」。明治二十三年三月二十五日「長崎より香港に入港の伏木丸、船内機関室より、密航中の売春婦・婦女売買者8人の窒息死体発見される」。明治二十六年四月三日「東京婦人矯風会、キリスト教関係婦人団体を糾合して全国的組織〈日本基督教婦人矯風会〉結成」。明治二十六年十月「日本基督教婦人矯風会、売春婦に転落の危惧ある婦人救済のため、東京に職業婦人宿舎を設立」。明治三十三年「内務省、娼妓の自由廃業運動の活発化に対処して、娼妓取締規則公布」。明治三十六年九月三十日「祇園の芸妓加藤ゆき、米人富豪ジョージ・モルガンに10万円で落籍され、04年1月、結婚し渡米」。明治三十八年四月三日「日本花柳病予防協会設立」。明治三十九年十月一日「吉岡弥生ら、日本実業婦人会を結成」。明治四十五年五月「婦人矯風会、大阪婦人ホームを開設、婦人の職業紹介・救済保護に当る」。明治四十四年四月九日「吉原遊廓、大火でほとんど焼失。類焼地域を含め焼失6500戸」。同年七月八日「公娼廃止運動団体〈廓清会〉発会式挙行」。大正元年三月二十一日「洲崎遊廓に大火、焼失1150戸」。六月六日「浅草の銘酒店・新聞縦覧所の雇女（私娼）に警察医が梅毒実施」。大正五年五月八日「警視庁、私娼取締規制を改正強化（この頃、浅草千束町・日本橋郡代・芝神明の帝都3大魔窟のほか各所に、私娼を雇う銘酒屋・飲食店多数現われ、風紀びん乱）」。同年十月二十一日「大阪婦人矯風会、大阪府の飛田遊廓地指定に反対、府庁への初の母親デモ」。大正十年「亀戸・玉の井私娼窟、出現」。大正十一年三月十日「サンガー夫人来日。内務省、産児制限の公開講演禁止を条件に上陸許可」。同年六月一日「賀川豊彦、ベストセラー〈死線を越えて〉の印税を基金に、大阪北区安治川協会に大阪労働学校開設」。昭和元年九月十四日「廃娼運動に反対の全国貸座敷業連合代表、廓清会・矯風会に押しかけ威嚇（この頃、東京市内娼妓約1万5000人）」。昭和二年四月五日「花柳病予防法公布」。五月十七日「大審院、夫が家を出て他女と内縁関係を結び妻を顧みざるは、夫の妻に対する貞操義務に違反すると判決」。同年十二月「《主婦の友》荻野式避妊法掲載」。昭和三年七月十九日「婦人雑誌に性愛記事横溢、婦人矯風会など内務省に取締り請願」。同年十一月十日「警視庁、ダンスホール取締令実施。十八歳未満の男女は入場禁止」。昭和五年六月「美人座など大阪のカフェー、銀座に進出、濃厚サービスで私服に白エプロンの東京式を圧倒、横浜にキスガール出現、消毒ガーゼを口につめキスを販売（この頃、〈エロ・グロ・ナンセンス〉の語流行）」。同年十月「奥むめお、本所菊川町に婦人セツルメント設立」。同年十一月二十四日「警視庁、エロ演芸取締規則を各署に通牒。股下2寸未満のズロース、肉じゅばん、腰を前後左右に振る所作等を禁止」。同年十二月二十七日「内務省、有害避妊用器具取締規則公布」。昭和六年「大阪難波駅午前2時発の〈新聞電車〉に女給・ダンサー・酔客ら数百人が毎夜ただ乗り、〈移動カフェー電車〉と呼ばれる」。昭和八年一月二十一日「警視庁、バー・カフェー・喫茶店などの特殊飲食店営業取締規則公布」。同年五月二十三日「内務省、娼婦取締規則改正公布（娼婦の廓外への外出自由となる）」。昭和十年二月六日「廃娼同盟、国民純潔同盟に改組決定」。昭和十一年五月十八日「阿部定、尾久の待合で情夫を殺害し局部を切りとり逃亡、5・20逮捕」。昭和十二年九月二十八日「婦人矯風会・日本女医会。婦選獲得同盟など民間の13婦人団体、非常時局打開克服を目的に日本婦人団体連盟結成」。昭和十四年六月十日「警視庁、待合、料理屋など明日より午前0時限り閉店を通牒（8・24警視庁、料理屋飲食店営業取締規則・待合芸妓屋営業取締規則公布、10・1実施）」。同年六月十六日「国民精神総動員委員会、遊興営業の時間短縮、ネオン全廃、中元歳暮の贈答廃止、学生の長髪禁止、パーマネント廃止など生活刷新案決定」。昭和十四年九月十三日「講談落語協会、艶笑物・博徒物・毒婦もの・白浪物の口演禁止」。昭和十九年三月五日「警視庁、高級料理店（精養軒・錦水等850店）、待合芸妓屋（4300店・芸妓8900人）、バー・酒店（2000店）を閉鎖」。昭和二十年八月十八日「内務省、地方長官に占領軍向け性的慰安施設設置を指令。8・26接客業者ら銀座に（株）特殊慰安施設協会（RAA）設立。8・27最初の施設小町園、大森に開業」。同年九月八日「米軍・東京にジープで進駐開始」。昭和二十年十月二十五日「警視庁、待合・バーなど営業許可」。昭和二十一年一月二十一日「GHQ、公娼を容認する一切の法規撤廃につき覚書。2・2内務省、娼妓取締規則を廃止（結果として街娼増加）」。同年一月二十八日「警視庁、〈夜の女〉18人初検挙（以後、繰返し〈狩り込み〉・検診実施）」。同年十一月十五日「池袋で日映演婦人組合員2人、闇の女と誤認され、吉原病院で強制検診、問題化。12・15婦人1000人警視庁へ抗議デモ（女性を守る会結成される）」。同年十二月二日「内務省、地方長官に風俗取締対象につき通達、特殊飲食店（赤線）指定を指示」。昭和二十二年一月十五日「婦女に売淫させた者などの処罰に関する勅令公布」。同年四月二十二日「NHK街頭録音で有楽町付近の闇の女の声を放送、（この頃、街娼〈パンパンガール〉とよばれ、6大都市で推定4万人）」。同年四月二十六日「神近市子ら、民主婦人協会設立」。同年七月一日「飲食営業緊急措置令公布。（7・5より外食券食堂・旅館・喫茶店等を除き全国料飲店営業休止）。東京都では6・1より自粛休業（実情は〈裏口営業〉繁盛）。49・4・30まで実施」。この年「性病蔓延、患者40万人」。昭和二十三年七月十日「風俗営業取締法公布」。同年七月十三日「優生保護法公布」。（同年同月二十九日「薬事法改正、49・4・30避妊薬7品目発売許可」。）同月十五日「性病予防法公布」。同九月十五日「主婦連合会結成」。同年十一月二十二日「夜の上野公園を視察中の田中警視総監、男娼ら30人に囲まれ殴られる」。昭和二十六年十一月二日「矯風会等80団体、公娼復活反対協議会結成」。昭和二十九年二月八日「全国23婦人団体代表、売春禁止法期成全国婦人大会開催」。同年六月「働く母の会結成」。昭和三十年二月「〈婦人公論〉石垣綾子〈主婦第二職業論〉掲載。主婦の社会活動・再就職・家事労働につき〈主婦論〉活発（坂西志保・島津千利世ら）」。同年七月八日「厚生省、〈売春白書〉発表、全国で公娼50万人と推定」。同年十月七日「最高裁判所、酌婦稼業契約が公序良俗違反で無効ならば、これに伴なう前借金の返還要求は許されないと判決」。昭和三十一年一月十二日「東京の赤線従業婦、東京女子従業員組合連合会結成、売春防止法に反対。5・18売春禁止法制定促進委員会、制定貫徹全国大会開催（賛否両運動活発）」。同年五月二十四日「売春防止法公布、57・4・1施行（罰則58・4・1施行）」。昭和三十三年四月一日「売春防止法施行（全国3万9000軒、従業婦12万人消える）」。昭和三十九年五月一日「風俗営

業等取締法改正公布（深夜営業規制強化）」。

「売春防止」のための法律「売春防止法」成立までの歴史をざっとみると、以上の如きものである。同法によれば売春は「対償を受け、又は受ける約束で、不特定の相手方と性交すること」と定義している。管理売春業者は十年以下の懲役である。法実施の五カ月後、東京都が延べ五千人の街娼を調べたところ、性病患者が前年より倍増していたという。

女子交換手・タイピスト・紡績女工・女車掌・エアガール（スチュワーデス）など、この時期までの婦人の職場はわずかであった。

【参考文献】

渡邊洋二『街娼の社会学的研究』、昭和25・12、鳳弘社

（初出・平成21・3、一藝社、ソシオ情報シリーズ8、原題「『洲崎パラダイス』、特飲街の女の生命観」）

コラム

サンダカン八番娼館

目の高さを共有する『サンダカンまでわたしの生きた道』（山崎朋子）

山崎朋子はなぜ近代底辺女性史の担い手となり得たのか、『サンダカン八番娼館』の「おサキさん」はなぜ山崎朋子に自分の半生の辛苦を語る気になったのか、本書はこの問いに答えてくれるものだ。屈辱の歴史は話す相手を選ぶ。

昭和七年帝国海軍のエリート・潜水艦長の長女に生まれた著者は、真珠湾攻撃の前年「太平洋のまんなか」での「海軍特別大演習」中の事故により父を喪《うしな》う。母は茶・華道の師範をして姉妹を養育するが姉娘にはなぜか厳しく継子《ままこ》幻想を抱かせる。高女時代、演劇に目覚めたものの映画出演のチャンスを母に阻まれ、大学も地元での進学しか許されない。しかしこの母はいち早い疎開で娘たちに被爆を免れさせた人でもある。

出身大学の付属小に赴任するが君が代斉唱に反対し寒村の学校に飛ばされる。慕われる先生であったが上京の思いやみ難く、都の採用試験に合格、区立小に勤めながら演劇勉強のためにロシア語教師を求め、大学院生金光澤を知り、民族差別意識の今より幾層倍強かった時代に事実婚、日本人妻たることが民族解放の指導者である彼を苦しめる現実に、身を引く別離。ウェイトレスをしながら女優志願を胸に秘め、雑誌モデルに採用され創刊号の表紙を飾れたはずが、常連客の某に顔を切り裂かれ、六十八針も縫う傷痕《きずあと》を身に負う。資産家の嫁に望まれるが、児童文化評論家上笙一郎と結婚、一女を得て時に二十八歳。家事をも負うてくれる夫との生活の中からアジア女性交流史研究への端緒が開かれる。

こう見てくれれば、底辺女性史に向かって彼女の生が集約的に導かれているのを感ずる。幾多の強運に恵まれながらそれを相殺するほどの不幸に見舞われた。疾風怒濤の青春時代に押し寄せてくる難題に立ち向かい、徹底するだけに選択したら迷わない知性の人。

地を這《は》うような苦しい現実体験を経て、「おサキさん」と同じ眼の高さを獲得した。だから「おサキさん」は山崎朋子に語ったのだ。評者は、人はその固有性において皆エリートと考える者だが、著者はその特性を育て自らの貴種性を生ききった人と見える。

（朝日新聞社、二〇〇一年十二月、一七〇〇円）

☆やまざき・ともこ　一九三二年一月福井県生まれ。ノンフィクション作家。著書に『サンダカン八番娼館』など。

（初出・平成14・2・18、『公明新聞』）

第六章　慶尚北道

現代と中世が交錯する『新装版　立原正秋全集』全二十四巻別巻一＊立原正秋＊

作家「立原正秋」（大正十五年一月六日〜昭和五十五年八月十二日）の作品は、小説、エッセイ、随想、紀行文、評論、詩、短歌、書簡、手記、年譜等多岐に及ぶ。

「人」を考える上で、立原正秋ほど興味深く、問題性をはらんだ、考えさせる作家はいない。私たちは彼の作品からいろいろなことを考える。「想像力」の幅をつけてもらうと言ってもよいし、人間理解の力をつけてもらうと言うのもよい。相互理解こそ人類の難問であるから。

私見によれば、立原正秋は死後三十六年を迎える今でも、なかなかの人気作家であり、今こそ読まれるべき作家である。誤解を恐れずに言えば、純文学と大衆小説を使い分けた作家であるが、物語性の強い小説世界に惹きつけられて入門した者が、純文学的作品の思想的な、難解な作品にも引き寄せられ、読了する。大衆の目線まで下りてきた幅広い作家である。それが三度の立原正秋展（昭和五十七年、昭和六十二年、平成十一年）や武田勝彦全解題付の二次に亘る角川版『立原正秋全集』に結実している。平成十年五月に完結した新装版は、第一次全集の増補・改訂版に未収録のエッセイ、講演、書簡、目録などを中心にした「別巻」を付している。旧版の著作目録、参考文献目録の

2002年 3 月10日
「第2回正秋会大会」

増補充実に加えて、立原十八歳の折りの『朝日新聞』投稿原稿・写真でたどる立原正秋の世界・正秋の素顔を語る・東ヶ谷山房日録（立原自身の備忘録を整理したもので、執筆予定・交遊関係などがつぶさに書き込まれている。）・講演のＣＤが添えられ、旧全集の散逸文献を網羅的に収めた「別巻」には編者・解題者の作家への愛情、完璧を期する学者の気魄が込められている。こうした努力あればこそ立原正秋に関する全貌を知ることができるのだ。

第二次全集のみならず引き続きメディア総合研究所からは工夫を凝らした三巻の短編集も刊行された。この現象は読者が作る。余程奇特な出版人でないかぎり、採算を度外視することは考えにくい。出版社によっても異なるが、文庫本は年間五千部は売れないと絶版にされると言われている。立原正秋の文庫本は、『冬の旅』をはじめとしてかなり多くが毎年増刷されて来た。今日でも多くの熱心な読者がいるのである。このことはかつて私の主催した立原正秋文学講座（読売日本テレビ文化センター恵比寿）が裏書きしている。そもそもの始めは平成十年十月から開講された「素顔の立原正秋」シリーズが満員の盛況で終了したことだった。平成十一年十月からは、この受講者の中から自発的に、作品を詳しく読む会「立原正秋を読んで人生を語る」講座開設の要請があり、筆者を講師に指名されたので、この難儀な作家を論ずる危険は充分承知の上で、それに勝る魅力のゆえに承諾した。この講座では立原正秋の全作品を読了した。開始から十八カ月目の平成十三年三月には年一回の正秋会水仙忌が発足し、菩提寺瑞泉寺墓参と懇親会を兼ねた大会は、平成二十八年の今も続いている。立原正秋の愛読者たちが全国から集まって来る。根強いファンを持つ作家なのだ。

平成二十七年十二月からは『立原正秋電子全集』（全26巻）の配信が始まっている。

立原正秋には親族による回想集、写真・エッセイ集もある。立原光代夫人の『追想―夫・立原正秋』（昭和59・11、角川書店）、長男潮氏の『料理と器―立原正秋の世界』（平成6・6、平凡社）、長女幹氏の『風のように光のように―父・立原正秋』（昭和60・8、角川書店）、『立原正秋の鎌倉―立原幹と歩く』（平成10・6、講談社）など、作家の世界に誘いこまれる。

立原正秋は昭和四十一年四十歳のとき、「白い罌粟」で第五十五回直木賞を受賞した。文壇デビューを遂げる前に、すでに名品「八月の午後」を発表しており、この掌編は井上靖に激賞されている。これは八月の午後再会した老婆が実はすでに死んでいた人だったと聞かされる話だ。暑さと歯科麻酔からの幻想との現実的解釈ができるが、あったと信ずるものには信ずるしかない、人生の夢幻を感じさせる。

日本ではベストセラー小説としても、映画でも有名になった『マディソン郡の橋』(ロバート・ジェームス・ウォラー著、平成5・3、文藝春秋)では、四日間の情事が主人公たちの死後までをも決定的なものにする。立原の「辻が花」(昭和42・6、『小説新潮』)では、つとに、四日間の熱愛が強烈な心理体験としてその後の生を支える世界が描かれていたのだった。不思議な符合だ。夫に見捨てられ七年間独居を続けてきた夕子は遠縁の四郎と「四日間の青春」を過ごす。四日間の生命の燃焼が強烈な心理体験としてその後の生を支える。人の人生には無駄ではない、なんと多くの物語が存在することだろう。

作家立原に寄せる私たちのイメージは多彩だ。古都鎌倉を舞台とした恋愛小説の名手、中世へのまなざし、和服の戦中派、国籍移転、孤愁のおもかげ、など。思うに、立原は戦後派作家の中で、いち早く〈性〉を通して人間の心理の奥を抉り、人の無常、人生の夢幻性を映し出すことに成功した。肉体と精神、こころとことばが乖離した現代人に、多くの問いかけをする。愛読者が次々と読破して熄《や》まないという立原文学の魅力の一つは、この、こころに結びついた性愛描写の迫力にあるだろう。彼の世界観の基底にある滅びの思想、なかんずく中世幽玄の美的世界が現代と交錯するところに人気の秘密があるだろう。食と焼物・染織、庭と旅、音楽と絵画、禅とキリスト教、西洋文学への理解、白磁と小田原（地理的類似）に象徴される望郷の念などがちりばめられた立原の世界は、現代人の心に生きる意味を強く問いかけるのである。

立原正秋には、手記のように見える「自筆年譜」（昭和44・5、『現代長編文学全集』第49巻、講談社）がある。自伝的小説と言われる「幼年時代」（昭和48・11、『新潮』）はこの「自筆年譜」に添って書かれている。作家の手記に誇張や隠蔽はつきものだろう。虚実の皮膜を読みとるところに文学のたのしみはある。三巻の全集を持つ北村透谷の場合にも、明治二十年八月十八日「石坂ミナ宛書簡」が彼の自画像を語るものだが、銀座煉瓦街の手狭なすまいやこのすまいが弟名義のこと、東京専門学校へ進学のいきさつなどをここからは知ることができない。精神の遍歴であり、故意にか偶然にか、経済的方面の話題はない。作家の自画像は、わざと悲惨に書いたり、貴種の如く書くかの違いはあれど、しばしば「夢」語りである。どのように偽ったか隠したかで、文学をなす基盤ともなるコンプレックスが現れるし、人間に普遍的なテーマとして神話原型をも形作る。やんごとない身分の主人公に流離の艱難《かんなん》をしいる貴種流離譚は、その一例である。

立原の「自筆年譜」には以下の如く書かれている。

「昭和二年一月六日朝鮮慶尚北道大邱市の母の生家永野家で出生。戸籍上の届け出は大正十五年一月六日。父は金井慶文、母は音子。父母ともに日韓混血で父は李朝末期の貴族李家より出で金井家に養子にやられ、はじめ軍人、のち禅僧になった。三月、大邱の北東にある安東市郊外の父の寺鳳仙寺に母と帰る。家は寺の麓にあり、父は週一度のわりで山からおりてきた。昭和六年春より寺にのぼり、老師から漢文の素読を受ける。本院より東の方にある山に僧堂があり、老師はそこに棲んでいた。週のうち三日は家に戻らず老師の部屋で泊まり、雲水達と生活をともにした。屈折したその後の生のさなかで、この僧堂の記憶はもっとも鮮明である。この年の冬、父没す。昭和七年春早々、安東市内に移る。はじめて市のはずれを流れている洛東江を見る。昭和八年四月安東小学校入学。混血だという級友の嘲罵にたえられず半歳にして安東普通学校に転学。普通学校は朝鮮人の子弟のための小学校であった。この歳より終戦まで寺および亡父の養家から学資の援助あり。昭和十年春、母、弟の正徳をつれて神戸市の野村家に再婚して去るにさいし、大邱市の北にある亀尾町で亀尾医院を開業していた母の実弟永野哲雄のもとにあずけらる。昭和十二年冬、叔父、済州島立病院に赴任するにさいし、神奈川県横須賀市の母の姉の婚家大下家に引きとられ、横須賀市立衣笠尋常高等小学校に転学。この小学校の一級下に、現在の妻である米本光代がいた。昭和十四年春、神奈川県立横須賀中学校の試験を受けて合格せしも、三月末、四歳年上の少年の嘲罵を受けて短刀で相手の胸を刺して重傷をおわせ入学をとり消さる。六月、横須賀市立商業学校に編入を認めらる。この年より剣を習う。」（以下略）と。

この年譜は昭和五十四年九月六日の武田勝彦への打ち明けと武田の調査に基づいて大幅に書きかえられる。即ち、「大正一五年／昭和元年（一九二六）一月六日、金敬文（キム・キョンムン、明二十四・十二・四―昭六・七・二十二）、権音伝（クォン・ウムチョン、明三十六・十・十八―昭五十・三・一）の長男として慶尚北道安東郡西後面台庄洞八拾八番地に出生。胤奎（イュンキュウ）と名付けられる。父は安東金氏の出で、母は安東権氏の出である。」（以下略）と。

この二つの言語情報を比較してみると、

一　生年月日のちがい、出生地のちがい

二　父母、本人の名の違い、本人による本名の未記載

三　混血ではなかったこと

「自筆年譜」後半の、調べればすぐにわかるような作りばなしを併せ考えれば、いまでは「家族の神話」作りとすぐに見破ることもできよう。なによりも人の運命がねじまげられた強圧に抵抗する術としては、思いっきり作りばなしで茶化してやろうという気にもなるだろう。帰属意識を剥奪されたもの、少数を生きるものの必死の抵抗だった、と私は思う。

ここには差別と被差別、弱者とは誰か、といった問題を深く考えさせる契機がある。

立原正秋の成功は、彼の言うに言われぬ悲哀を感じとって拍手を以て迎えた読者の捧げものだっ

たかもしれない。立原正秋はアジアの近代史と日本中世の無常観を改めて課題とさせるのだ。

少し立ち入ったことを付言すれば、「剣ヶ崎」（昭和40・4、『新潮』）の〈太郎〉〈次郎〉の父〈李慶孝〉は日韓混血、その父〈李慶胤〉は日本人と結婚した朝鮮人であった。この系図を見てゆくと李家にはじめて日本人の血が混じる李慶胤に自らの〈胤〉の字を与えている点に作家の心情告白の一端を見る思いがする。また、『あだし野』（昭和45・3、新潮社）・『きぬた』（昭和47・1〜12、『文学界』）・「くれない」（昭和46・1、『小説新潮』）・「山水図」（昭和53・6、『新潮』）・『たびと』（昭和52・3、文藝春秋）などに頻出する〈一休宗純〉は、一休とんちばなしの俗説一休さんとは違い、自殺未遂、餓死未遂の激しい生存を生き、晩年の十年間を盲女森侍者との婬色恋情を『狂雲集』（文明十三年〈一四八一〉）などに歌った、俗臭にたいする反抗の人であった。そしてなによりも立原に羨ましかったのは、一休が後小松天皇の庶子と伝えられることではなかったろうか。「自筆年譜」にある「李朝貴族」の子には、日本への貴種流離譚という自己劇化の試みが感じられ、「日韓混血」の記載には、帰化人の複雑な心性を象徴しているように思われる。

（初出・平成14・4、一藝社、ソシオ情報シリーズ1、原題「こころ・もの・ことば—言語情報論—」。平成10・8・6、『公明新聞』、原題「現代と交錯する中世幽玄の美的世界」）

コラム

横須賀と小石川

友の眼で照らし出す『身閑《しづか》ならんと欲すれど風熄《や》まず 立原正秋伝』（武田勝彦）

評伝や伝記の面白さは、対象と書き手の取り合わせの妙味にあろう。対象と書き手の臍の緒がどこでどのように繋がっているのかを考えながら読み進めると、両者の個性が意外に鮮やかに浮かび上がる。

武田が『立原正秋伝』を著したのは昭和五十八年、作家の没後一年目のことであったが、今度これをもとに「大幅に加筆、訂正」し、さらに「仮構と実像の狭間で」と「病床余聞」を加えて上梓したのが本書である。

二人の心の源泉は川端文学だ。川端康成のノーベル賞受賞に際して川端作品の海外での評価を紹介した武田は、世界の文学に精通した比較文学者だ。異文化を内に秘め、自伝的作品においても決して日本的私小説を書かなかった立原との共通項は、そのコスモポリタン性にある。

立原正秋は謎めいた作家であった。彼は自筆年譜に虚構や空白の多い人であった。その誤りを正し、空白を埋め、「こまめに事実を掘り下げ」「事実に立脚して」描こうとする武田のスタイルには、学者としての情熱もさることながら、大正十五年朝鮮に生まれ昭和十二年以後を横須賀で育った作家に寄せる三歳年下の、小石川で生まれ育った武田の戦中派としての世代的共感も深いようだ。

立原正秋は、出自・年齢・成長過程・学歴などを作家的虚構で包み、なかなか事実を語らなかったが、死の前年には武田に伝記的資料提供のほかに内面をも語るようになったそうだ。

両親の出生地のこと、両親が生粋の韓国人であること、本名が金胤奎であること、生き別れた異母兄のこと、光代との結婚のこと、また淋しい幼年時代、国籍移転にまつわる屈辱的な思い、A子との恋愛体験、早稲田大学の恩師たちとの交流、直木賞受賞当時の心境、妻の献身、血の流れへの熱考、故郷と禅寺、博打好き、喧嘩好き、雨が好き、「すこしいびつな李朝の白磁」の意味、一日も欠かさず見舞われた病床の日々等々、武田によって掘り起こされた立原正秋の素顔は、立原作品を解く鍵の束である。

自らの弱みをストレートにさらすことなく、性を通して人間を問う実存的な物語作家として数々の名作を世に遺した立原正秋と、作品自体を鑑賞するニュー・クリティシズムの批評家武田は、奇妙な双生児のように思われてくる。

（KSS出版、一九九八年十月、一八〇〇円）

☆たけだ・かつひこ

一九二九年五月東京生まれ。上智大学大学院修士課程修了。早稲田大学教授。著書に『荷風の青春』『川端文学と聖書』『漱石の東京』など。

（初出・平成10・11・30、『公明新聞』）

コラム

鎌倉

文壇の成功者の子ら「自慢の父」を語る『父の肖像』（野々上慶一・伊藤玄二郎編）

何人かの例外はあるものの、芸術（学士）院会員、文化功労者、文化勲章、文学賞受賞の「父」たちがズラリ三十二人目次に並び、娘と息子がその「父を語る」。本書は、昭和六十三年五月から平成十一年三月までの月刊誌『かまくら春秋』に連載されたものの収録である。

書斎の父のあですがたは大むねお行儀のよいもので、文壇社会の成功者、それぞれの子らの「自慢の父」であることが意外といえば意外である。なぜなら、作家というものは、その魅力ある登場人物に少しは似て、破天荒、ろくでなし、近所迷《はた》惑のイメージがつきまとうものだから。正直、「作家の娘」や「作家の息子」になど生まれたくなかった、といったところが真情だろうと推察されるから。ところがそういうものでもないらしい。倉田地三氏の「感じの良い」父百三。吉野壮児氏の「篤学の」父秀雄。和辻雅子氏の口数は少ないが「口に出した言葉には重いことが含まれていた」父哲郎。ほんとに立派だ。

衣食住にどのようにかかわったか、生活者としてのたたずまいが作品世界の特徴を彷彿とさせる立原幹氏の「手づくり」派の父正秋像。ソーベル頼子氏の「小言の」父永井龍男像。室生朝子氏の「一緒に生活していることそのことが、詩であり、文学である」という父犀星像。安部ねり氏の娘と議論する父公房像。私生活のありようが作品の雰囲気を醸し出している。

「レコードの鳴らない日はなかった」父小林秀雄。父萩原朔太郎は音楽好き。音楽が作家の創造力の源泉であったようだ。

江戸川乱歩得意の鼻歌は「故郷の空」であった。足の裏をかいてもらうのが好きな巌谷小波。「粘着性執着性お節介」な斉藤茂吉。「ケチの文六」と異名をとった獅子文六。家族にしか知られざる姿だ。

しかし、何といっても、世に「無頼派」と呼ばれる太田治子氏の父太宰治と坂口綱男氏の父安吾が、子に父親としての肉体的な感触を残さず、作品からまた母からの想像力上の父である点にかえって強烈な作家らしさを感じてしまうのだ。

「永遠の少年」たちの時代、新しい父性の構築が望まれる今日、かつての「父と子」のありようを知ることは時宜を得ている。

（かまくら春秋社、一九九九年十月、二〇〇〇円）

☆ののがみ・けいいち

一九〇九年十二月～二〇〇四年八月、下関生まれ。著書に『さまざまな追想』『文圃堂こぼれ話』など。

☆いとう・げんじろう

一九四四年二月～鎌倉生まれ。エッセイスト。著書に『風のかたみ』など。

（初出・平成12・7・24、『公明新聞』）

第三部　水

第一章　三陸海岸

のっこのっことやってきた『三陸海岸大津波』＊吉村昭＊

一　はじめに

高度情報社会では、先へ先へとはやる心のあまり、技術の進歩をせかすあまり、過去に学ぶことが忘れられがちである。

様々に生起する難問を解く鍵は、歴史の集積のまにまに、見え隠れしつつ存在しているように見受けられる。

現代社会に現象している変えられなければならない課題にどう対処していくかの解決への道のりは、留まり、検証することが第一の方途ではないか。次に検証結果を実現に向ける賢明な方法の模索が肝要であろう。

このようなことを書き始めたのも、吉村昭『三陸海岸大津波』や石牟礼道子『苦海浄土』、北村透谷「人生に相渉るとは何の謂ぞ」、松尾芭蕉『おくのほそ道』などの先行する著作が多くのことを教えるからである。

一見ばらばらに見える四作品だが、〈モノとコトバ〉のありようを捉えた古くて新しいテーマが根底にある。現代技術の最先端が、限りなく生命を遠ざけ、自然の猛威と美を忘失させている現代人の境位を明るみに出している。

二　どう学ぶか『三陸海岸大津波』の記録性

吉村昭（昭和二年五月一日〜平成十八年七月三十一日）が『三陸海岸大津波』を発表したのは、平成二十三年（二〇一一）三月十一日の東日本大震災が起こる四十一年も前のことである。（はじめ『海の壁』と題して昭和四十五年（一九七〇）に中公新書、昭和五十九年（一九八四）に『三陸海岸大津波』と題して中公文庫から再刊、平成十六年（二〇〇四）に文春文庫の一冊として再再刊されている。）

昭和四十一年（一九六六）に発表した『戦艦武蔵』がベストセラーとなり、手堅い記録作家として文名を上げた吉村は、永かった同人雑誌時代に別れを告げ、昭和四十八年（一九七三）には『関東大震災』、昭和五十三年には『ふぉん・しいほるとの娘』、昭和五十八年には『破獄』、昭和五十九年には『冷い夏、熱い夏』、平成四年には『私の文学漂流』、平成六年には『天狗争乱』ほかを書き継いだ。新婚時代に青森・石巻・釜石・八戸から北海道根室に渡り、夫人の作家津村節子とメリヤスの行商をしたこともある苦節十年の作家である。

『三陸海岸大津波』「まえがき」によれば、吉村昭はある婦人の体験談に触発されて津波を調べ始め、「一つの地方史」として残しておきたい気持となったと言う。一つの「地方史」。「文明の恩恵から遠く見放された東北の僻地」（「前兆」）。漁業を大切な生業として生きるリアス式沿岸住民の地方史を残すことである。

そこに見えてきたのは、繰り返される津波被害の歴史である。明治二十九年、昭和八年、昭和三十五年の三度にわたる地震と津波の来襲である。調査と記録の人・吉村は、その「前兆」、「被害」、「挿話」、「余波」、「津波の歴史」、「津波・海嘯・よだ」、「波高」、「前兆」、「来襲」、「田老と津波」、「住民」、「子供の眼」、「救援」、「のっこ、のっことやって来た」、「予知」、「津波との戦い」の見出しにそって、その時代状況を、その悲惨を、その人々の様子を余すところなく描き出す。漁師からの聞き取りによる津波の前兆、たとえば鰯やカツオの豊漁、沖に浮かぶ青白い怪火、川菜の生育、鰻の大漁、潮流の乱れ、井戸水の変色、沖合からの音響など、自然は様々な異変を告げていた。波は十メートルとも十五メートルともいわれ、田野畑村の八メートルの防潮堤を優に超える五十メートルの高さにまで達したところもあった、という。

差し挟まれている『風俗画報　大海嘯被害録上下巻』からの六葉の図、〈唐桑村にて死人さかさまに田中に立つの図〉〈広田村の海中魚網をおろして五十余人の死体を揚げるの図〉〈釜石町海嘯被害後の図〉〈溺死者追弔法会の図〉〈志津川の人民汽笛を聞て騒乱するの図〉〈釜石の永澤某遭難の図〉は、三・一一を予告させるものであった。（注）ひとたび予想を超える津波が来れば、その悲惨はかつてと何一つ変わらなかった。

このたびの福島第一原子力発電所の崩壊は、強度の地震と津波によっては、その破壊力が想像できないほどの威力を持っている点を忘れ、あるいは無視して、かるく「想定外」としてしまったところにある。自然を甘く見ていた原子力ムラの識見があった。「想定外」の浸水を二十年前に指摘していた首藤伸夫氏の論文もあったのだ（平成24・6・28、『朝日新聞』朝刊）。雇用と交付金による経済活動進展のためには仕方がなかったというべきであろうか。放射能の広がりは広域に及び（平成23・8・18、『読売新聞』朝刊、平成23・10・24、『朝日新聞』朝刊）、住むべき土地を追われた人々は五年後の今も仮設住宅住まいである。

経済活動第一主義がもたらす不幸には、わたしたちはいやと言うほど立ち会ってきた。水俣病、光化学スモッグ、田子の浦のヘドロ、カネミ油症、枚挙に遑がない。犠牲のおかげでずいぶんの便利も享受してきたが、自然の脅威を知った今こそ、立ち止まって考えるべき重要な季節にさしかかっている。起こりうる危険性に対して、最大の危険回避の道を選びたい。

三「造化の天工、いづれの人か筆をふるひ詞を尽さむ」

自然の偉大さに魂をゆさぶられた二人の詩人がいる。松尾芭蕉と北村透谷である。四十六歳の松尾芭蕉（正保元年〈一六四四〉～元禄七年〈一六九四〉十月十二日）は元禄二年（一六八九）三月二十七日（新暦五月十七日）、「松嶋の月先心にかゝりて」、二千四百キロ、丸五カ月の旅に出た。『おくのほそ道』歌枕の旅である。松島は天橋立、宮島とともに日本三景の一つ、松島湾には二百六十余の島々が浮かんでいる。

松島の条を拙訳すると、以下のようになる。〈松嶋は日本第一のよい風景であって、中国湖南省の洞庭湖、浙江省の西湖にも劣らない。東南の方から海が入り込んで、入江の長さは三里ほどもあって、浙江が海水を漲らせているようだ。島々は無数にあって、高く突き出ているものは天を指差し、横たわっているものは波に腹這っているようだ。またある島は二重に重なり、三重にたたみあげたようであり、左に分かれた島があるかと思うと、右につながっている島がある。小さい島をおぶっているようなものもあり、抱いているようなものもあって、児や孫を可愛がっているようにも見える。松の緑は濃く、枝葉は潮風に吹き曲げられて、その曲がり具合は、人工的に拵えたように整っている。その景色は静かで美人の顔を化粧した姿のようだ。神代の昔、大山祇の神がなした業でもあろうか。造物主の神わざは、どんな人間が絵筆をふるい、美辞麗句をつくしても、十分に表現できるものではない〉と。

自然の造形美は筆舌に尽くしがたい。海岸から小さな赤い橋で結ばれた雄嶋が磯は一〇八もの岩窟からなり、ここには雲居禅師の別室の跡や座禅をしたという石がある。松の木陰には隠者たちの草庵もあり、懐かしく思われたと芭蕉は書く。湾のほとりに帰ってきて、二階建ての、海に向かって窓の開かれているところで休んでいると、不思議なほどの心地よさであった、とも。この風景に接しては、意を尽くしたことばを得られない。芭蕉は『おくのほそ道』に自作の句を採り入れない。曽良の句と言われる「松嶋や鶴に身をかれほととぎす」を収め、松島の美しさがほととぎすを鶴にかえるほどの美として詠いだされている。

芭蕉は松島で句を作らなかったのではない。『おくのほそ道』に採録するにふさわしい句が作れなかった。「造化の天工、いづれの人か筆をふるひ詞を尽さむ」のであった。「しまじまや千々にくだけて夏の海」「松嶋や夏を衣装に月と水」「松しまや水を衣装に夏の月」など実際には収められなかったこれらの句があるといわれる（昭和49・11、松尾靖秋『おくのほそ道全講』、加藤中道館）。

「師のいわく絶景にむかふ時は、うばはれて叶はず」と『三冊子』にあるので、松島で句を詠まなかったとされるのかもしれないが、ここで大事なことは、自然の美を前にしてことばを失う境地である。自然が多くを語りかけ、人は圧倒されてことばを探しきれない。人が持つ以上のことばを自然は発してくるのだから。自然の美は卑少な人間存在を自覚させる。

雄嶋が磯の赤い橋渡月橋は東日本大震災で流失し、現在は島に渡れない。自然の猛威は人間の作ったものへの破壊力もまた筆舌に尽くしがたい。美しい島をかもし出す海は、猛烈な破壊力を内に秘めているのである。美妙な自然は破壊力を内に秘めている。

四「限りある権をもて限りなき力を撃つ」

松島の美に打たれ、収録すべき句を作れなかった芭蕉に対して、北村透谷（明治元年十二月二十九日～明治二十七年五月十六日）は「古へより名山名水は詩客文士の至宝なり、生命なり。……『美』は遂に説明し尽す能はざる者なり。……絶大の景色は文字を殺す者なり……と。『我』をも没了する者なる事なり」（明治25・4、「松島に於て芭蕉翁を読む」）と言う。自然が圧倒的な力で対峙する時、詩人はことばを失い、人は為す術なく自然に身をゆだねる。自然は「風雨雷電を駆って吾人を困しましむると同時に、他方に於ては、美妙なる絶対的のものをあらはして吾人を楽しましむるなり」（明治26・2、「人生に相渉るとは何の謂ぞ」）とも言う。「風に対しては戸を造り、雨に対しては屋根を葺き、雷に対しては避雷柱を造る、斯くして人間は出来得る丈は物質的の権《ちから》を以て自然の力に当るべしと雖、かくするは限ある権《ちから》をもて限なき力を撃つの業にして、到底限ある権《ちから》を投げやりて、自然といふもの丶懐裡に躍り入るの妙なるには如かざるなり」と。拙訳すると以下のようになる。〈人智で及ぶ限りの方策を立て自然の猛威に立ち向かうが、それは限りのある知恵を以て、限界を知らない自然の威力に立ち向かうしわざであって、とうてい人智で及ぶ力をば投げ捨てて、自然の懐ろに抱かれる境地にはかなうまい〉と。

自然の「限なき力」絶大なる力としての自然を現代人は忘れているのではないか。

能因や西行に詠われた北陸道の景観を訪ねる旅は、詩人たちにことばを失わせ、その美の絶大、その力の偉大さを見せつけた。ここには自然は克服すべき対象としてではなく、到底克服できない力の存在として認識し、つつしみ深く享受して、自然を破壊せず共生する道の確かさがうたわれている。自然とはいいかえれば人間の対概念であろう。

であれば、吉村昭が「津波は、時世が変わってもなくならない、必ず今後も襲ってくる。しかし、今の人たちは色々な方法で十分警戒しているから、死ぬ人はめったにいないと思う」（傍点筆者）という古老、早野幸太郎氏（明治二十九年、昭和八年、昭和三十五年、昭和四十三年に十勝沖の、生涯四度の地震を経験した、当時八十七歳の古老）の言葉に「重みがある」と共感を示したことにはたしかに問題があるかもしれない。（この点に関して『読売新聞』平成二十五年三月十五日朝刊に、吉村昭の「胸の内を知る術はなかった」〈「三陸へ吉村昭の祈り」〉との指摘がある。）

吉村昭すら、四十一年前の執筆当時、三・一一の大惨事を予測できなかった。「色々な方法で十分警戒して」いても自然は人間の予想をはるかに超えた力をふるってみせる、ということだ。大いなる自然の破壊力を思うとき、人間のこの地球に棲まわせてもらっているという認識をもっともっともつべきではないかと素朴に思う。

「自然対人間」とは「自然対文明」の力学であるかと思われる。文明とは、科学技術の飽くことなき追及であり、いわば、〈自然性〉に逆らうものである。

生殖医療の最先端分野で死後生殖までも許容の範囲とするのは恐ろしいことではないか。芭蕉のことばを借りれば「造化の天工」に逆らう行為ではないか。

臓器移植の最先端現場はどうか。死の概念を覆すようなありようを欧米にまねて直に受け入れてしまうのがはたしてよい処方であろうか。供養の心を持ち続ける日本人にふさわしいとは到底思えない。先端医療は生命尊重をいいながら、時に生命軽視の思想である。

公害についても同じようなことが言える。『苦海浄土　わが水俣病』（昭和44・1、講談社）で無告の民のことばをつづった石牟礼道子は「日本の近代は壊れている」（平成20・3・31、『朝日新聞』）に言う。「日本の近代は壊れていると思いました。水俣病ですね。チッソは罪悪感を持っていませんから。海を汚し、豊かな漁師さんの生活を壊して、気がつかない。近代化は鈍感な人間を大勢作り出してきた」と。その通りだと思う。

経済最優先の論理が、あとさきも考えずに、近代を牽引し、ありがたい面もあったろうが、欲望のすべてを実現しようとする負荷は果てしなく重い。

今日ほど文明が生命に直結しているということを想わせる時代はない。人は宿命を負って一回限りの生を生きる。一回限りだからもろいし、美しい。過去に学びつつ、現状をとらえ返し、はやる人々を抑え留め、ゆっくりと未来を遠望することが、今、賢明な策であると思われる。

歴史的史料から過去を学び、「歴史は繰返す」の名言を侮らず、自然と文明の破壊力に思いを致し、備えを十分にする時が来ている。

〔注〕　北村透谷の実弟丸山垣穂（日本画家、号は古香、明治六年五月三十日〜昭和三年八月十九日）も、当時の『毎日新聞』（明治二十九年六月二十八日「釜石海岸の惨景」、六月三十日「袖浦惨景の一」、「袖浦惨景の二」「大舟渡村の一」「大舟渡村の二」、七月一日「袖浦全村破壊の図」、七月五日「気仙郡小友村の惨状」、七月七日「海嘯地小友村の仮病室」、七月九日「岩手県気仙郡袖ヶ浦の真景」、七月十日「岩手県南閉伊郡両石惨状」、七月十一日「海嘯地山田町惨状」）に、十一葉の挿絵を載せている。この「明治二十九年の海嘯」について、『毎日新聞』には以上の挿絵を含む、詳細な報道がなされている。

（初出・平成25・6、三弥井書店、ソシオ情報シリーズ12、原題「過去に学ぶ『三陸海岸大津波』と透谷・芭蕉・石牢礼道子」）

コラム

安倍川

水と大気に慰撫される『風の姿』（常盤新平）

小説の舞台は著者得意のアメリカや東京下町界隈ではなく、、安倍川の河口、静岡平野の安倍奥に広がるわさび田である。わさび田の女主人、第十六代小津家の当主夫人路子は夫に「わさび田と結婚した」と言われるほどのわさび田好きだ。わさびは山間の冷涼な大気と清流でしか育たない。路子は「澄んだ水とひんやりとした空気」にひたりたくてわさび田にやってくる。

六百《メートル》をトロッコで垂直に下りきった谷底に広がるわさび田、早春のその日、路子はそこに倒れている娘を発見する。その娘野村京子は両親の別居や対人関係に違和感を持ち続け、病的な憶病の反動から行きずりの男にドライブに誘われるまま父のいる浜名湖めざして乗った車で、途中身の危険を感じてこのわさび田に逃げ込んだ東京の娘だ。路子に介抱されわさび田で働くうちに徐々に精神の安定を得、一年という歳月の中で小津家の遠縁の健次と結婚するまでに成長する。

お礼にわさび田を訪れる京子の祖父・母・父らも茅ぶきの家とわさび田の化身のような路子の歓待を受けるうちに、ぎすぎすした人間関係を次第に脱してゆく。久我山、大島《おおじま》、浜松、北習志野に居住しているこの核家族にも満たないバラバラな家族を結びつける場所が路子の家なのである。都会人の「駆込み寺」の役目を果たしている。やがて祖父と母は同居、父と愛人の間には子も生まれ、都市と田園のゆきかいの中で、〈自然〉に慰撫され回復していく人間像がたくみに描かれている。家族解体の犠牲者対人恐怖症気味の京子に必要なカウンセリングは伯母がいみじくも言っているような「精神科医」による治療ではなく、〈水〉と〈大気〉の治癒力にほかならなかった。著者はわさび田の〈自然〉がもつ治癒力こそが、文明の浸食に疲れた現代人を救出するといいたげだ。

表題から、私には〈風姿〉そして『風姿花伝』が連想される。世阿弥が幽玄に込めた〈美しく柔和なありさま〉は、内部にわさび田をかかえる路子と路子をとり囲む〈自然〉の情態ともいえよう。著者は別の表題でも風と姿のイメージを好んで使うが、風の色、音、声、いずれもそれ自身には姿がない。風景がそれぞれの風の姿をあぶり出すように、わさび田によってかもし出された〈水と大気のいつくしみ〉が人間の再生を約束するかのようだ。

（講談社、一九九九年七月、二二〇〇円）

☆ときわ・しんぺい
一九三一年〜二〇一三年。岩手県生まれ。作家。早稲田大学卒。主な著書に『遠いアメリカ』（直木賞）、『姿子』『光る風』など。

（初出・平成11・10・4、『公明新聞』）

安倍川の流れ

第二章　佐伯桂港と隅田川

此岸と彼岸を往還する「渡守日記」＊北村透谷＊「源叔父」＊国木田独歩＊

はじめに

〈渡守《わたしもり》〉は手漕ぎ舟の船頭さんである。洪水の多いわが国では、近世・近代に入って架橋が増えてからも、渡し賃を得るための渡し場と渡守が存在している。現在でも日本全土に二十八の渡し場が残る。

北村透谷の明治二十三年日記中に、「渡守日記」という腹案がある。また国木田独歩の明治三十四年の作「源叔父」の主人公の生業は渡船業である。本稿ではこの二作を手がかりに〈渡守・船頭〉についての考察を深める。

村の渡しの船頭さんは
今年六十のお爺《じい》さん
年はとってもお船を漕ぐ時は

元気一ぱい櫓がしなる
ソレ　ギッチラ　ギッチラ　ギッチラコ

雨の降る日も岸から岸へ
ぬれて船こぐお爺さん
けさもかわいい仔馬を二匹
向う牧場へ乗せてった
ソレ　ギッチラ　ギッチラ　ギッチラコ

川はきらきらさざ波小波
渡すにこにこお爺さん
みんなにこにこゆれゆれ渡る
どうもご苦労さんといって渡る
ソレ　ギッチラ　ギッチラ　ギッチラコ

（「船頭さん」武内俊子作詞・河村光陽作曲・峰田明彦補作、昭和16・7、戦時中の童謡）

船頭さんといえば、おじいさん、そしてすぐに思い出されるのが野口雨情の「枯れすすき」（「船頭小唄」）中の有名な一節、「おれは河原の枯れすすき」だろうか。「船頭可愛や」（橋本掬太郎）などという歌謡曲もあった。

汽船の走り出した時代に、旧来の手漕ぎ舟は時代に乗り遅れた乗り物であったろうか。

『広辞苑』によれば、船頭とは①和船の長、②船を漕ぐのを業とする人、③武家の職名。水手の長、とあり、渡守については 渡し船の船頭。わたりもり。川守。伊勢「―、はや船に乗れ…といふに」などとある。渡守は和語、船頭は漢語であろう。

守（もり）の熟語は多い。関守・灯台守・墓守・橋守・狂人守（精神科医・歌人斎藤茂吉の大正元年九月の『赤光』所収の作に「狂人守」と題する「うけもちの狂人も幾たりか死にゆきて折をりあはれを感ずるかな」という短歌がある）など思いつくままにあげていてはきりがない。〈そこを守る人〉の意である。

松尾芭蕉『おくのほそ道』には渡守は「舟の上に生涯を浮かべ」る旅人とうたわれ、与謝蕪村の「船頭の棹とられたる野分哉」（『蕪村俳句集』）には、野分の強風にとられた船頭の棹が鮮やかである。流れに棹さすは、流れに乗って大勢の赴くままに流れゆくものである。〈舟〉は小型、〈船〉は大型のイメージを喚起する。

以上のように、おじいさんの仕事とみられ、岸辺のしがないうち忘れられた存在ともみられ、川を守る人、水上生活者、時には強風に前進を阻まれる人でもある船頭さん、渡守を、北村透谷・国木田独歩は深い意味合いをもった存在として描いている。

中世謡曲の演目として名高い「隅田川」などを参照しつつ、その象徴的な意味を探索する。

一　「源おぢ」の職業は櫓を漕ぐ船頭さん

国木田独歩（明治四年七月十五日〜明治四十一年六月二十三日）が「源叔父」を「文芸倶楽部」に発表したのは明治三十年五月（明治三十四年三月発行の『武蔵野』所収時に表題は「源おぢ」と表記を改めたが、本文中の表記は源叔父のままである）のことである。

彼の日記『欺かざるの記』によれば、明治三十年五月十三日に脱稿、独歩二十七歳、佐々城信子との出会いから結婚、半年足らずでの離婚を経て、一年の後に書き上げた文壇的処女作であった。独歩が信子に出会うより前、明治二十六年十月から翌年八月にかけて大分県佐伯の鶴谷学館に語学教師として赴任した時の下宿の主人夫婦から聞いた話がもとになっている。

私はいつのころか、源叔父は〈漁師〉と思いこんでいた。改めて読んだ時に直接の生産にかかわらない第三次産業の人〈船頭さん〉であることの意味の深さに驚いた。以下に「源おぢ」の生涯を少し長いが、詳しく読んでみよう。「源おぢ」は文語体小説で若い人にはなじみにくいところがあるので引用は〈 〉内に口語訳をし、（ ）内に補足をしながら進める。

「源おぢ」に登場する聞き手の「私」は、〈主人夫婦が事もなげに語るこの翁の身の上が忘れられない。〉〈この翁には、何者をか秘めていて、誰一人開くことのかなわない箱のような思い〉がする。この翁の事を懐《おも》うと、〈詩想の高い一篇の詩を読み終え、限りない大空を仰ぐような気持になる〉と言う。聞き手の「私」は源叔父の何にそんなに惹きつけられたのだろうか。

〈今は崖も平坦になっているが、源叔父の家が一軒だけこの桂港（筆者注葛港）の磯に立っていたころの十余年前は舟を頼む者は海に突き出した巌に腰をかけて舟を待つ危うさだった。（淋しい一軒家だったとはいえ）美しい妻がおり、名を百合と言った。百合ははるかに見える大入島の出身で、彼の年二十八、九歳ころの春の夜更けにやって来た。そのころ渡船業者は多かったが、源叔父の名は津々浦々にまで聞こえていた。なぜか。彼は男らしい若者であるばかりでなく、漕ぎつつ歌う声が素晴らしかった。どのようないきさつで結婚にまで至ったかの細かい事情は、災害防除の神、妙見神社の菩薩様にお任せするとして、源叔父は島の娘百合と結婚した。一人子幸助も生まれ、ますます源叔父の声は冴え渡った。しかし幸助七歳のとき、百合は二度めの産褥で死んでしまった。妻を失った彼は幸助を乗せながら舟をあやつったが、歌声は悲愁を帯びていた。幸助に菓子など与える客に礼も言わず、だんだんと人とのコミュニケーション不全に陥っていくようだった。〉

〈また二年が過ぎ、町は開かれ、大阪商船の汽船も通るようになるが、源叔父は変わらず「渡船

（おろし）の業」を続けていた。（それはあたかも近代化の波に抗しているかのようであった。）「浦人島人《うらびとしまびと》乗《の》せて城下《じゃうか》に往来《ゆき》すること」以前と同様で、浦から島へ、島から浦への往還を続けていた。あたりが開けてきたことにも嬉しさ悲しさを感じていない様子だった。〉

〈また三年経った。幸助が十二歳になったある日、友と遊んでいて、幸助は海で溺れ死んでしまった。遺骸が源叔父の舟の舟底に沈んでいたのも不思議だった。（幸助の魂は父親のもとへ帰ってきた。）源叔父はもはや物言わず、歌わず、笑わないようになってしまい、人々からも忘れられた存在となった。源叔父は「丸き目《まるめ》」を閉じて櫓を漕ぎ、誘っても歌わず、意味不明なことばをつぶやき、太い溜息をつくばかりであった。〉

二　紀州とともに

〈教師が去って一年後の一月の末ごろ、佐伯近在の人々は、小舟に乗って往来するならいなので、河岸にはいつも渡船が集まり、乗る者降りる者で「浦人《うらびと》は歌《うた》い山人《やまびと》はの、しり」大変賑やかであったが、今日の寒さは一通りでない。城下町に出た源叔父は、汚れ痩せて十五、六歳と見える袷一枚の「乞食」「紀州」に出会う。源叔父が握飯を与えると紀州は懐からお椀を出して受け止めた。〉（紀州は他界から来たまれびとではあるまいか。）

〈帰宅した源叔父の家は暗く、百合が十五、六年前に持ち帰った錦絵がくすんでいる。淋しい霙の音を聞きながら、「冬の夜寒《よさ》むに櫓《ろ》こぐをつらしとも思《おも》はぬ」源叔父であるが、この寒さは一入身に沁みる。この寒い夜更けに、さまよう紀州は、小橋を渡って源叔父の近くにやってきた。〉

〈かつて、幸助が十二歳で溺死した年の秋、女乞食が日向の方から迷い来て、佐伯の町に足を留めた。八歳ばかりの男の子を連れ、家々の門に立ち、貰物多く、この土地の人々は「慈愛《めぐみ》」深いと知り、母は翌年「子を残《のこ》して」どこかへ立ち去ってしまった。町の人々は母の無情を憎み、子をあわれがりはしたが、引き取って育てようとまではしなかった。母に捨てられた当座の紀州は母を恋しがり泣いたが、人々の慈悲により、母を忘れたようにはなった。「いろは」も「読本」も「歌」も教えれば覚え、そこらの子らと変わらぬように思われた。しかし、紀州は放置されるにつれ、孤独に打ち捨てられるようになっていった。人としての感情を忘れ、物をもらっても礼も言わず、笑わず怒らぬようになり、ただ動き、歩み、食うようであった。（さながら妻子を失った源叔父にも似て。）長い放浪の果てに、最低の境涯に落ちて、あわれがられようとも、媚びることさえも忘れ去った紀州のようすであった。〉〈紀州が小橋を渡ってきたのはそんな日のことだった。源叔父は紀州を家に伴う。それを聞いた人々は信ぜず、あきれ果てて笑う。哀れな二人が夕食をともにしている姿などお笑いを見ているようだと、嘲る者さえあった。〉（まれびとを招じ入れた源叔父は、常ならぬ世の人だった。）

〈七日後、鶴見崎から川口を経て、七人の客を乗せて源叔父は島へ向かった。船中の話題は町でかかっている芝居と久米五郎という美男役者の噂話だった。するうちに話は船頭源叔父に振り向けられる。「紀州《きしう》を家《いへ》に伴《ともな》へりと聞《き》きぬ、信《まこと》にや」と。紀州みたいな年齢も判らぬ乞食ならずとも、共に棲む子は別にありそうなものを、と。源叔父は応える。紀州は親も兄弟も家もない子、私は妻も子もない年寄り、私が彼の父となれば、彼は私の子となるだろう、二人とも幸いなるかな、と。本当に親子の情が起これば、末楽しいことよ、と乗り合わせた老夫婦の夫は答えた。このたびの芝居を紀州にみせてはどうかと問う若者に、源叔父は「阿波十郎兵衛《あわのじふろべえ》など見《み》せて我子《わがこ》泣かすも益《えき》」なしと応える。源叔父は我子とは紀州のことなり、と顔赤らめて唱え、「声高《こえ》」く歌い出した。海山も当人も久しくこの声を聞かなかったものを。その声も節も昔と少しも変わらなかった。紀州の待つ家に帰る源叔父の心は明るく、紀州が人並みに親子の情愛を解し、乙女を恋する日もあろうと想像し、舟を岸に着けるのだった。〉

〈しかし、帰ってみれば（こはいかに、）紀州は食事した様子もなく、外出したらしい。追いついて問えば、紀州は見知らぬ他人を見るような面持である。連れ帰り、自分の分も食べさせ寝かす。さしもの源叔父も翌日発熱し、寝込みながらも、この家にいつまでもいるよう、私を父と思っておくれ、と問いかけても紀州の反応はない。阿波の十郎兵衛をみに連れてゆけば親恋しいと思う気持が起るだろうと意を尽くしてみるが、紀州に伝わる様子がない。〉（『傾城阿波の鳴門』は浄瑠璃、近松半次他の合作。明和五年（一七六七）初演。巡礼お鶴の親恋の物語である。）

〈源叔父はまどろみ、病中の夢に、女乞食が紀州を取り返し、と見るうちに、女乞食は妻百合に変わる。百合ではないか、幸助をどこへやったかと疑う間に、幸助は逃げうせた。と見る間になんと幸助はごみためから大根の切れ端をあさっている様子、源叔父が大声をあげて泣くと母親が現われ、母の膝懐かしく、源叔父は寝入ったのである。〉

（紀州を取り返しに来る女乞食、妻が息子を連れて行ってしまったかという思い、息子が乞食になり替わるところには幸助と紀州の一体化があろう。母の膝で寝入る源叔父は、愛情をかけても応えてくれない紀州に、母が愛してくれたように愛されたいとの思いが強く窺われる。この夢は、やがて去りゆく紀州と、妻子と母親――死者たちとの解逅の場である。）

〈夢さめてみれば紀州はいない。嵐のその日一日、源叔父は起きあがらなかった。次の朝まだき、人々は源叔父が松の木に縊れ果てているのを知った。〉（源叔父の彼岸への旅立ちである。）

〈後日譚を聞いた教師は、今も源叔父が一人淋しく磯辺に暮らし、妻子を思って泣いているだろうと想像し、憐れんだ。源叔父に愛された紀州は源叔父を忘れ、相変わらず古城市の付属品のようになって市中をさまよっている。〉

三　櫓を漕ぐ

源叔父は「舟頼《ふねたの》ま」れしもの、「島まで渡《わた》し玉《たま》」へしもの、「渡船《おろし》を業《げふ》となすもの」、「櫓《ろ》こぐ」もの、「浦人島人《うらびとしまびと》乗《の》せて城下《じやうか》に往来《ゆきゝ》する」もの、「舟《ふね》こぐ」もの、「源叔父《げんをぢ》の舟《ふね》」、「指太《ゆびふと》き両手《りやうて》」もつもの、「纜《ともづな》解《と》かんとす」るもの、「こぐ手《て》」もつもの、「櫓《ろ》に力加《ちからくは》へ」しもの、「帰舟《かへり》」、「櫓《ろ》こぐ」、「櫓握《ろにぎ》る」もの、「舟《ふね》こぐ」もの、「櫓《ろ》を肩《かた》にして」、「櫓置《ろお》く可《べ》き処《ところ》に櫓置《ろお》きて」、「城下《じやうか》より嶋へ渡《わた》る者もなければ渡舟《おろし》頼《たの》みに来る者もなし」、など、船頭源叔父に付帯する行為の描写は枚挙に遑もない。

源叔父は深い皺、太い鼻丸い目の持ち主で逞しく、よい声で歌う船頭であった。舟を漕ぐリズムは歌唱によく似合う。妻子への愛情深く、幸せもつかの間、妻が続いて子が亡くなり、すっかり気力の失われた源叔父は、生きる張り合いを失くすが、乞食女の連れ子紀州を我が子として育てようとして愛情を注ぎ、生きる希望を繋ぐ。しかし、母に捨てられ巷を彷徨することの長く、人間の感情を徐々に失っていった紀州は、源叔父のもとに居つかない。愛する者たちに先に逝かれ、悲哀と孤独のうちに、源叔父は縊死した。あの世の妻子を追うかのように。愛情深い、心の優しい源叔父の気性、親に見捨てられた子が長い流浪生活により、人としての感情を失っていくさまがクローズアップされる。語学教師（独歩）はこの生涯に「想高き詩の一節」を読み、「大空を仰ぐような気持」

になると言う。なぜか。

浦から津へ、津から浦へ人々を送り届け、手漕ぎで往還する源叔父の生業は、近代化の波から遅れながら、こちらからあちらへ、あちらからこちらへ、此岸から彼岸へ彼岸から此岸へ、この世からあの世へ、あの世からこの世へ自由自在に出入りし、橋渡す者である。此岸と彼岸を結ぶものであり、生者と死者を結ぶものでもあり、作者独歩が主人公を漁師でなく船頭にしたのにはこのように深い理由があったのである。この世の仕事を終えた源叔父は彼岸へ飛びたった。心優しい無名の庶民の一典型であり、近代化の潮流に抗して生きざるを得なかった小さき民の存在に深い共感を寄せる独歩である。

四　透谷が渡守にこめたもの

北村透谷（明治元年十二月二十九日〜明治二十七年五月十六日）は明治二十三年二月二十七日の「日記」に「『渡守日記』を以て一パンフレットと為さん心組、愈々切なり、是れに由りて余は、余が文学上に抱ける者を世に示すべし」と言う。大変な意気込みである。以下透谷は文語体なので引用は口語体に直して〈　〉内に示し、進める。〈「渡守日記」を書いて小冊子とする思い深まり、この作に私は、私の文学観を示すつもりである。私はまず渡守を社会に紹介しよう。〉と以下に腹案を記している。はじめは人形劇にしたかったようである。

〈愛すべき無邪気な小児が渡守の前に来て、渡守の翁に名を問うと、翁は、名はなしと答える。この少児は成長して、愛のために死を決する者となる。盲人を登場させ、政治家や浮世を批判させる。一里先の里に富者がおり、その妻は盲目、その少児は盲女の子である。〉〈渡守の家は格式が高く、学識も深い者であったが、かれは「世外を見る」浮世の外をみる者であった。しかし彼の身上とかれの隠遁した原因をば今は秘密としておこう。〉

〈渡守の翁は言う。「私は一度は人間の最下流に落ちたことがある。そのとき世界が惨憺たるありさまであることに気付いた。ともに食い合い噛みあう様子がよく見えた。政治家はそれらしく政治を説き、宗教家は人を救う道を説いた。がしかし私の棲んでいた最下流のところにまでは届かなかった」と。渡守のふるさともその他のことも何もわからないが、この渡守こそ純粋な哲学者詩人となるだろう。〉渡守は賢者である。

〈武蔵野の片田舎に川が流れている。ここに一人の隠者がいる。川のほとりに小さな藁ぶき小屋があり、彼は棹を使って舟を漕ぎ、衣食をつないでいる。彼は、人類は凶悪なものだと攻撃する。〉

また二十三年四月四日の「日記」には〈「渡守」もやがて成るだろう〉とあり、二十三年八月十八日の「日記」には〈「渡守」の腹案はほぼ完成した。その素性は、といえば、ある身分高いものが恋をしたが、親にも世間にも許されず、一人は貴族、一人は平民とする。女の方は怒って尼となるが、男は僧侶になってしまうことには納得せず、諸方を遍歴する。ある時一人の信心深い婆に出あい、仏道に帰依して、その村に落ち着いて渡守となった、という案である。〉と書いている。ここで仏道に帰依して渡守になった、というところが肝心である。仏教者となり俗世間を離れている。

そして二十三年九月一日の日記には〈宮崎湖處子が「渡守」の趣向を激賞してくれた。眠れぬままに「渡守」の趣向を再考した。第一に「落馬者」を登場させ、第二に「水一掬」の「水」をもらい、第三に「百世契」、第四に「奔逸」、第五に「恋心地」、第六に「空然家」、第七に「浮浪人」、第八に「初信心」、第九に「渡守」となる。第十　渡守「初日」、第十一「二日目」、第十二「三日目」、第十三「四日目」、第十四「五日目」、第十五「六日目」、第十六「七日目」とする〉と。身分高い者が恋をしたが許されず浮浪人となって諸国をさまようが、仏道に帰依して渡守となる。仏の道を歩む渡守とは何者か。

透谷は二十二年四月に長篇叙事詩『楚囚之詩』を自費出版し、二十三年二月には「渡守日記」を発案し、八月十四日には「うたい稽古」を始め、十七日には御詠歌を聞いている。九月二十九日には「今はドラマの時来れるぞ」と書いて、ドラマの主人公の一人に、最下流に落ちながら、孤高の魂を持ち、俗世間の栄達にある浮薄さをきらい、隠者のように生きるという性格をもった〈渡守〉を登場させようとしたのである。しがない枯れすすきと見えるものに、仏道に沈潜し、実は強い意志の力を付与したのであった。

さらにいえば、この「渡守日記」はそれ自体としては書かれることはなかったが、その構想は、二十四年五月の複式夢幻能『蓬萊曲』に生かされ、〈渡守〉はこの世とあの世を繋ぐものとしての別篇「慈航湖《じこふのうみ》」の露姫の造形に生かされている。仏教的世界観が根底にある。

ドラマ熱は引続き、透谷は二十五年三月十日にナイトの『シェーキスピア全集』を購入し、十二日には芝神明町の高田與五郎氏を訪ね、「能楽」のことを聞いている。透谷は能の橋懸りに親炙していたものと思われる。能の橋懸りは、楽屋と舞台を繋ぐもの、この世とあの世を結ぶものである。

おわりに――『隅田川』トポグラフィー――

幕末には凋落の一途を辿っていた「能楽」は、明治十一年英照皇太后孝養のため青山御所内に能舞台が設けられ、再生した。明治十四年には芝公園内に能楽堂が建設され、次第に興隆のきざしをみせていった。明治十四年に小田原から銀座煉瓦街に移住してきた透谷は二十三年には芝公園地内に居住したこともある。

謡曲の中で、渡守が重要な役割を担って登場するのは、『隅田川』である。(『舟弁慶』では大物浦の船頭が登場するが、狂言方、取次者である。)『隅田川』の「渡守」は武蔵国隅田川の渡守であり、人々を対岸へ届ける人であり、「舟を急ぎ人々を渡さばや」(急ぎ人々を対岸へ届けよう)という用命を帯びた人である。（隅田川の渡し船は最盛期の明治時代初期には、二十航路、昭和四十一年汐入の渡しを最後に、消滅した。）

謡曲『隅田川』の渡守は、人買いに子供をさらわれ、都からはるばる隅田川まで子を求めてさすらって来た狂える母親に、「その子は死んだ」と、船中で委細を語り告げる重要な役を負っている。渡守は、自らの見聞を告げる人、一部始終を知り物語る人として登場するのだ。

渡守は〈委細を語り告げる者〉である。

しがない稼業と見える「渡守」は、〈此岸と彼岸をつなぐもの〉〈すべてを知る者〉という象徴的な意味をもっている。

日本人の死生観を考えるとき、常世観とともに、この世とあの世は陸続きとする仏教的他界観がある。他界への導き手は魂の帰るところ（想世界）への引率者であるから、重要な任務を帯びる。「渡守」は現世にありながら、彼岸へ夢を送り届け、此岸の現実へ立戻る、想世界への導き手である。この世とあの世が陸続きであると考える日本人の心性には認識者としての「渡守」が、想世界への導き手として介在している。透谷と独歩は、「現実世界」を支える「想世界」の重みを「渡守」の形象化によって描き出している。

（初出・平成25・12、三弥井書店、ソシオ情報シリーズ13、原題「〈渡し守〉考——二世を生きる思想——」）

コラム

淀川

河川敷で翔ぶ『風の詩』(中村淳)

ある幼稚園の調査によれば、園児たちの一日の歩数は、十五年前より三、四千歩減少しているという。そういえば、戸外で遊ぶ子どもたちの声を聞かなくなった。パソコンに向かっているのか、塾の机の前か。身体的活動の契機が今後ますます失われていくだろう。

こんなことを想うのも、本書『風の詩』に収録されている二つの中篇小説「風の詩」(『野性時代』新人文学賞受賞、芥川賞候補作)と「風くらぶ」には、大空を飛翔するグライダーに魅せられ、その操縦を通して新たな世界を築いていく少年の姿が克明に描かれているからだ。

天空を飛翔する少年の夢は、ギリシャ神話イカロスのものだが、今ではどれくらいの子どもが大空を見、碧空に憧れ、空の彼方への想像力を持ち合わせていることだろうか。空を観、風を読む心の余裕があるだろうか。

七〇年代に成長時代を迎えた「風の詩」の主人公山川翔(山川を翔けめぐる中学一年生)と、その後身とみられる「風くらぶ」の主人公雲井悠(雲の彼方を悠々とゆく高校二年生)はともに青春のページをグライダーとの抜きさしならない関係で彩る。

翔は大阪郊外の新興住宅地へ引っ越してきたばかり、淀川の河川敷でグライダーと出会い、文化祭の劇の練習を介して岩永や葉子を知る。岩永も「風やサーマルを相手に、グライダーを自由自在に操る興奮」にとりつかれるが、ふたりで困難を克服した競技会の帰路、岩永はバスに接触、堤防に転落して死ぬ。翔は葬儀の翌日、ふたりの形見のグライダーを空高く放つのだ。冒頭の「白く輝く物体」が彼方に舞い上がり消えてゆく「奇妙な夢」は、この最終シーンと見事に呼応している。

（朱鳥社、一九九九年十一月、一四〇〇円）

天空をめざしたイカロス、岩永。飛行を断念しひとたび地上へと着地した翔。その証拠に、中二・中三を塾通いの「退屈でどうしようもなかった毎日」を過ごした後身の悠は、進学塾はやめ、「天井にぶらさげられた大きな模型グライダー」はほこりをかぶっている。そこへ「ジョナサン計画」がとびこみ、仲間三人と再びグライダーの設計、飛行法、記録の達成に挑む。両作品とも当時の女生徒や教師や母親像が背景に写し出されている。

進学準備の隊列から外れてかもめのジョナサンの道を選んだ悠よ、いずれ再び地上へ着地しなければならぬ時がくるとしても、若き今日の日をしばし翔べよ、イカロス。

☆なかむら・じゅん

一九五四年、大阪市生まれ。甲南大学卒、同大学院修士課程修了。作家。

（初出・平成12・1・17、『公明新聞』）

第四部　『校本　北村透谷詩集』補遺・その他

第一章　校本「電影草廬淡話」

〈凡例〉

1、今回、勝本本と小田切本との校合の対象とした底本は、『平和』第四号（明治25・7・10）、第五号（明治25・8・28）、第六号（明治25・9・15）である。

2、最初に初出本文を掲載し、初出本文の下段に、行数を加えた。初出本文と校訂本文を並べることが印刷・判型の都合上今回不可能であったため、校訂本文は『近代日本「平和運動」資料集成』第一巻（不二出版）を使用させていただき、異同のあとは「校異」に明示した。参照願いたい。

3、表題の用字は、第四号・第六号では「電影草廬淡話」、第五号では「電影草蘆淡話」となっている。二つの号で採用されている「廬」を採った。

4、校異の（勝）（小）は、それぞれ勝本本・小田切本の略記号である。

5、巻末に「主題」を付した。

の發達に鈍く彼の金言たる「他人より己れに斯くせばやと己れが希望するが如くに己れは他人に斯くすべし」との格則を人々の腦裏に開發するの域に至らざるもの乎嗚呼悲哉

(河路寬堂氏の「和平と戰爭」續稿は都合によりて次號に出すこと〻なれり)

戰爭に關する古人の格言

兵者凶器也戰者不祥也　孫子

仁者無敵　孟子

爾曹《なんぢら》の中《うち》の戰闘《いくさ》と爭競《あらそひ》は何《いづこ》より來《きたり》しや爾曹の百體《ひやくたい》の中に戰《たゝか》ふ所の慾《よく》より來《きたり》しに非《あら》ずや爾曹貪《むさぼ》れども得《え》ず殺《ころす》ことをし嫉《ねたむ》ことを爲《すれ》ども得《うる》こと能《あた》はず爾曹爭競《なんぢらあらそひ》と戰闘《いくさ》せり

(雅各書)

雜錄

電影草盧淡話

第一　愛憎

閑に物象を觀ずる時に愛すべきものもなし、又た憎むべきものもなし、執着すべきものもなく排斥すべきものもなし。三尺の茅檐は以て月を仰ぐにあまりあり、六宮の嚴飾塵網にからまれては何の妙かあらむ。胸間に涼風吹けば盛暑の苦もあるべからず、心頭に妄想あれば氷塊をもて家となすも苦熱を離ることかなはじ。

紛々たる俗世間、岸頭に立ちて江舸の走るを感《いた》むもの多し、眼前の小名譽を爭ふて互に相傷け、深穽に陷りながら尙ほ浮世の虛慾を趁ふ、愛すべからざるものに執《しゆう》すること深くして無心の淡味に入る能はず、憎むべからざるものを憎みて紅爐焰上に狂舞す。擾々たる浮世遂にいかむ。

第二　月夜

月夜遠方より客の來るあり、船を命じて芝浦に出づれば千丈の月落ちて水鏡にあり。萬境寂として物象消え、水天一碧六合淸し。尤も會意の友と尤も閑寂なる興味を共にす、此時也天我歸一して空のみ存せり。

漁火を尋ねて檝《かひ》を回らし、近づいて魚を估《う》らんかと問へば估るべしと云ふ、網を上げて生魚を與へんかと問へば諾と答へつ曳けばむらがる細鱗の涙に離れて跳躍するを、講ひ得て手巾に包み檝をかへす我面を見て友は無言にして笑へり。月も亦た笑へり。

第三　友八

庵を市聲の響かぬところに結びてより俗交の稍や薄らぎたるを喜ぶ。この情は我が本有より出づるものなれば我は言ふに憚らず。

然れども交遊の韻士柴扉を叩いて都じみたる跫音《きやうおん》をきかすことも少なからず。友の中に一言の禮もなく直ちに机邊に横臥する人あり。我は之を淡交の極と思へば我も詩書を把つて凉風に臥して物言はず、此の間限りなきの友情あり。言多きは無言の妙に及かず禮直しきも虚僞に出づるは惡むべし。

第四　花涙生

我友松本花涙生英雄經の著者なるが、過ぐる日米國に遊學せり、これを送るに左の句を以てす、かへしありたれども許しなければ載せず。

わかれても月のある夜はこちら向け

第五　有聲中無聲

身を閙境に置きて物情を察する時に會心を得ること多し。池に騷ぐ蛙の聲の心絃に觸るゝ時有聲中却つて無聲の極味あり。

基督教—對—戰爭

プラチナ一生譯寄

嘗て或る人の謂ひたるとおり戰爭は凡ての罪惡を生むの親にして基督教々理の基礎を破滅するものなりと實に戰爭は基督教的道德の法則に反して其道德と法令を損し、合せて基督の仁德及主義を拒絶して惡勝の通路を開くものなり今基督教と戰爭を對比せんに基督教は人類を救助し戰爭は人類を滅絶す基督教は人類の位置を高め戰爭は人類を賤ふす基督教は人類を純白にし戰爭は人類を腐敗に陷れ之れを汚辱す基督教は人を幸福に導き戰爭は人を呪詛す聖經は曰く「殺す勿れ」戰爭は曰く汝の敵を殺すべしと基督は曰く平和を求むるものは幸福なり戰爭は曰く戰を求むるものは幸福なりと基督は曰く汝の敵を愛し之れを善視せよ戰爭は曰く汝の敵を殺すべしと基督は更に曰へり人の罪を免すべし、惡に敵する勿れ、人汝の右の頬を批《う》たば亦ほかの頬をも轉じて之に向けよ汝を詛ふものを祝し之れを祝して詛ふ勿れ虐遇者の爲に祈禱せよ惡を以て惡に報ゆる勿れ善を以て惡に勝つべし汝の仇もし飢なば之に食はせ若し渇かば之れに飮せよ劍をとる者は劍にて亡ぶべしと。吾人は多言を要せずして基督は如何に戰爭に對して其主義意見を顯し給ひしかを知る吾人其信徒たるもの豈少しく思を回して心に顧みざる所な

電影草蘆淡話　（第二）

至愛

愛すべきものなし又た憎むべきものなしと我が言ひし淡話を聞きひがみて我を情世界以外の動物のやうに咎めたるものあり。この世の愛情の事を罵りしわが矯激の辨はこの世の愛情の鐵棒に捉へられてをもしろからぬ名を取りぬ。遮莫世の所謂敎會なるものゝ中に愛といふものゝ偶像立てられて心は外にありながら仁者らしう説法する僞善者の施爲はあまり尊ときものにあらず。人自から情あり、人自から愛あり基督の説きたる愛は人の本性の愛を全く離れてにはあらず、唯だ人の本性の愛の甚極に達したるものを指すにあらむ。叨りに基督が愛すべしと敎へたれば愛の行爲なかるべからずと思惟する如きは基督を死物になして己れも共に死滅するものとや言はむ。人間の至愛は必らず人間の胸臆より出でざる可らず、愛憎の沙汰はいづれ輕浮なる頑迷より出でざるはあらず、われは至愛を尙ぶと雖愛憎に執着する事能はず、また叨りに基督の名を汚して愛の一字を濫用するものを好まず。

文章

文章は筆管の製作とのみ思ふべからず、天地はそのまゝにて一大文章なり。人の天地に對する觀念に乏しきや文章を以て素餐者の些技となすもの多し。曷んぞ知らむ、己れも亦たその文章の一部分にして「運命」なる巨腕の文士の筆頭にありて蹈舞しつゝあるものなるを。

秋風

まだ程あるべしと思ひ居たる秋風の颯と夜

半の鐘に乘りて來る時眼を閉ぢて滿目蕭索たる高秋の景を觀る。春は人を欺むく事多し、秋こそ眞想を鍛ゆるものなれや、いまいくか立たば白河以南にまた一たびの凋落を見む。

蟬聲

悲しくもなくおもしろくもなくて鳴き噪ぐ蟬の聲はあまり妙なるものならず。されどそのかしましさは浮世の虛慾の鬧熱にくらべて罪のなきところより言はば一段の趣きなきにしもあらず。

墓地

わが庵は三方を繞りて墓地なり、石塔の筈蒸したるもの卒塔婆の仆かゝりたるもの婦女子は氣味惡る氣に思へど我には無量の妙味あり。そが中に安く眠れる、あるは功名利慾の巷に迷ひたるものゝ、あるは富貴顯達を遂げたるもの、又た生涯を薄運の中に終りたるもの、志を抱いて遂に成すところあらざりしものなど。讀書倦み來りたる時に冥想して限りなきの興味あり。

時事

わが「平和」異種の希望を懷いて世に出でしより幸に江湖の眷顧を辱ふし號を重ねて第五號を發梓するに及びぬ。然るに編輯部內に未だ整頓せざるところありて宗教界及び思想界の時事を報道するの責を盡さゞるを以て遺憾の事と思へり。わが社元より他の諸雜誌の如く觀客の趣好に投ずるの智術あるにあらず、又た斯くするを好むものにあらず、唯だ編者の見聞するまゝに事實の報道をつとめ、極めて簡短に思想界のありさま宗教界の出來事などを摘載するも亦た全く無用の事にあ打れ打つゞと見えしが。馬《うま》の上《うへ》にて引組《ひつく》んで波《なみ》うち際《ぎわ》に落《お》ち重《かさ》つて。終《つひ》に討《うた》れて失《う》せし身《み》の。因果は廻りあひたり。敵《かたき》は是ぞと討んとするに。仇をば恩にて。法師の念佛して弔らはるれば終には共に生まるべき。同ド蓮《はちす》の蓮生法師。敵にてはなかりけり。跡弔ひて給《たま》び給へ

電影草盧淡話《でんえいさうろたんわ》　（第三）

自足《じそく》

いかなる榮達を以《もつ》て自《みづか》ら足《た》るべしとせんや。いかなる賤貧《せんひん》を以《もつ》て自《みづか》ら足《た》らざるべしとせんや。いかなる官爵《かんじやく》を以《もつ》て貴《た》ふとしとせんや、いかなる輕職《けいしよく》を以《もつ》て賤《いや》しとせんや。世《せ》間俗輩《けんぞくはい》の迷《まよ》ふところ常《つね》にこの區別《くべつ》にあり。

われ惟《おも》ふ、人間《にんげん》爲《な》すべきの事《こと》を抱《いだ》いて生《うま》る、守《まも》るところ恒《つね》に一《いつ》あるべきのみ。この一《いつ》を外《はづ》れし時《とき》に迷轉《めいてん》して心鬼《しんき》の控縛《こうばく》するところとなる。悠々《ゆう〳〵》たる世途《せいと》自《みづ》から人《ひと》の滿足《まんぞく》すべきところあり、何《なん》すれぞ窮苦《きうく》して我性《がせい》を枉《ま》ぐることをせむ。かつて故里《こり》にのへりたるとき濱邊《はまべ》を過《す》ぎて一句《いつく》あり

うしほひくあとに住家《すみか》やかにの穴

官人《くわんじん》

濱の眞砂の數は盡くるとも世に官人の種は盡ぎド。好《この》ましからぬものの假僞《かぎ》の世《よ》には多けれど、官人《かんじん》ほどに嘔吐《をうど》を催《もよ》ふさしむるものはあらず。某《それ》の省《しやう》の奏任《そうにん》とか判任《はんにん》とか異な甲冑《かつちゆう》に身を固めて野の小鳥を脅《をど》すは役にも立たぬ

案山子かそも

高山《こうざん》

高山猶巨人とは詩伯某の句に見へたるところなり。凡そ人常に巨人を慕ふことなくば卑俗に流れて爲すことなくして終るべし。然れども巨人のみ慕ふべきにあらず、高山の慕ふべき所以をもかねて味はゝざるべからず。ろの峻峭たるところその儼然たるところ、その默靜なるところ、その端平たるところ、いづれか以て師となすに適せずとせんや。瑞西《すいつゝる》の傑士《けつし》が其郷山《そのきやうざん》に對《たい》して吐《は》きし熱血《ねつけつ》シルレルの筆《ふで》に乘《の》りて

爾岩よ爾峰よ我再び爾を見る

より以下《いか》の壯大《さうだい》なる詩賦《しふ》しばしば我胸奥《わがきやつかく》を往來《らい》す

樂天《らくてん》

樂天とは何ぞ。人生を知らざるもの概ね樂天家なり。唯《たゞ》人生《じんせい》の幾分《いくぶん》を學得《がくとく》したるものに樂天家《らくてんか》の少《すく》なきを怪《あや》しむ。今日《こんにち》の敎會《けうくわい》往々《をう〱》にして相互に幸福なるや否やを問ふ。我之を好まず。何すれぞ不幸なりや否やを問はざる

自然的大慈悲《じぜんてきだいじひ》

われは信《しん》ず人々個々に自然的大慈悲あるを敎會《けうくわい》に入《い》りて始《はじ》めて慈悲《じひ》を解《かい》するは極めて劣等の性情なりと言ふを憚らず。啻《たゞ》夫《そ》れ人生《じんせい》の陋巷《ろうかう》に迷悶《めいもん》するもの、思《おも》はぬことよりして其本心を闇にし其慈悲を行ふの暇なからしむるものあるなり。基督の愛はこの本心的慈悲

を打破するものにあらず。電氣に消積二極あるが如《ごと》く、其元《そのもと》は一にしてその存するところ異なるなり。一《いつ》は天にあつまり一《いつ》は地よ屬す。天《てん》のもの地《ち》のものと異種《いしゆ》なりと思《おも》ふべからず。故《ゆゑ》に夫《か》の至人《しじん》の物《もの》に感《かん》じて大《をゝい》に仁《じん》を行《おこな》ふは恰も電氣蒸熱して激雷の天地を震ふが如きなり。迎ふるものありて落つるものあり。愛よ愛よと口癖の如くに言ひ廻る俗信徒遂に何の愛をか爲さむ

論說

戰場《せんじやう》の實歷《じつれき》（第四）

か丶るもの世《よ》の所謂《いわゆる》基督教國《くりすとけうこく》なるもの丶中《なか》に行《をこな》はる丶公許《こうきよ》の戰爭《せんさう》なり。正邪《せいじや》を分《わか》つの路《みち》豈《あにか》斯る猛惡《もうあく》ある所行《しよぎやう》に限《かぎ》るべしとせんや。正義《ぎ》と公道《こうどう》とは早晩《さうばん》或他の方法《はう〱》に依《より》て國際間《こくさいかん》の葛藤《かつとう》を調理《ちやうり》すべき時《とき》を產《う》み出《いだ》す可《べ》きなり、萬《ばん》有《ゆう》を統治《とうぢ》する神《かみ》あらん限《かぎ》りは、人類《じんるい》の進步《しんぽ》と共《とも》に遂《つひ》にこの阿鼻《あび》地獄《ぢごく》の跡《あと》を絕《た》ち平和《へいわ》なる方《はう》法を以《もつ》て之《これ》に換《か》ふる事《こと》なかるべけんや。その方法《はう〱》は他《た》ならず、各國民中《かつこくみんちう》より沈靜《ちんせい》なる士女《しぢよ》の結合《けつごう》を得《え》て相共《あひとも》に唱和《しやうわ》し、萬國仲裁《ばんこくちうさい》の實權《じつけん》を暴力者《ばうりよくしや》の外《そと》に涵《かん》するにあるのみ。始《はじ》め萬國《ばんこく》仲裁《ちうさい》の事《こと》を唱ふるや世《よ》の識者《しきしや》と謂《い》はる丶者《もの》すらも之《これ》を輕侮《けいぶ》して空想《くうそう》とのみ嘲《あざけ》りしも時運《じうん》漸《やうや》く進みて、當世紀《とうせいき》に入《い》りてよりこの仲裁《ちうさい》によりて大事《だいじ》に至《いた》らで事濟《ことす》みし事件《じけん》の總數《そうすう》六十《ろくじう》有餘《ゆうよ》あるは世人《せじん》の普《あまね》く認《みと》むるところなりとせばこの平和《へいわ》の方法《はう〱》の實行《じつかう》せらるべきは遂《つひ》に夢《む》想《さう》にのみあらざりしを見《み》るべし。

〈校異〉「電影草廬淡話」は、『平和』四・五・六号「雑録」欄に掲載された。勝本本は、本文中に読点を加え、初出の傍丸・傍点などの批点を落した箇所が多い。小田切本は、「曽」の変体仮名・「爾」の変体仮名等の平仮名への異動のほかには、ルビ・活字の字母の異同等四箇所あるに留まる。

第四号

P19下段ℓ3見出しの「第一　愛憎」に「第一」なし（勝）
ℓ4「閑」に、ルビ「しづか」（勝）
ℓ4〜ℓ8「閑〜む」に傍丸なし（勝）
ℓ6「く排」の間に読点「く、排」あり（勝）
ℓ6「茅檐」にルビ「ばうえん」（勝）
ℓ7「六宮」にルビ「りくきゆう」（勝）
ℓ8〜ℓ9「胸〜ず」に、傍点なし（勝）
ℓ9〜ℓ11「心〜じ」に、傍丸なし（勝）
ℓ10「なすも苦熱」に句点「なすも、苦熱」（勝）
ℓ12〜ℓ13「岸頭〜多し」に傍丸なし（勝）
ℓ13「争ふて互」は「争ふて、互」（勝）
ℓ15ルビ「しゆう」は「しふ」（勝）正用と認めて「しふ」に確定。
P20上段ℓ1「して無心」は「して、無心」（勝）
ℓ2「憎みて紅爐」は「憎みて、紅爐」（勝）
ℓ3「浮世遂に」は「浮世、遂に」（勝）
ℓ4見出しの「第二　月夜」に「第二」なし（勝）
ℓ7「萬〜清し」に傍丸なし（勝）
ℓ9「此〜せり」に傍丸なし（勝）
ℓ10ルビ「かひ」は「かい」（勝）正用は「かい」、「かい」に確定。
ℓ10「回らし」は「同らし」（小）
ℓ11「問へば估る」は「問へば、估《う》る」読点とルビあり（勝）
ℓ12「問へば諾」は「問へば、諾」（勝）
ℓ12「曳けばむ」は「曳けば、む」（勝）
ℓ13「浪」は「浪」（勝）（小）
ℓ14「包み橈」は「包み、橈《かい》」読点とルビあり（勝）
ルビ「かい」は正用と認めて「かい」に確定。
ℓ14「見て友」は「見て、友」（勝）
ℓ14〜ℓ15「友は〜笑へり」に傍丸なし（勝）
ℓ16見出しの「第三　友人」に「第三」なし（勝）
P20下段ℓ1「より俗」は「より、俗」（勝）
ℓ4「韻士柴扉」は「韻士、柴扉」（勝）
ℓ4「叩いて都」は「叩いて、都」（勝）
ℓ5ルビ「きやうをん」は「きようおん」（勝）正用

は「きゆうおん」正用に確定。
ℓ5「中に」は「中に、」(勝)
ℓ7〜ℓ9「我〜友情あり」は傍点なし(勝)
ℓ7「思へば我」は「思へば、我」(勝)
ℓ9〜ℓ10「言〜べし」に傍丸なし(勝)
ℓ9「及(かず)」にルビ「し(かず)」(勝)
ℓ9「及かず禮」は「及《し》かず、禮」読点とルビあり(勝)
ℓ9〜ℓ10「言〜べし」に傍丸なし(勝)
ℓ9「直」にルビ「なほ」つき(勝)
ℓ11 見出しの「第四 花浪生」に「第四」なし(勝)
ℓ11「浪」は「浪」(勝)(小)
ℓ12「浪」は「浪」(勝)(小)
ℓ12「カギカッコなし英雄經」は「英雄経」(勝)
ℓ13「る日米」は「る日、米」(勝)
ℓ16「わか〜向け」に傍丸なし(勝)
P21上段ℓ1 見出しの「第五 有」の「第五」なし(勝)
ℓ2〜ℓ4「身〜あり」に傍丸なし(勝)
ℓ2「時に會」は「時に、會」(勝)
ℓ4「時有」は「時、有」

第五号

P22上段ℓ1 大見出しは「電影草廬淡話(第二)」勝本本では一括掲載のために整理。続けているゆえにこの部分はなし。
ℓ3「し叉」は「し、叉」(勝)
ℓ4「て我」は「て、我」(勝)
ℓ6「はこ」は「は、こ」(勝)
ℓ7「てを」は「て、を」(勝)
ℓ7「をもしろ」は「おもしろ」(勝)正用の「おもしろ」に確定したい。P23上ℓ6参照。
ℓ8「莫世」は「莫、世」(勝)
ℓ9「偶像立てられて」は「偶像に立てられて、」(勝)「に」を加え、読点つけ。
ℓ10「がら仁者」は「がら、仁者」(勝)
ℓ11「あらず。」は「あらず、」(勝)
ℓ12「愛あり」は「愛あり、」(勝)
ℓ14「叨り」にルビ「みだ(り)」つき(勝)
ℓ16「如きは基督」は「如きは、基督」(勝)
P22下段ℓ1「して己れ」は「して、己れ」(勝)
ℓ2「至愛は必らず」「至愛は、必らず」(勝)
ℓ4「雖愛」は「雖、愛」(勝)
ℓ5「叨り」にルビ「みだ(り)」つき(勝)

ℓ6「汚して愛」は「汚して、愛」（勝）
ℓ10「乏しきや文章」は「乏しきや、文章」（勝）
ℓ11「曷んぞ」にルビ「いづく（んぞ）」つき（勝）
ℓ12「して「運命」なる」に「して、「運命」なる」（勝）
ℓ16「風の颯と」は「風の、颯と」（勝）
P23上段ℓ1「る時眼を」は「る時、眼を」（勝）
ℓ4「立たば白河」は「立たば、白河」（勝）
ℓ6「なくおもしろくもなくて」は「なく、おもしろくもなくて」（勝）
ℓ7「聲はあまり」は「聲は、あまり」（勝）
ℓ8「閙熱」にルビ「たうねつ」つき（勝）
ℓ8「くらべて罪」は「くらべて、罪」（勝）
ℓ9「言はば一段」は「言はば、一段」（勝）
ℓ13「蒸したるもの卒」「蒸したるもの、卒」（勝）
ℓ13「仆かゝり」「仆れかゝり」（勝）
ℓ13「もの婦女子」「もの、婦女子」（勝）
ℓ14「思へど我」は「思へど、我」（勝）

第六号

P14上段ℓ8大見出し「電影草廬淡話（第三）」勝本本は五号に同じ。

ℓ9初出「自足」のルビは、「じそく」であり、「そ」は変体仮名が使用されている。ルビなし（勝）ルビ「じそく」（小）
ℓ10初出での「榮達」「以て」「自ら」「足る」のルビの位置が、小田切本で正された。ただし初出「えいたつ」のルビ「え」は変体仮名「江」が使用されている。勝本本では、「榮達」と「足る」のルビが外され、「自ら」のみ「みづか（ら）」とルビが付された。
ℓ11ルビ「せんひん」なし（勝）
ℓ11ルビ「もつ（て）」なし（勝）
ℓ11ルビ「た（らざるべし）」なし（勝）
ℓ12ルビ「かんじやく」なし（勝）「かんしやく」（小）「かんしやく」に確定する。
ℓ12ルビ「もつ（て）」なし（勝）
ℓ12「せんや、」は「せんや。」（勝）
ℓ13ルビ「げいしよく」なし（勝）
ℓ13ルビ「もつ（て）」なし（勝）
ℓ13ルビ「いや（し）」なし（勝）
ℓ13ルビ「せけんぞくはい」なし（勝）但し初出の「ぞくはい」の「ぞ」は変体仮名「曽」である。「せけんぞくはい」（小）

P14下段

ℓ1ルビ「にんげんな（す）」のルビなし（勝）
ℓ1ルビ「こと」のルビなし（勝）
ℓ1ルビ「いだ（いて）」のルビなし（勝）
ℓ1ルビ「うま（る）」のルビなし（勝）
ℓ2ルビ「まも（る）」のルビなし（勝）
ℓ2ルビ「つね（に）」のルビなし（勝）
ℓ2二ヵ所ルビ「いつ」のルビなし（勝）
ℓ3ルビ「はず（れ）」のルビなし（勝）
ℓ3ルビ「とき」のルビなし（勝）
ℓ3ルビ「めいてん」のルビなし（勝）
ℓ3ルビ「しんき」のルビなし（勝）
ℓ3ルビ「こうばく」のルビなし（勝）
ℓ4ルビ「ゆう〳〵」のルビなし（勝）
ℓ4ルビ「せいと」のルビなし（勝）
ℓ4ルビ「みづ（から）」のルビなし（勝）
ℓ4ルビ「ひと」のルビなし（勝）
ℓ4ルビ「まんぞく」（但し、「ぞ」は変体仮名の「曽」）のルビなし（勝）
ℓ5ルビ「なん」のルビなし（勝）
ℓ5「曽」の変体仮名「ぞ」は、平仮名「ぞ」（勝）
ℓ5ルビ「きうく」のルビなし（勝）
ℓ6「かへりたる」の変体仮名「か」は、平仮名「か」（勝）
ℓ6「とき濱」は「とき、濱」（勝）
ℓ6ルビ「はまべ」のルビなし（勝）
ℓ7ルビ「す（ぎて）」のルビなし（勝）
ℓ7ルビ「いつく」のルビなし（勝）
ℓ8「うしほひく〳〵穴」傍丸なし（勝）
ℓ9ルビ「くわんじん」のルビなし（勝）
ℓ10～ℓ11「濱の〳〵ぎじ」傍丸なし（勝）
ℓ11ルビ「この（まし）」のルビなし（勝）
ℓ11ルビ「かぎ（の）よ」のルビなし（勝）
ℓ11変体仮名「は」は平仮名「は」（勝）小田切本は「八」の変体仮名「は」を使用。
ℓ11ルビ「をゝけれ」のルビなし（勝）
ℓ12ルビ「かんじん」のルビなし（勝）
ℓ12「ほど」の「ほ」は「保」の変体仮名である。勝本本、小田切本ともに平仮名「ほ」
ℓ12ルビ「をゝど」のルビなし（勝）。小田切本はルビ「をゝと」。「をゝと」に確定する。
ℓ12ルビ「もよ（ふ）」のルビなし（勝）
ℓ13ルビ「それ」の「そ」は「曽」の変体仮名である。平仮名「そ」（勝）（小）
ℓ13ルビ「しやう」のルビなし（勝）

ℓ13ルビ「そうにん」の「そ」は「曽」の変体仮名である。ルビなし（勝）
ℓ13ルビ「はんにん」のルビなし（勝）
ℓ13「異な」の傍丸なし、ルビ「い（な）」つき（勝）
ℓ13ルビ「かつちゆう」のルビなし（勝）
ℓ13〜ℓ14「異な〜立たぬ」傍丸なし（勝）
ℓ14ルビ「をど（す）」のルビなし。（勝）
P15上段ℓ1「かそも」を「かそも。」句点つき（勝）
ℓ2ルビ「ごうざん」のルビなし（勝）
ℓ3「見へ」は「見へ」（勝）正用「見え」に確定する。
ℓ4「人常に」は「人、常に」（勝）
ℓ4「なくば卑」は「なくば、卑」（勝）
ℓ5〜ℓ6「然れ〜らず」傍点なし（勝）
ℓ6「阿らず」の「阿」は変体仮名。「あらず」（勝）（小）
ℓ6〜ℓ10「高山〜せんや」傍丸なし（勝）
ℓ10ルビ「すいつゝる」のルビなし（勝）
ℓ11ルビ「けつし」のルビなし（勝）
ℓ11ルビ「そのきやうざん」のルビなし（勝）
ℓ11ルビ「たい（して）」のルビなし（勝）
ℓ11ルビ「は（きし）」のルビなし（勝）

ℓ11ルビ「ねつけつ」のルビなし（勝）
ℓ12ルビ「ふで（に）の（りて）」のルビなし（勝）
ℓ12「乗りて」は「乗りて、」（勝）
ℓ13ルビ「なんぢ」のルビなし三ヵ所とも。（勝）
ℓ14ルビ「いか」のルビなし（勝）
ℓ14ルビ「そうだい」のルビなし（勝）
ℓ14ルビ「しふ」のルビなし（勝）
ℓ14「しは〳〵」の「は」は「八」の変体仮名。「しば〳〵」（勝）。小田切本は「しば〳〵」の「ば」を「八」の変体仮名の濁点つきに直している。
ℓ14ルビ「わがきやうかく」のルビなし（勝）小田切本は「わがきやうおく」とルビつき。正確な小田切本通りに確定する。
ℓ14〜下段ℓ1ルビ「をうらい」のルビなし（勝）
ℓ2ルビ「らくてん」のルビなし（勝）
ℓ3「何ぞ」の「ぞ」は「曽」の変体仮名濁点つき。「何ぞ」（勝）（小）
ℓ3「楽天〜何ぞ」に傍点なし（勝）
ℓ3〜ℓ4「人生〜なり」傍丸なし（勝）
ℓ4ルビ「た（だ）」にルビなし（勝）
ℓ4ルビ「じんせい」にルビなし（勝）
ℓ4ルビ「いくぶん」にルビなし（勝）

ℓ4ルビ「がくとく」にルビなし（勝）
ℓ5ルビ「らくてんか」にルビなし（勝）
ℓ5ルビ「すく（なき）」にルビなし（勝）
ℓ5ルビ「あや（しむ）」にルビなし（勝）
ℓ5ルビ「けうくわいをう〳〵」にルビなし（勝）
ℓ6「相互に〜否や」傍点なし（勝）
ℓ7「何〜問はざる」に傍点なし（勝）
ℓ7「何すれぞ」の「ぞ」は「曽」の変体仮名に濁点をつけたもの。「何すれぞ」（勝）（小）
ℓ8ルビ「じぜんてきだいじひ」にルビなし（勝）
ℓ9ルビ「しん（ず）」にルビなし（勝）
ℓ9「信ず人」は「信ず、人」（勝）
ℓ10ルビ「けうくわい」にルビなし（勝）
ℓ10ルビ「い（りて）」にルビなし（勝）
ℓ10ルビ「はじ（めて）」にルビなし（勝）
ℓ10ルビ「じひ」にルビなし（勝）
ℓ10ルビ「かい（する）」にルビなし（勝）
ℓ10〜ℓ11「極めて〜憚らず」に傍点なし（勝）
ℓ11ルビ「た（だ）」にルビなし（勝）
ℓ11ルビ「そ（れ）」の「そ」は「曽」の変体仮名。ルビなし（勝）「そ（れ）」（小）
ℓ11ルビ「じんせい」にルビなし（勝）

ℓ12ルビ「ろふこう」にルビなし（勝）正用の「ろうかう」に確定したい。
ℓ12ルビ「めいもん」にルビなし（勝）
ℓ12ルビ「おも（はぬ）」にルビなし（勝）
ℓ13〜ℓ14「其本心〜なり」に傍点なし（勝）
P16上段ℓ1「ものにあらず」の「に」は「爾」の変体仮名「に」（勝）（小）
ℓ2ルビ「ごと（く）」にルビなし（勝）
ℓ2ルビ「そのもと」にルビなし（勝）
ℓ2〜ℓ3「一にして〜なり」に傍点なし（勝）
ℓ3ルビ「いつ（は）」にルビなし二ヵ所（勝）
ℓ3「一は〜属す」傍丸なし（勝）
ℓ3「地に」の「に」は「爾」の変体仮名（勝）（小）
ℓ4ルビ「てん」にルビなし（勝）
ℓ4ルビ「ち」にルビなし（勝）
ℓ4ルビ「いしゆ」にルビなし（勝）
ℓ4ルビ「おも（ふ）」にルビなし（勝）
ℓ5ルビ「ゆへ（に）」にルビなし（勝）正用の「ゆえ」に確定したい。
ℓ5ルビ「しじん」にルビなし（勝）
ℓ5「至人の物」は「至人の、物」（勝）
ℓ5ルビ「もの」にルビなし（勝）

ℓ5ルビ「かん（じて）」にルビなし（勝）
ℓ5ルビ「をゝい」にルビなし（勝）。正用の「おほい」に確定したい。
ℓ5ルビ「じん」にルビなし（勝）
ℓ5ルビ「おこ（ふ）」にルビなし（勝）「おこな（ふ）」（小）誤植と認めて「おこな（ふ）」に確定したい。
ℓ6〜ℓ9「恰も〜爲さむ」の傍丸なし（勝）
ℓ7〜ℓ8「愛よ愛よと」は「愛よ愛よ、と」（勝）
ℓ8「如くに」の「に」は「爾」の変体仮名である。「に」（勝）（小）
ℓ8「俗信徒遂に」は「俗信徒、遂に」（勝）
ℓ9「爲さむ」は「爲さむ。」（勝）

追記　『校本北村透谷詩集』補遺には、「富士山遊びの記臆」（明治18）、「電影草廬淡話」「對花小録」（明治26・4）、「漢詩・俳句・短歌」を収録の予定である。『校本北村透谷詩集』（平成23・11）と同じ体裁にしたいと思っている。

〈主題〉

「電影草廬淡話」は「随想」のジャンルに分類するのが妥当かとも思われるが、集中に二句の「俳句」を含み、地の文は和漢混淆文の流れをくむ、格調の高い俳味を帯びた文章で、透谷調をよくかもし出している。散文とは言え、韻文的なリズムを持っており、朗々と読むにふさわしいものである。「三日幻境」（明治25・8、9）直前に書かれた「俳文紀行」ととらえたい。

「松島に於て芭蕉翁を讀む」（明治25・4）に引続く、三ヵ月後の発表である。自然と人事に寄せる蕉翁松尾芭蕉のとらえ方が深く身にしみ入っていたものと思われる。

明治二十五年の詩人透谷は、句作への意志、又は俳文紀行への歩み寄りが想定される。

「電影草廬淡話」は、勝本氏の指摘通り、〈1.「電影」は透谷の別号である。2.「淡話」は「談話」の誤植かという疑問が起きるが、「五箇所に『淡話』とあるので」『淡話《たんわ》』が正しい」。3.「花浪生」は「松本君平」のこと。〉であろう。

「愛憎」の主題は、「心頭滅却すれば火もまた涼し」の境地。表題の中心である「無心の淡味」「出世間的淡味」へのあこがれである。

「月夜」の主題は、月夜の舟遊びでの天と我の融合・

合一、「明月や池をめぐりて夜もすがら」（芭蕉）の境地、永遠の時間の獲得である。

「友人」の主題は、「以心伝心」の極意の妙味。絶景を前にした無言の境地、描写不問。

「花浪生」の句意は、晴れた夜は故里を思え、または月は出なくともいつも在る、ゆえに夜毎に故里を思え、の意である。

「有聲中無聲」には、「古池や蛙飛び込む水の音」（芭蕉）の境地が描かれる。あたりの静けさを感知すれば、池で騒ぐ蛙の声も周辺にとけこんで静けさそのものと化す、と。

「至愛」とは、自然・本然の愛である、と。

「文章」には、人は天地自然の一部である、と説かれる。

「秋風」は、芭蕉の「石山の石より白し秋の風」「終宵《よもすがら》秋風聞《きく》やうらの山」「寂しさや須磨にかちたる浜の秋」「蛤《はまぐり》のふたみにわかれ行《ゆく》秋ぞ」等々を踏まえている。凋落の季節こそ、人生の〈真想〉を垣間見せるのだ、の意。

「蟬聲」には、山寺での芭蕉の句「閑《しづか》さや岩にしみ入《いる》蟬の声」が背景にある。即ち、岩の中にしみ込んでゆくような蟬の声には、浮世人の熱苦しさはない、という。

「墓地」には、「卒塔婆小町」の百態を瞑想する境地がうたわれる。

「自足」には、なすべきことを以て生きよ、とある。「うしほひくあとに住家《すみか》やかにの穴」の句意は、思うところを生きよ、そうすれば死んだのちにも生きたあかしは残る、たしかなものとして、の意である。透谷の予言は百三十年の後に生きて我々を鼓舞している。

「官人」には、「虎の威を借る狐」批判。今も昔も。

「高山」には、高山のすぐれた面は、けわしく・おごそかに・寡黙で・きちんとしたところ、とうたわれる。

「楽天」には、楽天家は人生を深く考えようとしない者、肯定的な発想を好む者である、と。

「自然的大慈悲」には、人は自然に備わっている慈悲を以て生きよ、とある。

総じて、「電影草廬淡話」には、芭蕉の影響深く濃く、自然の奥深さと人事（世俗・世間・浮世）の狭苦しさをとり挙げて、世俗内出世間への想いが溢れている。

（初出・平成25・6、『北村透谷研究』第24号、原題『電影草廬淡話』校異と主題」）

編集後記

三月十五日に橋浦兵一先生が逝去されたと二十七日に奥様からのご連絡で知った。二〇〇四年十一月六日、第二十六回大会にお出かけくださったのが最後だった。橋浦氏の『作家の育てたことば』と『明治の文学とことば』は詩味ある著作で私の愛読書だ。

去年も四人の方の透谷論が上梓され、研究・評論は絶えることなく続いている。

それにつけても、一九九〇年代に今は亡き二人の市井の研究者にお会いしたことを思い出す。一人は、日商岩井に永く勤められた茂木宏氏であり、あと一人は和装の片倉進翁である。

初夏のある日、お二人が連れだって目白短大の私の研究室をお訪ねくださった。すでにお二人は七十代八十代の方々であったが、片倉翁はかくしゃくとしたということばのふさわしい端然とした方、茂木氏は、若々しく身軽で、メラノーマの傷跡を恥ずかしそうにしておられた。片倉翁からは『北村美那のはがき・書状』をいただき、茂木氏からは大冊の『イエス　キリストの良き伝道者Dr.A.D.Woodworthの生涯（1875~1949）』を恵まれた。前者は、透谷夫人美那没後の五十年にあたり翁に手渡された、品川高女時代の美那先生から教え子豊道智子宛書簡の再現である。夫人の優美な達筆のペン、時に毛筆の流麗な書体の影印と読みが付せられた労作である。美那夫人の教育者としての人となりが偲ばれ、昭和の透谷研究会第一回のこと、第二回のこと、昭和九年「四月の明治文会誌」のことなどの記述がある。

後者には、麻布中学時代に薫陶を受けた茂木氏の恩師・ウッドワース氏に寄せる思いと生涯が点綴される。ウッドワース氏と透谷及び透谷未亡人との交流が確かな筆で認められ、写真も多く載せられた一級資料である。

このように連綿として続いてきた透谷研究の、透谷研究会の第四十一回をどう受け継ぎ、渡していくか、模索の日々である。

（初出・『同前』）

第二章　校本北村透谷句集

〈凡例〉

1、北村透谷の俳句は今のところ二十一句存在する。今回それらの句の初出本文を掲載した。判型は紙面の都合上、原本の八十五パーセントに縮少した。

2、詞書のある句には詞書を添え、詞書的な要素をもつ句には、前文を付加した。

3、各句の下に番号を付け、その出典を〈凡例〉に明示した。

4、配列は制作年月日の判っているものについては、ほぼ発表順とし、没後のものについては、発表された順に並べた。

5、句の下番号　①②③⑤⑥は星野天知編『透谷全集』（明治35・10・1）「透谷子漫録摘集」の初出本文から採録。④は配布資料（鶴巻孝雄「新発見　透谷の自筆書簡五点―自筆資料発見報告会・配布資料一九九三年一月一七日」）の初出本文から採録。㊀1は多摩移管百年展（一九九三・三・二〇～七・四）下段左から2枚目から採録。㊀2は鶴巻孝雄「新発見北村透谷の自筆書簡五点」（民権ブックス6『石坂昌孝とその同志たち』平成5・3・31）から採録。⑥が表書きとその文面。㊀3は㊀2⑥のはがき文面を拡大したもの。⑦は「電影草廬淡話」（明治25・7・10）『平和』第4号の初出本文から採録。⑧は「電影草廬淡話（第3）」（明治25・9・15）『平和』第6号の初出本文から採録。⑨⑩は「三日幻境（上）」（明治25・8・13）『白表・女学雑誌』第325号の初出本文から採録。⑪⑫⑬は「三日幻境（下）」（明治25・9・10）『白表・女学雑誌』第327号の初出本文から採録。⑭は星野天知（暗光廬主）「対茶寂話」（明治26・4・29）『文学界』第4号の初出本文に記録されたものから採録。⑮⑯⑰は「哀傷」（明治27・6・30）『文学界』第18号の初出本文から採録。(付)4の筆跡は戸川秋骨に贈ったもの、初出は星野天知編『透谷全集』（明治35・10・1）2枚目の扉から採録。⑱は星野天知（破蓮）「旅寝の露」（明治27・6・30）『文学界』第18号の初出本文付句から採録。⑲は島崎藤村「亡友反古帖」（明治28・10・25）『女学雑誌』第415号の初出本文から採録。⑳㉑は星野天知編『透谷全集』（明治35・10・1）の初出本文「発句」から採録。

発表順からいえば⑦のあとに⑨⑩⑪⑫⑬が入り、その後に⑧が入るが、「電影草廬淡話」は続き物ゆえつなげて掲載した。

6、巻末に〈注〉を付した。

十月三日　三の橋際の腰掛けうどん屋に入りたるに學校の小使の家
なりければ咏みてやる
極樂はすゝる温飩のけむのうち ①

明治二十五年中（同氏廿五歳の時）

一月一日　ふた葉三葉去歳を名殘の柳かな。②
同　七日　フレンド教會々友を招じ餅會を催せり。
同十一日　病床にあり、重箱行脚著作の念を決す。
同十五日　コーサンド氏より愈々免職の相談あり、歸途歩上作あり。
ぬら〳〵とからをはなれた蝸牛 ③
是よりいよ〳〵文壇に躍出る考へ專らなり。
心中論を草せんとす（海音作心中二ッ帯を讀みて所感）。

吉野泰三殿

（消印）［岩代飯坂廿五年四月十三日ハ便］

奥州行脚中

四月十三日　北村門太郎

（消印）［武蔵上石原廿五年四月十五日イ便］

〔裏〕拝啓久濶昨月東京には梅の盛をうちすてゝ雪をみちのくの
行脚之俗僧と相成り候藤處（之）之旧跡等松島其他之景
色面白く相覚へ候　松島にて苦吟一

のほる日も入る日も尽きぬ千松島　④

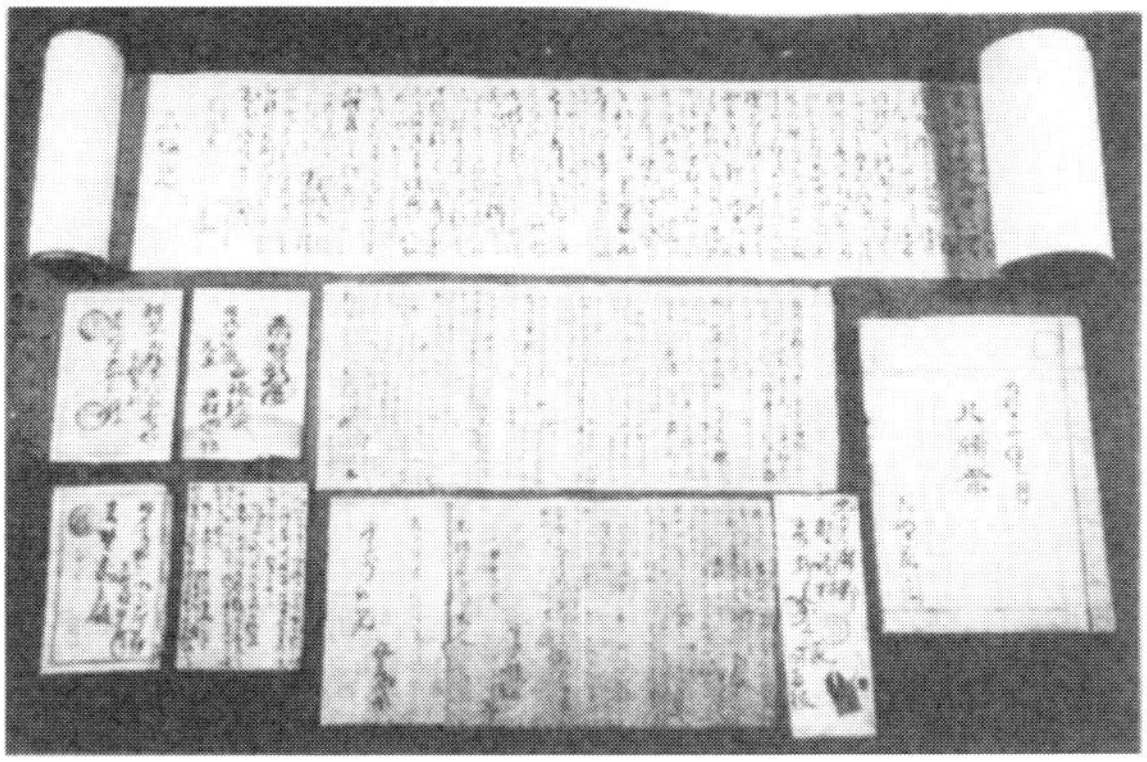

新発見の書簡

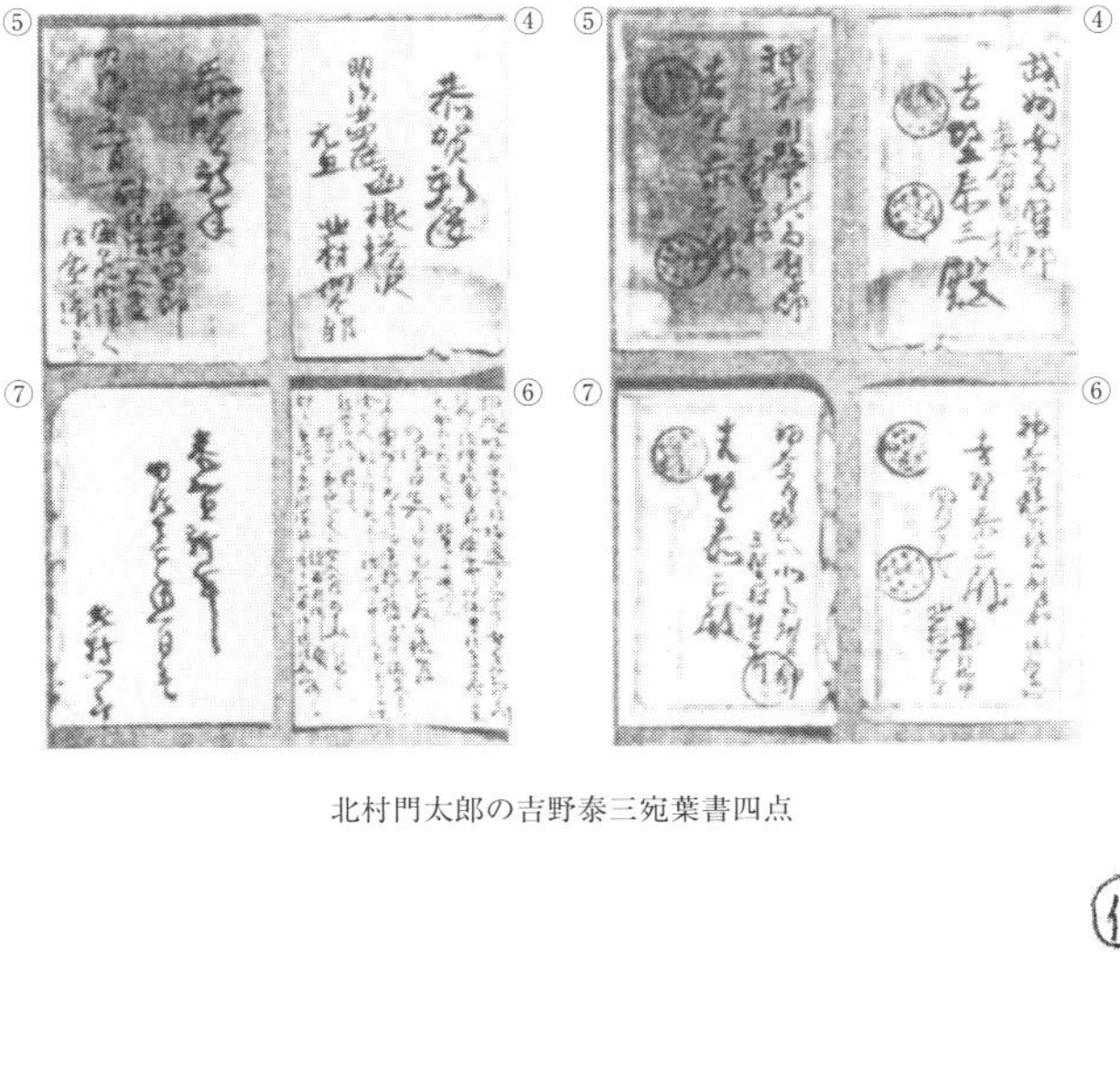

北村門太郎の吉野泰三宛葉書四点

行柳に係られ新兵衛宅へ同道其れにての咄二三正
と習われ笑ひ先 替り工夫二一
のりと白砂の方も尾に及んで候由
入下里らんら多を話燈影下股を骨をゆる時の
湊玉人致し行しをむさい様上り申ましたと申上ける
起立る迄に眠もせず、
坊の苦にせよ 寛斎庵の主人のはなく
都、養院と同腹其婚母伝う田家の一
御、養院と申腹ばし申候由近頃あり
(付)3

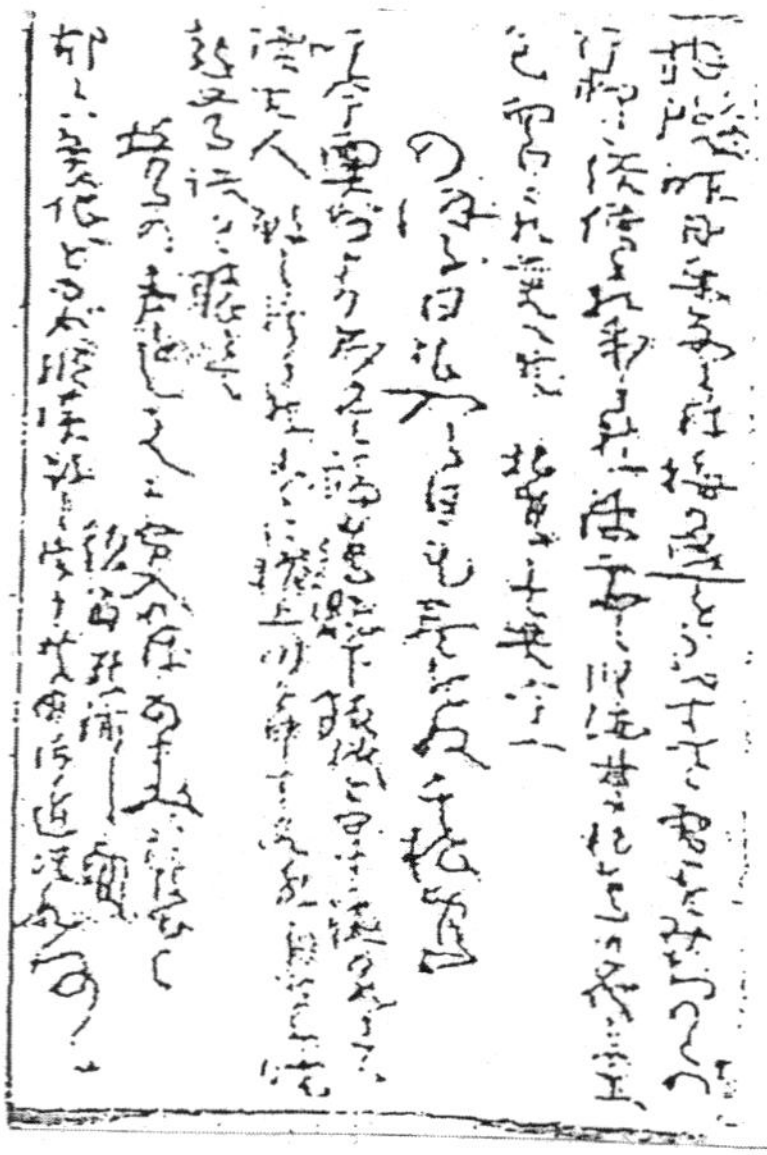

同廿一日　熊本松崎鶴雄君へ一書。其中に認めたる句一ツ

西ひがし夢は一つのかれのはら　⑤

十月六日「他界に對する觀念」の一文成る。

島崎兄の夏草を讀みて與へたる

夏草のしげみに蛇の目の光り　⑥

第四　花涙生

我友松本花涙生英雄經の著者なるが、過ぐる日米國に遊學せり、これを送るに左の句を以てす、かへしありたれども許しなければ載せず。

わかれても月のある夜はこちら向け　⑦

われ惟《おも》ふ、人間《にんげん》爲《な》すべきの事《こと》を抱《いだ》いて生《うま》る、守《まも》るところ恒《つね》に一《いつ》あるべきのみ。この一《いつ》を外《はづ》れし時《とき》に迷轉《めいてん》して心鬼《しんき》の控縛《こうばく》するところとなる。悠々《ゆう〳〵》たる世途《せいと》自《みづ》から人《ひと》の滿足《まんぞく》すべきところあり、何《なん》すれぞ窮苦《きうく》して我性《がせい》を枉《ま》ぐることをせむ。かつて故里《こり》にかへりたるとき濱邊《はまべ》を過《す》ぎて一句《いつく》あり

うしほひくあとに住家《すみか》やかにの穴

⑧

この夜《よ》の紙張《しちよう》は廣《ひろ》くして我《われ》と老俠客《ろうきやうかく》と枕《まくら》を並《なら》べて臥《ふ》せり、屋外《おくがい》の流水夜《りうすいよ》の沈《しづ》むに從《したが》ひて音高《おとたか》く。わが遊魂《ゆうこん》を巻《ま》きてなほ深《ふか》きいづれかの幻境《げんきやう》に流《なが》し行《ゆ》きて。われをして睡魔《すいま》の奴《ど》とならしめず、翁《おう》も亦《ま》たねがへりの數《かず》に夢幾度《ゆめいくたび》かとぎれけむ、むく／＼と起《お》きて我《われ》を呼《よ》びこれより談話《たんわ》俳道《はいどう》の事戯曲《ことぎきよく》の事に闘《ことたたかはせ》にしていつ眠《ね》るべしとも知《し》られず。われは眠《ねむ》りの成《な》らぬを水《みづ》の罪《とが》に歸《な》して

七年《ひちねん》を夢《ゆめ》に入《い》れとや水《みづ》の音《おと》　⑨

なほ名吟《めいぎん》の數《かず》多くあり、我他《われた》日翁《じつおう》の爲《ため》に輯集《しうしう》の勞《らう》を取《と》らんとを期《き》す。この夜翁《よおう》の請《こひ》に應《おう》じて即吟白扇《そくぎんはくせん》に題《だい》したる我句《わがく》は

越《こ》へて來《き》て又《ま》た一峯《ひとみね》や月《つき》のあと。(10)

明《あ》くれば早曉霧亭《たうけうむてい》を出《い》で馬車《ばしや》に投《とう》じて高雄山《タカヲヤマ》に向《むか》ふ、この時《とき》のわが口占《くちずさみ》は

すゞ風《かせ》や高雄《タカヲ》まふでの朝《あさ》まだち (11)

頂上《てうぜう》にのぼり盡《つ》きたる眞午《まひる》の頃《ころ》かとぞ覺《おぼ》えし、憩所《やすみどころ》の涼臺《すゞみだい》を借《か》り得《え》て老畸《ろうき》八《たん》と共《とも》に縱《ほしひ》まゝに睡魔《すいま》を飽《あ》かせ。山鶯《うぐひす》の聲《こゑ》に驚《おどろ》かさるゝまでは天狗《てんぐ》と羽《は》を幷《なら》べて象外《せうがい》に遊《あそ》ぶの夢《ゆめ》に餘年《よねん》なかりき。

この山《やま》に鶯《うぐひす》の春《はる》いつまでぞ (12)

こゝを立《た》ち去《さ》りてなほ降《くだ》るに、ひぐらしの聲涼《こゑすゞ》しく聞《きこ》えれば

日《ひ》ぐらしの聲《こゑ》の底《そこ》から岩清水《いはしみづ》 (13)

對茶寂話

暗光廬主

花神の招きもだし難く都を走り出でゝ芳野の山に迷ひ入りしは、偏へに花精に酔ひて山籠りする古藤庵主を訪はんとてなり。此心を鎌倉の松吹く風に送りたるは透谷庵なり。

骨二つならべて埋まれ花の塚　（透谷）⑭

哀傷

時鳥われも死たくなりにけり　正味
ふる雨に亡き魂うつれ春の暮　笠雪
濁り茶をすます工夫もなき世かな　電影 ⑮
貧ふよりもほすさき哀し旅衣　飛雨
ゆく春やわか草がくれ水の音　露葉
いなづまのうしろを通れ夏の旅　電影 ⑯
紅梅の枝ぶりかくすくねりかな　破蓮
夏草のなかに一輪ゆりの花　臨水
折れたまゝさいて見せたろゆりの花　電影 ⑰

(付)4

蛙の聲さへ禪味さびて松風ざわ〳〵と心の垢をかき流す心もち誠に歌裏夢境の風流いふべからず、昨年鎌倉にての卑調さへ思ひ出られ申候

　　塵塚をくづすひゞきか松の風

透谷庵が一本〳〵骨の白さよと附けて大笑したる顔さへ思ひ出でゝおかしく思ひ申候　⑱

　　發句

行邊《ゆくへ》さへ音《おと》もきかせぬ岸《きし》の水《みづ》　⑲

雪そらに旅雁迷ふ歳の暮　⑳

冬の月雁のつばさも凍りけり　㉑

〈注〉

（1）①は明治二十四年十月三日の「透谷子漫録摘集」中の句。勝本本では「溫曇」ルビ「うどん」つき、小田切本では「溫曇」ルビなし、と表記されている。「透谷はうどんがすきだったのかしら」とZ先生がある日（平成26・1・28）ふと口にされたことばが印象的である。「湯気」とせず「けむ」としたところに「極楽」と「けむ」の縁語が見事に調和して、工夫がみえる。この句については「川柳的」「感覚の古さ」との中山栄暁氏の批評（昭和42・4、『解釈』）がある。疲れた時、うどんをいただく私には、ふと口ずさみたくなる一句だ。

（2）②は明治二十五年一月一日の「透谷子漫録摘集」中の「柳」を詠んだ句。桑原敬治氏の新著『北村透谷詩読解』（平成24・8・28）には『蓬萊曲』の主人公柳田素雄の命名は西行の「遊行柳」の歌「道のべに清水流るゝ柳かげしばしとてこそ立ちどまりつれ」に触発されたものであるとの指摘があるが、確かに透谷の西行思慕を想わせる。その背後に透谷の芭蕉思慕をも思わせる構造である。芭蕉の「田一枚植ゑて立去る柳かな」を下敷きにして、永遠の時刻《とき》を想わせる句である。

（3）③は明治二十五年一月十五日の「透谷子漫録摘集」中の句。「かたつむり」が殻をぬぎ、「みみず」になって、文壇に躍り出る覚悟である。透谷は蜓・蚰など「地を這うもの」に自分を擬すことがある。みみずを風流とし、「みゝずのうた」をのこした。

（4）④は明治二十五年四月十三日多摩の民権家吉野泰三に宛てたはがき中の句。この句の後に、「鶯の声をしるへに分入ればかすみたなびく須留の河之面」の短歌も載せている。『おくのほそ道』に「松島」での句を採り入れなかった芭蕉（芭蕉には「しまじまや千々にくだきて夏の海」他の松島での作品は残されてはいるものの）に一句捧げたのではあるまいか。この句は前掲の鶴巻氏配布資料及び「民権ブックス6」に再掲され、実物はがきは「多摩移管百年展」で展示された。今回配布資料付1・付2ともに鈴木一正氏より貸与された。記して感謝申し上げる。

（5）⑤は明治二十五年九月二十一日の「透谷子漫録摘集」中の句。芭蕉臨終の句である「旅に病で夢は枯野をかけ廻る」が意識されている。

（6）⑥は明治二十五年十月六日の「透谷子漫録摘集」中の句。「島崎兄の『夏草』を読みて與へたる」との詞書がある。「悪夢」（没後明治27・5・30『文学界』第17号）中の「公暁」の台詞中に「わが身は夏草の、しげみを分けてはひまわる蛇に似て、口に吐く焔は脳に燃ゆる火の、朝の空の白露に霄時こそ思ひは冷《ひ》ゆれども、熱悩の火焔《ほむら》は深く、よしや表面《おもて》は法の雨、篠つく如く降りしくとも、洗ひもされず消しもせられず、裡もえの心《むね》の火は。」と内面に燃える情熱を表出している。芭蕉の「夏草や兵どもが夢の跡」にうたわれた功名一時ではあれ、闘いのあつい日が連想されているように思われる。この句について中山氏（前掲書）は「機略めかす句」とされる。

（7）⑦は松本君平に与えた親密な句。晴れた日は故里を思え、夜毎に故里を思え、という境地。

（8）⑧は、思うところを生きよ、そうすれば、死んだ後にも確かなものとして生きたあかしは残る、という境地。

（9）⑨は、過ぎ越しの七年を夢かとぞ思う。水の音は留まらぬ流れである。ゆく川の流れは絶えぬ、という境地。

（10）芭蕉が月山に登った時の夏の句「雲の峯幾つ崩れて月の山」が意識されている。幾つもの雲の峯を超えてきた感慨、そしてまた一山越えてゆかねばならぬ雲の峯。

（11）⑪は、早朝高尾山頂をめざして登る。高雄山で真済が空海から密教の奥義を授けられたとする『性霊集』を読んでいる透谷は、「高尾山」に「高雄山」をかけているかもしれない。

（12）⑫は、こののどかな鶯の春はいつまで続くか、心もとないことだ。「鶯の春」には①の「極楽」と同一の意が含まれている。

（13）⑬は、「日ぐらしの聲」対「蝉の声」、「底《そこ》」対「しみ入る」、「岩清水」対「岩」と芭蕉の「閑かさや岩にしみ入る蝉の声」の境地に酷似した句。立石寺の境内に蝉の声を聞いて、いっそう静寂が身にしみた芭蕉にも似て、透谷はひぐらしの聲に岩清水のしずかな音を発見するのである。

（14）⑭は、暗光廬主（星野天知）「対茶寂話」中に引用された透谷の句。吉野行きを決行した島崎藤村を追って、天知が吉野へ下った。この二人への友情の句。骨になるまで親しめよ、そうすればわたしがあなたたちの墓に花を手向けましょう、の意。

（15）⑮⑯⑰は没直後の『文学界』第18号（明治27・6・30）の「哀傷」欄に掲載された。
⑮は浮世批判。⑯は夏の旅路の稲妻のすさまじさ。⑰は勝本清一郎「解題」（『透谷全集』第3巻645頁）によれば「『蓬萊曲』刊本の見返しに大きく墨書して戸川秋骨に贈った筆跡」とある。挫折しながらも咲き切った百合の花に意地と生命力の讃歌を見る。

（16）⑱は星野天知の「塵塚をくずすひゞきか松の風」に透谷が「一本〳〵骨の白さよ」と付句をした。塚をくずさんばかりに激しい松籟の音だ。自然はこのようであっても人の生命はいずれ白骨化を免れ得ない、の意。

(17) ⑲は天知版『透谷全集』に再掲されたときには、「行くへさへ音もきかせぬ岸の水」として掲載され、⑳㉑の前に置かれている。この水はどこへ流れ着くのだろうか、の意。

(18) ⑳㉑は雁に身をなぞらえている。『蓬莱曲』では雁は彼岸への先導者、露姫は彼岸への渡守である。透谷日記（明治二十三年二月二十七日、二十三年八月四日、同十八日、二十三年九月一日）に「渡守日記」の発案がある。この構想は二十四年五月の複式夢幻能『蓬莱曲』に生かされ、〈渡守〉は、この世とあの世をつなぐものとしての別篇「慈航湖」での露姫の造形に生かされている。

総じて透谷俳句の世界は、芭蕉ことに『おくのほそ道』との影響関係が深いように私には思われる。

透谷の俳句に関してまとまった論としては中山栄暁「透谷と俳句」（昭和42・4、『解釈』）がある。ここで中山氏は、透谷の俳句について「川柳的」「感覚の古さ」「季語の無視」「月並」等々の評語をあたえ、透谷の体験に即して丁寧な読みとりをほどこしておられる。また俳句への「うつぼつたる衝動」は「風景の賞味家」としての「一時期にこそ」あったとして、秋山国三郎をはじめとする川口村と政治運動の盟友たちとの決別の時期には、俳句への興味は続かなかったとされている。

また、『文学』（平成6・4、第5巻第2号）「〈座談会〉透谷の百年」において桶谷秀昭氏は「俳句はいいのがありますよね。たとえば『折れたまま咲いてみせたる百合の花』とか…」この発言に対して、平岡敏夫氏は「これはしかし俳句ですかね」、続けて野山嘉正氏は「俳句でしょうね」、桶谷氏「新派の俳句で…」、野山氏「新派ですよね。（中略）ひょっとすると短歌、俳句にも自分の観念みたいなものを、非常に緩いけれども、出したのかなという感じは…」、平岡氏「俳句のリズムというのは、透谷の詩の中に生きているような気がしますね」などの発言がある。

透谷句の評価についてはなお検討を要するであろう。私には措辞・発想において、透谷句には芭蕉の影響が大であると感じられる。

追　本稿脱稿後、星野天知付句、

こゝろ盡しの盥のあはさよ　秀

(「芳野往き」《明治29・8・30》『文学界』第44号の初出本文から採録)のあることが判明した。

(初出・平成26・6『北村透谷研究』第25号)

編集後記

●この後記を書こうとしてパソコンに向かったまさにその時、ゆまに書房の上條さんから宮里立士氏訃報の電話をいただいた。享年四十八歳であった。宮里氏は二〇〇〇年頃から精力的に透谷研究会の運営に尽力され、ここ数年は編集部で、受付や司会や発表や大会要旨に力を入れられ、研究会には欠かせない存在であった。聞けば、検査入院後、三月十四日に療養のため郷里沖縄に帰られ、三月二十六日に肝硬変のため、急逝されたと言う。

　京都大会でのご機嫌のよかった宮里さんがしきりに思い出され、私との「沖縄の文学」をまとめる課題を口約束したままになってしまったのは、返す返すも残念なことであった。

●会誌も25号となり大分充実してきました。『日本近代文学大系9』(角川書店)で育った私たちにしてみれば、今号の佐藤善也氏「『蓬莱曲』注釈の〈補注〉において引用を省略した『マンフレッド』の原文」掲載は、なんと嬉しいことではありませんか。

●私が三期六年間を務めさせていただいた会長職は本年で任期満了である。桶谷秀昭氏の発案で会報が会誌となり国会図書館に所蔵され、雑誌記事索引採録誌になった。会誌が充実し、軌道に乗ったのは、鈴木一正氏のお力による。鈴木氏は『時空』での編集辣腕を会誌制作にもふるわれ、並々ならぬ心血を注いでくださった。まことにありがとうございました。

　事務局は引き続き永渕朋枝さんの研究室にお願いし、次回からの大会がつつがなく開催されますようにと期待しています。四月八日十三時。

(初出・『同前』)

第三章　校本北村透谷歌集

〈凡例〉

1、北村透谷の短歌は、勝本清一郎『透谷全集』（岩波書店）第三巻所収の七首であったが、その後吉野泰三宛書簡に記載された一首が見つかり、八首存在する。今回それらの歌の初出本文を初出版面の八十五パーセントに縮少して、掲載した。本稿脱稿後、更に一首《〈注〉（5）参照》を加えて、九首存在する。

2、詞書のある歌には詞書を添え、詞書的な要素をもつ歌には、前文を付加した。

3、各歌の下に番号を付け、その出典を〈凡例〉に明示した。

4、配列は、制作年月日の判っているものについては、ほぼ発表順とし、没後のものについては、掲載順に並べた。①は明治二十五年二月四日制作。星野天知編『透谷全集』（文武堂、明治35・10・1）「透谷子漫録摘集」初出本文から採録。②は明治二十五年四月十三日付はがきから採録。③は、相馬黒光『黙移』（女性時代社、昭和11・6・10）初出から採録。④〜⑥は『女学雑誌』415号（明治28・10・25）「亡友反古帖」から採録。制作年代は不明。

5、紙面の都合上、本文より先に、次に〈注〉と編集後記を付した。

〈注〉

（1）①は、明治二十五年二月四日の「透谷子漫録摘集」（初出は星野天知『透谷全集』）の中の一首。

（2）②は、明治二十五年四月十三日付多摩の民権家吉野泰三に宛てたはがき中の一首。初出は『北村透谷研究』第25号（平成26・6）28、29頁を参照のこと。

（3）③は、明治二十六年一月に明治女学校へ赴任した島崎藤村が佐藤輔子への恋の煩悶のため、二月一日、関西方面に漂泊の旅に出た。その藤村の心中を察し制作した贈答歌である。初出は、『黙移』110頁。

（4）④⑤⑥⑦⑧は、『女学雑誌』415号「亡友反古帖」より掲載した。④は秀歌、⑥⑦は政友への別辞。

（5）本稿脱稿後、『文学界』44号（明治29・8・30）中の星野天知文中に、「吉野に山籠りする古藤庵の心を悲む程に透谷筆を執りて門出を祝す」とあり、透谷の短歌「満山の花のいのちもはえそある……たゞづむ人の心志ろさに」が引用されている。「……」があるので省略かとも思われるが、この二句だけで意味が通じるので、短歌と考えられる。

（初出・平成27・6、『北村透谷研究』第26号）

編集後記

平成二十七年四月九日、高田馬場ルノアールにて、編集会議を開きました。出席者は佐藤善也氏・鈴木一正氏・堀部茂樹氏・橋詰の四人です。桜満開のひととき、昨年六月大会以後のことを縷々思い返しました。宮里立士さんの訃に引き続くように、『北村透谷詩　読解』（平成24・8、三弥井書店）を出された桑原敬治氏が二十七年二月四日に逝去なさいました。桑原氏は会員ではありませんでしたが、外から透谷研究会に熱い視線を送ってくださいました。謹んでご冥福をお祈りいたします。

事務局だよりに鈴木さんが詳しく書いて下さったように、昨年八・九月には小田原文学館で没後一二〇年記念展が開催され、新資料の展示もあり、反響を呼びました。

私事で恐縮ですが、わたしも古稀を迎え定年退職の学年末を過ごしました。研究室に置いていたダンボール四十箱に余る書籍を古書店に譲渡し、一月二十八日の最終講義には「本文校訂と読みの問題」と題して改めて方法論論争の経緯と若干の考察を加えました。近代文献学の分野が非常に立ち遅れていたことに気づかされます。若輩に痛いところを突かれたという思いが権威あるものには不愉快であったと思えます。改めて論争に参加したひとの論文を読んで、ひとは随分いい加減なことを言い合っているものだと感心しましたし、本文文献学についてなど考えたこともなかったひとが最前線で参加しているのには驚かされもしました。また、拙論を読みもせずに、お門違いの批評をしているひともおりました。時を経てみると、違った見え方もあるものです。

ところで、今年の小田原高長寺での透谷祭（五月十五日）で、最近の透谷研究事情を話すようにとの依頼が私にありました。二十二回目の透谷祭です。今号に寄せられた、論文六本、校本歌集一本、文献目録一本は、そのまま最近の透谷研究事情を物語るものになっていると思えますが、いかがでしょうか？

堀部氏『北村透谷　その詩と思想としての恋愛』（平成24・11、七月堂）、桑原氏の大著のあと、小寺正敏『幻視の国家―透谷・啄木・介山、それぞれの〈居場所探し〉―』（平成26・5、萌書房）、松浦寿輝『明治の表象空間』（平成26・5、新潮社）、菊池有希『近代日本におけるバイロン熱』（平成27・3、勉誠出版）が刊行されました。二〇一五年六月を以て、私の会長任期満了です。二〇〇八年から、七年の歳月でした。

（初出・『同前』）

藤波氏王子を弔ふ歌
ともに見し紅葉の秋も過果て
落葉の音をきくもかなしき

①

唯今奥州より戻りて福島県下飯坂と申す温泉にて
読(カ)古人致し居り候こゝに摺《する》上川と申す名水有之候暁
起鴬語を聴きて
　鴬の声をしるへに分入ればかすみたなひく
　　　須留の河之面

②

都にハ変化どもが縦横致し居り候由御近況如何候

贈つたといふ歌があります。「如何ばかり浮世の風はあらくとも心の柳めでたかるらん」といふので、隨分下手な歌だと思ひますが、まさかこんな拙い歌を透谷が詠んだらうとは思はれないのでありますが、それからそれと傳はつて私の耳に入つた時分にはこんな風になつてゐたので透谷の迷惑もさることながら、こんな同情がお輔さんに集るにつけても、鹿《しゝ》内《うち》さんといふ人の役まはりのわるさも思はれ、氣の毒にもなるのであります。

月前の柳

招《まね》く手《て》は細《ほそ》くたゆめど空遠《そらとほ》く
なびかぬ月《つき》のうらめしきかな

④

花間蝶

心《こゝろ》ありやなしやは知《し》らず花《はな》の間《うち》に
憂《う》さをはなれぬ蝶《てふ》ぞ床《ゆか》しき

⑤

雨後の花

雨過《あめす》ぎて恨《うら》めしげなる花《はな》のをも
ちるまで友《とも》と契《ちぎ》らざりしに

⑥

逸題

浅《あさ》しとな契《ちぎ》りとがめそ浮世《うきよ》には
離《はな》れ難《がた》きも離《はな》れ易《やす》きを

⑦

史

ふみわくる道《みち》の奥《おく》こそいづこなれ
まよへとはたが敎《をし》へそめけん

⑧

第四章　透谷研究会会長就任にあたって

昨年十一月の第三十四回大会から、桶谷秀昭会長の後を受けて、四代目の会長に就任した。役員会での推薦であったが、欠席の役員もいたことゆえ、私が適任者であろうとは思えなかった。しかし引き受けることにした。

佐藤泰正会長の創設時に会員となり、平岡敏夫会長の下では事務局、桶谷会長の下での前半は事務局、後半は編集部と、顧みればいつの間にか私の近代文学研究の主たる研究活動は、この会をおいてないことに気づいたからである。

昭和五十一年から五十二年にかけて谷沢永一氏と三好行雄氏との間で闘われた、いわゆる〈方法論論争〉の、刺身のツマのような形で、私の『透谷全集』校訂上の諸問題」（拙著『透谷詩考』所収）が取り上げられたことがある。『透谷全集』への批判的検討を通して透谷詩を読み抜くという私の趣意は、「若い研究者」の〈文献学の恐さに無智な蛮勇〉として取り沙汰され、愉快ではなかった。論争に加わった学界内外の先達も立場を鮮明にされ、読書媒体に参戦している様は、私には、いい加減なものだなあとの思いを禁じえなかった。

透谷詩を正確に読む手続き上採った『透谷全集』校訂上の恣意性の指摘が、思いがけない方向へ流れていくのを、人の群れる学界内外の状況を写し出す鏡として、心に留めた。

依然として透谷詩文が好きだ。「み、ずのうた」が好きだ。面白い。「松島に於て芭蕉翁を読む」「富嶽の詩神を思ふ」も気に入っている。この境地を読者と共に味わいたいと思う。

任期の間、透谷研究会をお預かりする。「会報」から姿をかえた「会誌」が活発な論壇を提供することができるよう、また全国大会が多くの参加者で溢れるよう、切に願っている。第三十六回大会は、小澤勝美氏の尽力によって、〈自由民権の地〉からの大会になる。

（初出・平成21・6、『北村透谷研究』第20号）

編集後記

●三月二十八日（土）の編集会議には、ほぼ九割の原稿が揃い、四月中旬までに鈴木一正氏が組版を整えて下さり、下旬には豊文社へ入稿することができました。

●小澤氏の西城千鶴子さんからの聞き書き（「北村透谷の孫・西城千鶴子さんからの聞き書き」）は、古いものですが掲載しました。小澤氏の責任において発表されましたが、西城さんの物故者である点が惜しまれます。

●宗像氏のご講演（「時と紙筆とを費やす者」）の中の新資料発見か！は、散逸文献への新たな闘志をかきたてるものでした。宮沢賢治の詩が花巻のお蔵から新たに発見（四月九日）などという記事を読むと、勝本家の透谷関連資料に思いをはせます。

●黒田氏の「透谷文学賞の設立とその理念」は、次回北川氏のご講演「日本浪曼派の透谷像をめぐって―保田與重郎・佐藤春夫の視点を中心に―」と響きあうのではないでしょうか？

●堀部氏の現代語訳（『楚囚之詩』現代語訳）は、文語で書かれたものを口語にするということの意義と賛否が論議を呼ぶことと思います。
●鈴木氏の神学研究会への論究（「北村透谷と神学研究会」）は、新たな考証と発見です。
●昨年六月二十一日に斎藤和明氏が、十月二十六日に藪禎子氏が、今年二月二十二日に西谷博之氏が逝去されました。謹んでご冥福をお祈りいたします。役員ご逝去の場合は、会から弔電をお送りし、会誌に追悼文を掲げます。西谷氏には永い間事務局を担当され、お世話になりました。

（初出・『同前』）

ある日の透谷研究会役員会の人たち

第五章　初出本で読むということ

初出本あるいは原稿で読むと、著者の思いがけない表記法やなまなましい息づかいを発見することがある。

詩人は詩を作る人、味わう人。

詩人はことばを尊重する、尊重されたい。

明治二十二年、満二十歳の詩人北村透谷が、『楚囚之詩』を紙に書き出したとき、変体仮名まじりであった。「富士山遊びの記臆」「夢中の詩人」「一生中最も惨憺たる一週間」、ミナ宛書簡および草稿五通、「悲苦の世紀」「絶情」「二十一年四月の旅行記概略」、公歴宛書簡、登志子宛書簡、昌孝宛書簡各一通、「髑髏舞」「蛍」等々の残された原稿、手記・書簡などを見ると、変体仮名を常用していて、死の前年である明治二十六年ころまで変体仮名を使用していたことが判る。印刷所の事情を勘案しない限り、透谷が変体仮名を常用、時に併用していたことは、証明できることだ。透谷が「平仮名〈な〉」を使用したいのに印刷所の都合で「変体仮名〈な〉」になった、ということは『楚囚之詩』に限っていえば、考えにくい。

『楚囚之詩』（明治22・4、春祥堂）は、処女詩集であり、自費出版の刊行物である。

校正はしなかっただろうか。少なくみても初校くらいはしたのではないか。刊行に当たっては、「非常の改革」といっているくらいだから〈誤植〉は気になったことだろう。一歩譲って著者校正が一回もなかったとして、またあるいは、めがねをかけていたようだから近眼で、校正の見落としもあったかもしれない、と仮定してみても、それならば、この誤植の少なさはなぜだろう。よほど腕のよい植字工であったにちがいない。多分原稿通りに活字は拾われ、植字工が勝手に「てれこ」（谷沢氏）にしたとは考えにくい。「植字工がL字型の活字箱からたまたま拾っただけ」（谷沢永一「文学研究の発想」二〇〇九年六月十三日、日本近代文学会関西支部大会講演）で、「明朝活字」にも「変体仮名」にも「意味はない」というには、初出本には「明朝活字」の使用があまりにも少ない。

『楚囚之詩』の初出本には、「平仮名〈な〉」は第三連十九行めに一回、第九連十三行めに一回、第十四連三十行めに一回、第十五連六行めに一回、の計四回出てきている。

これに比して、「変体仮名〈な〉」は、ルビも入れると、「自序」に九回、第一連に五回、第二連に八回、第三連に九回、第四連に八回、第五連に十回、第六連に八回、第七連に六回、第八連に五回、第九連に八回、第十連に六回、第十一連に七回、第十二連に十回、挿絵の説明に二回、第十三連に五回、第十四連に十七回、第十五連に十二回、第十六連に四回、計百三十九回出ている。

「平仮名〈な〉」と「変体仮名〈な〉」の登載比四対一三九は、「てれこ」の結果ではなくて、むしろ印刷所の近代化が遅れていて、変体仮名が多く残されていた状況を推測できる。少なくも『楚囚之詩』印刷過程において、透谷に変体仮名使用の印刷は違和感がなかったのだ。

逆に、「平仮名〈な〉」が四回しか出ていないことは、植字工の恣意というより、「平仮名〈な〉」は透谷の無意識の表記であったかもしれない。

残された原稿・手記・書簡などの表記に、変体仮名の「な・そ・わ・か・に・は・す・さ・し・き・こ・い」などが使われており、平仮名と併用されているものもある。

透谷は変体仮名を常用し、変体仮名での表記を容認していた、もしくは変体仮名での印刷に違和感がなかった。

谷沢氏の言われる植字工が「たまたま拾っただけ（中略）植字工がいちいち変体仮名とか明朝活字とか区別をして使い分けをするはずがない」というのは、植字工の話であって、植字工の組んだものを透谷は見、容認しているといえるのである。

であれば、そこから詩を読む私たちが、初出本の与えてくれる文字面によって、早い時期のタイポグラフィーの工夫や、語感、リズム感、行内韻の工夫などを見出すことは、むしろ詩を読む読者の自由な解釈の楽しみに委ねられてよいのではないか。透谷が使った変体仮名によって、私たちは、音読しなくてもさまざまの工夫を表記から読み取ることができるのである。

私は「『透谷全集』校訂上の諸問題」（昭和51・2、再録『透谷詩考』国文社、昭和61・10、二八九ペー

ジを参照されたい）において、変体仮名と平仮名では意味が違うのだ、とは述べていない。変体仮名と平仮名の〈意味〉の違いではなく、初出本の文字面で読むとこのように読める、というところを指摘したかったまでだ。初出に戻すことの意義を唱えた。

勝本本の史的長所を十分に認めたうえで、校注を明示しない恣意的な改ざんは惜しいし、原稿が残っていない場合、初出本が一番詩人の意志に近いということを述べた。

以来、私の作成した『校本北村透谷詩歌集成』（『目白学園女子短期大学研究紀要』・『目白大学人間社会学部紀要』平成5・12〜平成13・2、『校本　北村透谷詩集』〈全一巻、目白大学社会学部社会情報学科、平成23・12〉）では、初出を重視しながら、詩人の誤記・誤植については、校注を明示した仕上がりとなった。

小田切本の初出還元の編集方針は是としつつも、ところどころに校注もないまま勝本本を踏襲している点が散見されるのは、いかにも惜しまれたからである。

（初出・平成22・6、『北村透谷研究』第21号）

編集後記

●三月二十七日（土）の編集会議には、二本を除き原稿が打ち揃いました。この間鈴木一正氏が責了の状態にまで組版を整えて下さり、四月十九日（月）には、鈴木氏・宮里立士氏立会いのもと、目白大学にて豊文社印刷所に入稿しました。

●本号の諸論には、期せずして、詩人透谷像とその

基底をなす思想家透谷が鮮やかに捉えられていま
す。賛否やいかに、この場が論壇形成の場として育っていくよう願っています。

●本号掲載の橋詰拙文は、昨年（二〇〇九）六月十三日（土）に近畿大学で開催された二〇〇九年度日本近代文学会関西支部春季大会・関西支部創設三十周年記念シンポジウム「文学研究における継承と断絶―関西支部草創期から見返す―」の谷沢永一氏の講演記録（二〇〇九・一一、和泉書院）を読んで、何をいまさらと思いながら認めたものです。昭和五十年代に交わされた方法論論争とやらの皮切りとなったらしい拙稿「『透谷全集』校訂上の諸問題」の中心テーマが微妙にずらされてここで論じられているのは、まことに残念なことだと思いました。

（初出・『同前』）

第六章 『透谷全集』へのまなざし

『透谷全集』はどの版も魔的な力を秘めている。「透谷は」と、いい直すべきか。見ぬ世の人を友として、四十年、つかず離れずの時もあったが『透谷全集』はいつも私のそばにあった。

修士課程の頃、紅野敏郎先生編集の『志賀直哉全集』別巻「志賀直哉宛書簡」（昭和49・12）のお手伝いを、紅野先生を通して委任された。ついでに『透谷全集』見直しの機会を岩波書店編集部の栗田氏から与えられた。主として目に余る誤植の訂正と不鮮明な文字記号の初出との校合、というのがその内容だった。

この偉業というべき三巻の『透谷全集』（勝本清一郎編）に対して、何か言うべきことをそのときの私が持っていただろうか。

しかし、出てくる修正したい箇所の数々に興奮した私は、初出との〈厳密な〉校合をどんどん進めていった。

こうして「『透谷全集』校訂上の諸問題」（昭和51・2、「国文目白」第15号）は成った。

新卒で二年間の編集者生活を経て修士課程に入った四月、紅野先生は、文学部のスロープの下で、「きみは透谷だね、透谷研究は大変だ。敬服するよ」と言われ、「校訂上の諸問題」を発表した後にも、「透谷研究に一石を投じた」という私へのことばは、終始変わらなかった。ここには透谷研究への、研究とは何かとの思いが煮詰まっているような気がする。

それを証明する直近の資料がある。「戦前本の魅力活力魔力」47（平成21・10・23、『週刊読書人』）がそれだ。「無知な蛮勇」（三好行雄）と言わず、「無批判依存時代の終焉を宣告した」（谷沢永一）ともおっしゃらなかったが、先生の玉稿を私への返事とも勝手に思っている。

友人たちによってまず編まれ、ついで研究者の編で、厚みと重みを持った、精度の高い全集にしたてあげられ、さらにその全集を懸命に読破し、より有効なものたらしめるべく、「透谷研究会」が組織され、固い連帯意識を持って日々励んでいる小集団がいるという風景。一巻本の全集よりはじまるこの波及効果、この小集団の力こそ透谷の願っていた情熱と継続の発露とみるべきか。（紅野敏郎）

ここで判るのは、紅野先生は全集を決して固定的には捉えていらっしゃらなかったということではなかろうか。「その全集を懸命に読破し、より有効なものたらしめるべく」というところに、「見ぬ世の人を友とする」読書の快楽も発見もあるだろう。拙稿「校訂上の諸問題」は深く読み込むための私の一方法であった点を強調し、「方法論論争」で本筋を逸脱し、誤解まみれ、手垢にまみれた拙稿を救出したい。

顧みれば昭和三十七年、私が高校二年生のときである。静岡県東部の県立富士高校へ紅野先生が講演に来られた。「白樺派の文学」を音吐朗々と話された。講堂の左手前列で聞き入って、華やかな姓の「くれない（紅）の」先生の、白樺派に寄せる愛着を確かに受け止めた。「霜葉は二月の花より紅なり」と、漢文で習ったばかりのときだった。

「生存五カ年計画」（最終講義の時の先生のおことば）をほぼ四期まで果たされ、ますますお元気と喜んでいた矢先の突然のお別れに、いただいたご恩の数々を二玄社の透谷遺筆・解説とともに、抱きしめていたいと思う。

紅野先生、二〇一〇年十月一日、ご逝去。享年八十八。謹んでご冥福をお祈り申し上げます。

（初出・平成23・6、『北村透谷研究』第22号）

編集後記

世はかはり物はうつりて其の跡はのこらねど花のみはうつりかはりのなきぞめでたき。（「對花小錄」）

テクノロジーを駆使して、生命を作り出し、不老不死に挑戦するまでになった人類に、突きつけられた大自然の威力は、壮絶であった。水も電気も有限であることを思い出し、いつの間にか、なしくずし的に安全と思い込まされた神話は崩れた。草木の自然に慰撫され、山海の自然の驚異的な力にひれふして、自然とともに歩む姿勢を今こそ取り戻したいと切に願う。

透谷研究会のスタート時から十年間にわたって事務局を献身的に担当された西谷博之氏はずっと以前に亡くなり、熱意を持って大会に参加された藪禎子氏も今はなく、透谷研究の第二世代とも言うべき方々で大会ごとに出席してくださるのは、平岡敏夫氏、桶谷秀昭氏、小澤勝美氏、佐藤善也氏、槇林滉二氏、北川透氏、古田芳江氏の諸先達である。佐藤泰正氏はますますお元気と聞くが、開催地をおもえば、なかなかお目にかかれない。

黒木さん、鈴木さん、川崎さん、堀部さん、中野さん、尾西さん、永渕さん、塚本さん、宮里さん……と数え上げれば皆さんがんばってくださってはいるけれど、大会ごとの発表者講演者の人選や事務局の仕事、会費の額などを考慮すると、この辺で年一回にするのもよいかしらなどと考えている。

時は未曾有の国難（民難）のとき、各人が透谷とどう関わるのかが問われている。

（初出・『同前』）

第七章　透谷引用の手際

一　恋愛論と自殺

周知のことではあるが、向田邦子（昭和四年十一月二十八日〜昭和五十六年八月二十二日）の長編小説『あ・うん』（昭和56・5、文藝春秋）に透谷への言及がある。時代は昭和十二年、盧溝橋事件の半年前の頃、日中戦争への緊迫した時勢にあって、庶民はこんな風にも穏やかに暮らしていたのかと想わせる一編である。

中どころの製薬会社本社部長に栄転となった水田仙吉とその妻たみ、軍需景気で鋳物工場からはいあがった中小企業の社長門倉修造とその妻と愛人をめぐる家庭劇である。戦友の友情物語であり、そこに水田の妻への門倉の想いが絡む。男の友情物語であると同時に、プラトニック・ラブが主題の一つである。そこで透谷が三箇所呼び出される。以下に引用する。

①「愛だな、それは」

「でも、うちの母と門倉のおじさんは、手を握ったこともないと思うんです。手どころか、ことばに出して好きだと言ったこともないと思うわ。父も知っていると思うんです。知っているのに、ひとことも言わないで、かえって、それを自慢におもっているところがあるみたい。それでも愛っていうんでしょうか」

「やっぱり愛だと思うな。プラトニック・ラブですよ」

（中略）

「北村透谷が言い出したことばです。肉欲を排した精神的恋愛という意味です」

「恋愛。やっぱりそうなのねえ」
②「辻村研一郎。辻村さと子。プラトニック・ラブ。北村透谷の文字があった」
③「お父さん。北村透谷って自殺した人じゃないんですか」
「縁起でもないこと言うな」

引用が長くなったが、①は水田家の一人娘さと子とその見合い相手で帝国大学生の研一郎との会話。透谷は当時の帝国大学生の教養の一部であったか。②はメモ、③はたみと水田の会話である。

向田邦子は〈精神的恋愛〉と〈自殺〉の透谷像を登場させている。

昭和二十年、十六歳であった戦中派向田邦子は、青春時代の空気を存外和やかに捉えており、透谷の書簡「一生中最も惨憺たる一週間」（明治20・8）や「石坂ミナ宛書簡」（明治20・9・3、4）そして「厭世詩家と女性」（明治25・2）などを愛読したものと思われる。

ことに二十年九月四日付けのミナ宛書簡にある「吾等のラブは情欲以外に立てり，心を愛し、望みを愛す」が深く作用している。〈自殺した人〉という年譜的事実とともに、〈精神的恋愛の提唱者〉としての透谷が把握されており、実生活における向田邦子の秘めたる恋にもふと想いが及んだ。

二 澄清なる識別・内部生命論

そもそもことふりにたれど、高村薫（昭和二十八年二月六日〜）の『晴子情歌』（平成14・5、新潮社）にも透谷への言及がある。『晴子情歌』は、母と息子の往復書簡体小説であり、（大正生まれの）晴子の（明治生まれの）父、康夫の教養の一端として、透谷が呼び出されている。康夫は旧制二高から東京帝国大学英文科に進み、卒業後外国語学校の英語教師となるが、その後北海道の鰊場へ行く人として登場する。①はその若き日の父のノート、②は晴子の感慨である。以下に引用する。

①「（略）その手元のノートを覗くと数十行の文章が綴られてゐて、そこに『一たび妖魅せらるゝは蓋し後に澄清なる識別を得るの始めなるべけれ』とありました。それが北村透谷の引用だつたと知つたのは後のことですけれども、一体康夫にとつて澄清なる識別とはどんなものであつたのかと思ふにつけ、何やら斯くあるべしと声高であつた当時の文藝の勢ひを前に、然したる地歩も確信もないまゝ、若い康夫は生来の直観だけを頼りに、自らの欲するところを探さうとしてゐた

のではないかといまは思はれてなりません」

②「私（晴子・筆者注）が透谷の文章を幾つかまとめて読んだのはもう少し後、父の本棚にあつた岩波文庫でしたが、布団の中で読みながら独りで拳を握りしめるほど好きだと思ひ、純粋と云ふだけでない詩人の直観とはこうしたものかと心地よく突き放されるような感じに襲はれたものでした。（中略）康夫に来なかつたのは直観ではない、妖魅せられた後の澄清なる識別であり、さらには透谷の如く情熱的に直進する力だつたのだらうと」。

「当時の康夫の心境を想像するに、もしかしたら共産主義も戦争も革命ももはや小さなことだ、透谷の云ふ造化の秘蔵も澄清たる識別も小さなことだと冷笑している死者の目を、康夫はそこに見たのかも知れません。」（原文は旧字体・旧かなづかい）

康夫のノートの引用および「造化の秘蔵」は「松島に於て芭蕉翁を読む」（明治25・4）にある。あやしの力に魅せられ、自然の神秘に観入し、得た識別とは何か。

「松島に於て芭蕉翁を読む」は、「各人心宮内の秘宮」（明治25・9）「内部生命論」（明治26・5）につながる文章である。ここで、晴子の情念がとらえる「澄清なる識別」とは、人間内部に躍動する生命感、既成の観念にとらわれない自我の解放とでもいえようか。

高村薫は、〈内部生命論〉の透谷像を採る。『ジャン・クリストフ』を愛読し、社会派推理小説から大河小説にシフトしたかの観のある高村薫は、いよいよ魂の歌を語りきかせる。

「ひら〳〵と舞ひ行くは夢とまことの中間なり」と、透谷の蝶の詩をエピグラムにもつ平野啓一郎『一月物語《いちげつものがたり》』（平成11・4、新潮社）は、想世界における融通無碍の境地の、「澄清なる識別」の一世界と見える。

このようにみてくると、現代作家における透谷受容のさまが、作家固有のテーマに結びついている点を興味深く思う。

（初出・平成24・6、『北村透谷研究』第23号）

編集後記

第二十三号は十人の執筆者による、研究・批評・資料エッセイ・印象記・目録等多彩な論考が揃いました。情報の多いわりに、定かな情報の少ない現代、ことに3・11以後を痛感しています。この小冊子は、こうした状況に楔を打ち込むようなものでありたいと思います。「透谷」という明治の詩人・評論家に向き合う私（たち）は何者なのでしょうか。

3・11以後も偶然に生き残らせてもらった私（たち）は、何をなすべきか、本気で考えていかねばならないでしょう。じき三十二歳になる娘を抱っこしていた三十年前の腕の記憶は、圧倒的な生命《いのち》の重みです。

（初出・『同前』）

第五部　モノ

第一章　図書を輸入・出版する

日本橋丸善の早矢仕有的

十八歳で医者を開業

現在の東京日本橋丸善七階にある「本の図書館」で、啓蒙期の、丸善経由による輸入図書目録を繙《ひもと》くまでもなく、日本における洋学の受容と発展を考えるうえで、商社丸善の果たした役割を忘れるわけにはいかない。また、この丸善の創設者である、丸屋善七ならぬ早矢仕有的《はやしゆうてき》の存在を抜きにしては語れない。横浜開化亭がゆきつけの店で、牛肉を好み、一説にはあのハヤシライスの創始者とも言われる早矢仕有的である。

そもそも丸屋善七とは架空の名称で、有的が支店その他の名義に丸屋善八・丸屋善蔵・丸屋善吉・丸屋善助などと適宜使用したものの一つであったことはよく知られている。丸屋の姓は、地球が丸いという認識からくる球屋《たまや》がマリヤと紛らわしいことから丸屋と改め、名の方は有的の恩人高折善六の善を記念してつけたと言われている。

文明開化の礼讃者、推進者であり、服装にはかまわなかったが、食通で煙草好き、自然科学から文学までをよくし、晩年は金鉱石の分析を試みたマルチ人間有的であった。

早矢仕有的は天保八年（一八三七）八月九日、美濃国武儀《むぎ》郡笹賀村（今の岐阜県山県郡美山町笹賀）に生まれた。早矢仕家はもと林といったが、射術が得意で戦功があったことを認められて、土岐頼藝《ときよりよし》は、それにふさわしい表記法に姓を改めさせたといわれる。母ためは早矢仕才兵衛《さいべえ》の養女で、父山田柳長《やまだりゅうちょう》は医師であった。父は有的が生まれる二カ月前に二十五歳の若さで惜しくも亡くなり、母は養家に戻って有的を生んだ。養祖父は父のない有的をいつくしみ、夜は抱いて寝ておもしろい話を聞かせたといい、早矢仕の姓を継がせたのである。有的は幼い頃から英邁で独立心が強く、早世した父の遺志を継いで医師を志し、大垣と名古屋に修業に出て、医術と蘭学を学んだ。蘭学の師は江馬俊卿である。

嘉永七年（一八五四）十八歳の時、有的は修業を終えて帰郷し、実家で医師を開業した。母は前年に亡くなっており、肉親の幸薄い有的ではあったが、腕もすぐれ、名医の評判をとってなかなかはやった。五年間この村で医者を続けていたが、二十三歳の時、隣村の中洞村庄屋の高折善六が、有的の非凡な才能をこのまま村で埋もれさせては惜しいと考え、江戸での大成を期して餞別金十両と和歌一首を贈り、今後の援助を申し出た。有的は援助は断ったがありがたく志を受け、江戸へと旅立ったのである。この高折善六の恩義への感謝の念が丸屋善七の呼称に生かされたのであった。

江戸で診療所を開く

安政六年（一八五九）九月、有的は郷里をあとに江戸に赴いた。とりあえず両国薬研堀《やげんぼり》の小林龍《こばやしりゅう》仙《せん》のもとに身を落ちつけ、ついで新井白蛾《あらいはくが》のもとに、年末には林町の休兵衛の店に身を移した。田舎では技術も高く、評判の医師であったが、江戸ではすぐに開業というわけにもいかず、有的はしばらく按摩《あんま》となった。緒方洪庵《おがたこうあん》も大鳥圭介《おおとりけいすけ》も書生時代には按摩のアルバイトをしたのである。ある按摩に医学書を貸し、交換に按摩の技術を修得した。按摩の治療をしつつ、病状に応じて医学の知識を応用して、病人の快癒につとめた。木綿問屋の隠居を治したところから有的の有能が認められ、援助を申し出られて、万延元年（一八六〇）六月、ついに江戸橘町三丁目の平兵衛の店を借りて開業にこぎつけた。両親に若くして死に別れたとはいえ二度までも有的の才能を見出だしてくれる人に出会えたことは幸いであった。

二年後、文久二年（一八六二）二十五歳の有的は、薬研堀に建築費三十一両二分・建具代五両の診療所を建設した。彼は診療に従事しながら蘭法医学を研修するために坪井信道《つぼいしんどう》に師事した。つねに自己を啓発してやまぬ有的であった。翌年、有的は深川伊勢崎町の旗本諏訪新吉郎の妹なをと結婚した。このなをとのあいだに有的は三男をもうけるのである。また、信道の推挽により岩村藩主松平能登守の御抱《おかかえ》医師となり二十人扶持《ぶち》を受けるようにもなった。この時有的は丸腰でよければという条件をつけて、無刀で出仕したという。時代の空気にはや刀は似つかわしくないということか、あるいは成り上がることに抵抗があったためでもあったろうか。この藩医は明治二年（一八六九）五月十四日まで続いた。『岩村藩令誌』には「病気のため」と辞任承諾のくだりが記載されているが、有的は別のことで多忙を極めていたのである。

福沢諭吉のもとへ

嘉永六年（一八五三）にはアメリカ合衆国提督ペリーが浦賀（神奈川県）に来航、翌年には日米和親条約が締結され、日本における対外情勢も大変化の局面を迎えていた。時代はめくるめく速さで動いていたのである。いち早く開国のきざしを察知していたのであろうか、有的は蘭学から英学に進もうとしていた。彼は文久三年（一八六三）に英蘭辞書を購入している。

有的は英学を修得するために二代目坪井信道の弟谷信敬《たにしんけい》の門下生となった。ここにはのちに明治生命保険会社を創立した阿部泰蔵《あべたいぞう》（作家水上滝太郎《みなかみたきたろう》の父）がいた。谷塾が廃校となった慶応三年（一八六七）二月十二日、三十歳の有的は慶応義塾に身を転じて二歳上の福沢諭吉《ふくざわゆきち》の門下生となったのである。福沢は西洋の学術の深さにおいて比類ない人であった。ある日、福沢が経済書を講義するのを聞き、またその会社法に及ぶのを聞き、有的は奮い立った。一方、福沢のほうでも長年志していた西洋の文物輸入の仕事を有的に託した。有的は福沢の勧めに応じて、西洋の書籍を中心に薬品・雑貨（洋傘・万年筆など）など西洋の文物を輸入する貿易事業活動のための準備を開始した。科学者、医師から実業家へ——実業家早矢仕有的の誕生であった。ここに丸屋商社が幕を明けるのである。

丸屋商社の創立

四月、江戸は開かれ、新情勢に応じて有的は医院を閉じた。新政府から大学小助教の資格を得て横浜姿見町の黴毒病院に任命された。横浜に赴任したのは八月であった。すでに横浜は開港十年を迎え、米英の商館も設置され新しい文化の移入を待つばかりとみえた。有的は真砂町《まさご》の質屋の一室を借りて通勤しながら、新方策を練った。新浜町《しんはま》に一戸を借り、病院勤務のかたわら自宅診療も行っていた。自宅診療もよく繁昌していた。時々ヘボンの助手もつとめたりしながら有的の新しい仕事の基礎は数カ月で固まり、出発はもはや時間の問題であった。

有的は自己資金に加えて桑田衡平から二十両を借入し、書店開業にこぎつけた。まず東京芝神明《しばしんめい》町の書肆《しょし》であり福沢の『西洋事情』の発売元でもある岡田屋嘉七に、福沢の著書の委託販売を依頼し、また、柳河春三《やながわしゅんさん》の日本橋本町の中外堂と横山町の和泉屋金右衛門から書籍の委託販売を引き受けた。

かくて有的は大塚熊吉に材木を仕入れさせ、舟積みで横浜に届けさせ、店の造作や陳列棚を作って、かねて有的所蔵の書や買い集めた書籍を並べて新浜町に念願の書店を開業したのであった。『丸屋商社之記』によれば、丸屋の創業は明治二年一月一日とされているが、前年十一月十日にはすでに開店成ったとみられている。この横浜の丸屋本店店主名は善八である。有的はあの郷里での飛躍を果たしてくれた恩人高折善六の名にちなんでこの実在しない名義を冠した。『丸善百年史』に興味深い記載がある。それは、「当時は諸届類には名義人の生年月日を記入することが必要であったが、それには番頭の三次半七の長男半之助のもの（慶応四年六月十四日）を用いたという。実際は有的は、この名義人を架空のものとするつもりはなかったようである。自分の子の四郎あるいは三次半之助を善八とするつもりであったらしい。ところが明治五年（一八七二）に戸籍法が施行された時にこのことが忘れられて四郎も半之助も、そのまま届け出られた。そのために善八の名は、全く架空の名義だけとなった。後にこの名義の処置に困って、失踪届を出してその消滅を図ったという笑話がある」というものだ。丸善といえばすぐに丸屋善七の名を想い起こすのもむべなるかな、である。なかなか愉快な舞台裏ではないか。

やがて丸屋善八の名は省略法によって丸善とよばれるようになり明治六年十月刊『丸屋商社之

記』の柱（欄外の見出し）には「丸善」と印刷されている。明治十三年、丸屋商社は改組して有限責任株式会社となり、名称は丸善商社と変更された。『丸屋商社之記』は創業の趣旨と抱負を述べたものであるが、自由に日本人としての自覚をもって国の繁栄をはかり、日本人の幸福のために働くべきだと述べて、鎖国の間に後れをとった西洋文明に追いつくべく、貿易事業の必要が説かれている。有的は、英学と医学を活用しつつ、商業に身を投じて、西洋の書籍・薬品・医療器械の輸入につとめ、堅実な方針で働社（会社組織）を結成してやっていこうとしているのである。

海外からの直取引と支店の拡充

新浜町の本店はすぐに手狭になり、相生町《あいおい》に新店舗を構えた。店を二分して一方を書店とし、他方を薬店とした。明治四年には堺町に移り、書店と薬店は隣同士の別店舗とし、薬店の隣に「静々舎」という診療所を置いた。有的はここで診療に従事した。患者に処方箋を与えて隣の薬店で調剤させたというが、医薬分業のこのやり方はなんと近代的なものであろう。相生町の二階には塾として医学生を合宿させていた。「研究舎」と名づけ、ここから藤山雷太《ふじやまらいた》（政治家藤山愛一郎《あいいちろう》の父）らが出た。

丸屋商社は創業の頃は和本なども置いたが、だんだんに特殊なもののほかには原書以外の本は置かなくなっていった。明治五年、ハルツホルンの『医学提要』なども輸入し、太田用成らによって翻訳され、丸善も発売元となって医学の研究、医学制度の整備に資するところ大であった。

丸屋ははじめ書物も薬品も横浜の外人商店を通じて購入したが、やがて外国（米・英）からの直取引もさかんになっていった。

丸屋の東京支店は明治三年三月、日本橋品川町に開店した。この店主名は島屋善六である。さらに商業の中心地日本橋通三丁目に丸屋善七名義で書籍店を拡張した。翌四年にはこの書店の北隣に唐物店を開いた。この書店と唐物店こそが現在の丸善の社屋である。七年、本町に薬店を開業、島屋は廃店となった。東京についで大阪にも四年一月、南久宝寺町に丸屋善蔵名義の大阪支店を設立した。

明治五年春、有的は大阪支店主の不行跡をいさめに下阪したついでに十三年ぶりで郷里に立ちよった。この時福沢もともに下阪したが慶応義塾の医学所分校が大阪に置かれたのである。創業時からの福沢との二人三脚はつづいていた。現在の大阪丸善は明治三十二年七月に博労町に購入したもので、書籍・洋品・薬品を扱っていた。明治八年二月、薬品部を薬種商の多い道修町《どしょうまち》に移して丸屋薬店を開始した。この薬店は二十八年三月の株主総会で廃止されたが、昭和十七年（一九四二）には丸善薬品産業株式会社として独立、今にいたっている。

大阪についで明治五年八月、京都支店が二条通に開設された。名義人は丸屋善吉である。ここも同じく書籍と薬品を扱ったが七年、本屋の多い寺町に移転、京都府御用書肆の看板を得たが、十年十一月、閉店した。京都支店が再開されるのは京都帝国大学が発足してからのことである。明治七年八月、名古屋支店が本町に設置され、名義人は丸屋善八出店とした。明治十年、檜物町に中屋文房具店を開業、中屋は明治十四年（一八八一）、活版所も合併して印刷をひき受けた。有的はこの中屋の営業にも加わった。

さまざまな災厄

順調であった支店拡張事業にかげりがみえはじめた前兆ででもあったろうか、明治九年十一月二十九日、丸善東京支店はもらい火を受けて全焼したのである。しかし四日後には土蔵前で仮営業を開始している。

有的は明治四年十二月、積立貯金を集めるために細流会社を設立し、また八年一月には貯蓄銀行に似た交銀支局を設立した。さらに有的は十二年十月、丸屋銀行を設立した。十三年七月には輸出代理業貿易商会を開設し、横浜支店では生糸専業で、東京本店では茶・煙草・雑貨・米の輸出、硝石・皮革・魚の輸入を扱った。十四年九月には売れない書籍販売のために神田神保町に中西屋を開業した。二十年、中西屋の一部が文房具店となり、これが現在の文房堂である。

明治九年の火災からは直に立ち直り、日本橋通三丁目には新社屋が完成した。この頃丸善二階に通される顧客は特権であった（明治三十六年頃に一階を和書・文房具とし、二階は自由にみられるようになった）。店員の大部分は住み込みで、明治十五年、有的の月給は三十円であった。ちなみに当時の巡査の初任給は六円であった。唐物店の取扱品はシャツやマッチ、洋品などで、明治十八年にはインキ製造、靴墨・歯磨なども製造販売した。手を広げすぎたという人もいるだろうか。

明治十七年、政府のデフレーション政策のあおりを受けて丸屋銀行が破綻した。丸善商社をはじめとする系列の諸事業は倒産した。有的は再建に努力したが責任をとって社長を辞任し、ここに創設者早矢仕有的による初期の丸善は、幕を下ろしたのである。

有的は前半生を優秀な医師として働き、後半生を実業家として生きた。丸善の電話交換は二十八番目。日本を代表する商社に育て上げた。ガス灯建設事業にも手を染め、横浜区から県会議員に当選したこともあるが、政治家業は肌に合わなかったらしく、短期間のことであった。晩年は必ずしも幸運ではなかったが、囲碁をたしなみ、自然科学者らしく金鉱石の分析などを試みた。後妻中村ろくとの間にも三男二女があり、六男二女の子福者の父親でもあった。

明治三十四年、丸善は完全に再建されたが、二月十八日、有的は急性胃腸カタルで逝去した。享年六十四歳である。二月二十一日、小石川多福院で葬儀をし、丸善の諸店舗は三日間休業してその死を悼んだという。碑文には「本邦独立自尊ヲ倡《とな》ヘ民権ノ伸張ヲ論ズル者ハ実ニ福沢先生ヨリ始マ

ル　而《しこう》シテ躬《みずか》ラ之ヲ行フ者ハ則チ君ヲ以テ嚆矢《こうし》トナスト云フ」とある如く、民権伸張のために西洋の文物を移入し、明治新時代の青年たちにいちはやく先進諸国の万般の書籍と物品をもたらした有的の功績は、いくら声を大にして言っても言いすぎることはない。

丸善のもたらしたもの

日本が開国によって西洋に追いつけ追い越せの競争を強いられた時、まず規範（モデル）とするべき西洋の文物の移入が必須であった。早矢仕有的はそこに目をつけ実践した。医学者であった彼は、蘭学・英学を通して、世界の先進国がいかに学ぶべき対象であるかに気づいていたに違いない。

明治十六年十月の丸善洋書販売目録が残されているが、それによれば、輸入図書には初歩の入門書・教科書・通俗的啓蒙書があり、標準的なものがあり、ハイレベルなものも多い。

初期の書目には、たとえばウェーランドの『経済学原論』があり、これなど福沢も有的も読みながら学び実践する慌しさだったのだ。カッケンボスの『標準教科書』、パーレーの『万国史』、スウィントンの『万国史』『英文学研究』、フィッシャーの『世界史概説』、バックルの『英国文明史』、ギゾーの『ヨーロッパ文明史』、ウェブスターの『簡明英語辞書』など、当時の輸入図書の名著は枚挙にいとまがない。モーリィ編の『英国文人伝叢書』も、スペンサーの哲学諸著作もある。

また、丸善の図書出版には、明治十二（一八七九）、十六、十七年の図書目録が残されている。最初の出版物は明治三年、三巻の桑田衡平訳柳川春陰校閲『袖珍薬説』上中下。医学書の刊行が早かったのは医者有的を反映していて興味深い。明治五年十月、桑田訳島村鼎校閲『内科摘要』、明治八年一月、久保扶桑『世界奇談』、矢野文雄『英米礼記』、尾崎行雄『公会演説法』、九年三月、土屋寛信『新薬性功』、五月、内田嘉一編述『開化先導民家要文』、十三、四年、チーゲル著永松東海訳『生理学』上下、以下青江秀『薩隅煙草録』、伊藤圭介《いとうけいすけ》『東京大学小石川植物園草木図説』、外《と》山正一《やままさかず》・矢田部良吉《やたべりょうきち》・井上哲次郎《いのうえてつじろう》共著『新体詩抄』、竹越与三郎『近代哲学宗統史』、文部省『百科全書』、ボッカチオ翻訳佐野尚『想夫恋』、『東京学士会員雑誌』の刊行、義理の従弟早矢仕民治の熱意によるところの近世文学の翻刻、すなわち『やまと文範』と『近松著作全書』も出た。辞書および教科書類、ストレンジの『戸外競技』、志賀重昂《しがしげたか》『世界史』、欧文の翻刻書である『ナショナル・リーダー』『ユニオン・リーダー』、スマイルス『セルフ・ヘルプ』中村敬宇《なかむらけいう》訳『西国立志篇』、レッグ『英和四書』などなど。さながら明治二十年代までの文学史年表を見ているようではないか。

当時の丸善の輸入図書と出版物はその全部を有的の判断に仰いでいただろうことを想起する時、私たちは、書籍の輸入、出版だけでも大量のものを、そのうえ薬品・洋傘・万年筆など日用雑貨にいたるまでも輸入した有的の視野の広さと、欧米の文明を採り入れるにやぶさかでない近代的合理精神を思いやるのである。思えば、北村透谷《きたむらとうこく》も国木田独歩《くにきだどっぽ》も、また丸善に魂をふきこんだあの内《うち》田魯庵《だろあん》も、坪内逍遙《つぼうちしょうよう》も永井荷風《ながいかふう》も宮崎湖処子《みやざきこしょし》も夏目漱石《なつめそうせき》も田山花袋《たやまかたい》も島崎藤村《しまざきとうそん》も、丸善経由のこれらの本でみずからの思想の核をつくり出していったのである。

［参考文献］

『丸善社史』、昭和26・9、丸善
木村毅『丸善外史』、昭和44・2、丸善
『丸善百年史』、上中下、昭和55〜56、丸善

（初出・平成5・2、『日本の創造力』③、NHK出版、原題「丸善―西洋文物を輸入した早矢仕有的」）

第二章　模様を摺り込む

緞通都市堺の緞通王　藤本荘太郎

庄左衛門《しょうざえもん》の手編込緞通《てあみこみだんつう》

藤本荘太郎《ふじもとしょうたろう》は堺、車之町《くるまの》に、嘉永二年（一八四九）四月十二日（新暦五月四日）生まれ、堺緞通の大成者として産業都市・堺の今日に貢献した人である。

そもそも緞通とは、床用の敷物のうち手織りの高級なものをよび、中国語のタンツ（毯子）から出た語であるといわれる。緞通は方形（あるいは長方形）短尺に織ったものをいう。地糸に指先で一目一目毛を結びつけたのち刃物で切り揃えて立毛にするので、ひじょうに手の込んだ織物であり、織機は竪機《たてき》を使用する。その歴史は古く、すでに紀元前には中近東地域で遊牧民が羊の毛からフェルトを作って移動生活に使っていたといわれる。緞通はそれから生まれたものだろう。この技術はその後イランからシルクロード経由で中国に入り、いわゆる支那緞通の起源となった。それが朝鮮半島を経て、日本には元禄年間（一六八八～一七〇四）に佐賀に伝わり、鍋島《なべしま》緞通の始まりとなった。のち天保年間（一八三〇～四四）鍋島緞通の影響下に、堺緞通が織り始められ、それと前後して赤穂緞通が出現し、昭和初期の、中国天津《てんしん》緞通の技法を学んだ山形緞通の技術とともによく知られている。

堺緞通の創始者は藤本荘太郎の祖父藤本庄左衛門である。藤本家は、代々「庄左衛門」の名を世襲して糸物商を営み、真田紐《さなだひも》製造を業としていた。庄左衛門のまわりには、明伝来の糸・糸綿・布・紗《しゃ》・紋紗《もんしゃ》・金紋紗・錦《にしき》・金襴《きんらん》・緞子《どんす》・金紗《きんしゃ》などの織物や氈毬《せんたん》（フェルトの敷物）などを見ることができた。最初に佐賀に伝わって始まった緞通ではあるが、佐賀藩では鍋島緞通の一般売買を禁止しており、作られた鍋島緞通はすべて藩が買い上げ、将軍家や親藩に献上していたといわれる。しかし藩の財政上の理由から堺商人に手渡されることもあったのであろうか、庄左衛門のところにも二枚の鍋島緞通がもたらされていた。

庄左衛門は鍋島緞通や中国製敷物を見てその美しさに感動し、何とかしてこの模様を自家のものにしたいと思い、工夫を凝らすが、なかなか成功しない。そこで二枚の鍋島緞通を惜し気もなく切りほどき、真田織紐の技術を生かして、手を加えたのち、絹織物屋和泉屋利兵衛《いずみやりへえ》を招いて製織を依頼した。原料となる羊毛は入手困難であったのでパイルとなる糸には綿糸を用いた。庄左衛門の理論と利兵衛の技術によって織り上がった新製品はまずまずの出来栄えで、堺緞通と名づけ自分の家で売り捌《さば》く運びとなった。これが「手編込緞通」の始めである。手編込は、竪機に一重の経糸《たていと》を掛け二本の経糸に対し、パイル糸となる色糸をもって指で毛を一列に編み込み、パイルの長さを揃えて緯糸《よこいと》を通し、順次に種々の模様を作ってその全体を組織するもので、パイル糸の結び方は、中国緞通・鍋島緞通と同様のペルシア法である。

摺込《すりこみ》緞通の誕生

鍋島緞通の見るほどに美しい魅力にとらわれ内発的な欲求にそってそれを模倣し、緞通の自家生産に踏み切った庄左衛門の工夫と努力は、その子長治郎《ちょうじろう》が短命に終わった（安政五年＝一八五八死去）のち、引き続き和泉屋利兵衛も他界して、わずか九歳の孫である藤本荘太郎に継承された。やがて成人した荘太郎の英知と努力によって緞通の品質は良くなり、織機も改良され、堺は一大緞通都市として発展していくのである。

荘太郎が家督を継いだ当時は、緞通製織はまことに僅少であった。九歳の荘太郎は父の代からの番頭手代らに補佐され家業を続けた。藤本庄左衛門と和泉屋利兵衛によって開発された手編込技法は庄左衛門の生前、奈良屋市次郎に伝授された。また、奈良屋から慶応年間（一八六五〜六八）に村《むら》田孝平《たこうへい》に伝えられ、さらに明治三年（一八七〇）に和泉屋利兵衛の孫から西一丁の野木井徳三郎《のぎいとくさぶろう》にも伝えられた。荘太郎・村田・野木井の三人は協力して製品を作り販売を心がけたが、何分にも需要は少なく品質も粗末で、荘太郎は緞通の改良に励んだが、なかなか思うにまかせない。こうした折しも「摺込緞通《すりこみだんつう》」が登場するのである。

「摺込緞通」とは織機の少し大きなものに二重の経糸を掛け、溝竹《みぞたけ》を織り込み、これを覆う糸を切り取って立毛するあの天鵞絨《ビロード》の織り方で、織り上げたのち型金《かたがね》をあててさまざまな模様を摺り込むものである。摺込緞通の創始は文久二年（一八六二）、西京西陣織物業織工であった久七《きゅうしち》（氏不詳）なる人物がビロード織法にならって綿糸を用いた製織法を、糸積《いとつむ》ぎ屋業、星野宇兵衛《ほしのうへえ》と足袋の底に使う綿織物屋（タビ底織屋業）稲葉善兵衛《いなばぜんべえ》の両人に教授した時に始まる。星野・稲葉の両人はビロード製織法によって織り上げた緞通に紙型によって模様を摺り込んだものを一畳敷二枚こしらえ、かねて取り引きの間柄であった村田孝平を訪ねた。購入先の紹介を依頼された村田はすぐにこの話を荘太郎に持ち込んだ。次なる飛躍をめざして手編込緞通と日夜格闘していた荘太郎である。彼は村田とともにさっそく販路を計画して、星野・稲葉両人に製織を託した。この摺込緞通の発明に西陣織工が寄与している偶然を私たちはどう受けとめたらよいのであろうか。そこには伝統と外来のものとを問わない美意識の普遍性が感じられる。

　摺込法は手編込に比べて方法も容易で廉価であり注目されたが、京阪地方のみへの出荷にとどまった。この模様摺込緞通が発明された文久二年、江戸では徳川十四代将軍家茂《いえもち》と皇女和宮《かずのみや》の婚儀がとり行われ、翌年、家茂は大阪や堺を訪れている。その時随行した大名や旗本の中に堺緞通を購入するものがあって、堺緞通の名は広く知られるようになったが、一般に普及するというようなものではなかった。時代が激変して明治になり、文明開化の世になっても、上流階級や在留外人などが緞通を使用しているにすぎず、緞通業はなおわびしい状況だった。明治元年、堺の緞通製造戸数は五戸、織工二十六名（男二十一名、女五名）、生産数量千五百畳で、堺の業者は荘太郎・村田・野木井のわずか三軒であった。

明治二年二月、十九歳の荘太郎は組頭役に推挙された。五年四月には第七区小二区戸長となり、七年五月、第一大区一番組戸長に転じ、熱心に行政事務にも携わった。荘太郎は絶えず周囲に気を配り指導性を発揮した。一方あくことなき探究の末、九年には真田織の技術を生かし西洋テップを模造作製した。テップとは、平打紐のことで英語でいうテープである。これがわが国初めてのテップ製造の完成である。とにかく荘太郎は創意工夫の人であった。緞通と並行して九年頃から計量器を製作し、二十年以降まで継続したようである。また、十年からは重要物産展準備のため堺県庁に出仕するようにもなった。

名声をとどろかせた「堺緞通」

明治十年堺緞通業界は画期的な年を迎える。すなわち、二月十三日、明治天皇が大和行幸の折、堺にも立ち寄り、県庁に展示された県下の重要物産をご覧になった。そのうち荘太郎謹製の緞通も、堺の特産品として叡覧《えいらん》に供したのである。このことが励みとなり自信ともなって、荘太郎は織機の改善と販路の拡張にさらに力を入れた。

八月、西南戦争のさなか、殖産興業政策を推し進める大久保利通《おおくぼとしみち》の主導の下に第一回内国勧業博覧会が東京上野公園で開催され、荘太郎は、手編込・摺込など各種の緞通を「堺緞通」と名づけて出品した。堺に隣接する住吉（大阪市）で作られた「住吉緞通」とは区別して、堺緞通の名称をこの時初めて公式に使った。以後その名称でよばれるようになり、これらの展示物は好評を博して総額四千円（当時の背広注文服一着の仕立上り値段が二十五円くらいであった。）の売り上げがあり、堺緞通の名は大いに上がった。博覧会に一緒に出品していた鍋島緞通は、褒賞《ほうしょう》をを受けている。以後、内外の博覧会・共進会に出品して日本人のみならず在留外人の需要の増大にともない、堺の物産としての名声を上げていき、この年のうちに支店を東京尾張町一丁目（今の中央区銀座五丁目）に置いた。

このようにして鍋島緞通に続いて堺緞通も大いに脚光を浴び、需要も増し、これまでにない活況を呈し始めた。この年（明治十年、一八七七）の緞通製造戸数は二十一戸、織工四百五十九名（男百九十七名、女二百六十二名）、生産数量一万三千五百畳。飛躍的な成長であった。

ところで、翌明治十一年、荘太郎は公職を辞してもっぱら力を緞通製織に注ぐことにした。製織方法の改善と織機の改良が急務の課題であったからである。そして、手編込緞通に対してまず手工用具の改善を試み、織機の構造を広げることを目標にした。まず器具については村田とともに使いにくい普通の鋏《はさみ》を改良して屈曲の手鋏を工夫発明した。ついで織機は十年までは幅一間《いっけん》（約一・八二メートル）を限度としていたが、村田孝平の開発によって幅二間の織機が作られ、十畳敷、十二畳敷のものが編みだされるようになった。他方、摺込緞通も模様や摺込方法に改良が加えられ、十年六月、村田はそれまで紙製の型を用いていたが、いろいろな素材で試して翌十一年一月には、荘太郎とともに金型（ブリキ）のものに改める工夫をした。

しかしこの頃になると手編込技術が著しく進歩して、せっかくより鮮やかな模様摺込方法が実現したというのに摺込緞通の需要が減り、十八、九年頃にはまったく姿を消してしまうようになる。それに反して手編込は二十年代にピークを迎えるのである。十一年二月の『郵便報知新聞』には京都の監獄で受刑者の労務作業による緞通製織の記事が載っているが、こうした記事を通しても緞通需要の増加がみて取れるだろう。この年、荘太郎は大阪府の久宝寺村《きゅうほうじ》（今の八尾市久宝寺）に支店を開設し、さらに販路を拡張した。十月、宮内省を通して堺緞通を陛下に献上し、金若干を賞賜《しょうし》された。荘太郎としては、十年の堺行幸の時に味わった気持ちと同じく大きな励みであった。

明治十二年になるとついに荘太郎は幅四間の緞通織機を開発し、十二畳敷以上五十畳敷までの幅広ものを製作して世間を驚かせた。急速な西欧化にともなう幅広ものの要求を先取りしたのである。時も時、堺商業集会所の設置はその年の九月のことであった。これは大阪商法会議所会頭であり、関西実業界の育ての親といわれる薩摩藩士出身の五代友厚《ごだいともあつ》の勧めによるもので、当時は外国貿易条約改正について論議されており、堺でもこの問題について意見を述べるため、あるいは商業の振興をはかるために会議所設置の必要が迫られていた。そこで荘太郎をはじめとする数名が総代となって創立の議を堺県に出願したのである。九月に許可を得、櫛屋《くしや》町東二丁に設置することとなった。荘太郎は副会頭に当選し、ついで会頭となった。十数年後に組織を変更して商業会議所となった時にもまたその会長に選出された。

明治十三年（一八八〇）四月に区町村会法が発布されて堺は区となり区会が設置され、荘太郎は区会議員に任命された。緞通製造を通して地域の発展に寄与する姿が人々の信用を勝ちえたのである。一方、十三年頃までは切り糸といって毛糸を一寸あまりに切って編み込んでいたが、糸の無駄が多いため、長い糸のまま右手にその糸を持ち、左手に鋏を逆手に持って、毛を編み込みながら切り取る方法を荘太郎と村田は考案した。このように、製織技法の工夫や織機・器具の開発、市場の獲得、地方自治への貢献など、荘太郎の進取の気性を反映して、緞通界は図案や模様に西欧風を取り入れ、技術の熟達とともに進歩を遂げていくのである。

不用の麻袋から生まれたゴロス——麻緞通

明治十七年五月、区長村会法の改正まで荘太郎は区会議員をつとめた。この秋、荘太郎は初めて麻緞通を製織して好評を得たのである。かねてから荘太郎は、輸入の米袋や紡績・綿花その他の表包などに使われる不用品の麻袋を利用して何か織れないものだろうかと考えていた。その布糸を解きほぐして糸に使用したいと思ったのである。これならば廃品を利用することから廉価《れんか》であるし原料には事欠かない。堺緞通は初期における素材は鍋島・赤穂同様綿糸を使用していたが、しだいに麻・絹・牛毛・羊毛などで試みるようになり、明治十六年（一八八三）には野蚕《やさんし》糸でも織られるようになった。しかしこれらは高価であり、入手も困難であった。これらに代わるものが必要だった。折から麻の使用が開発されたのである。それも廃物同様の麻袋から麻糸を作りだすとは大した先見性というべきではなかろうか。

ゴロスの発達が堺緞通の普及に寄与した点は疑うべくもない。麻緞通は安価であり吸湿性にも優れているので、明治十九年冬には輸出が始まり、海外で大いに歓迎されたのである。明治十七、八年のゴロス生産高の八、九割が輸出された。需要が増すにつれて、のちには輸入麻を使用するようになった。こうして、ゴロスは発展した。手編込・摺込・ゴロスと種類も揃い、隆盛を反映して製造戸数もしだいに増え、十五年には十七戸、二十一年には七十五戸、織工数も千四百余名、年産十万畳、二十二年には百七戸を数えた。

明治十四年には絹糸と羊毛で手編込を試み、第二回内国勧業博覧会には絹糸緞通を出品してアメリカ公使に購入されるという幸運な出来事があった。アメリカ人イー・デ・メーソンと提携して海外に販路を広げ、土耳古《トルコ》緞通と市場を競うようになった。十五年には摺込緞通のほうは姿を消し始めていた。

「緞通都市」の「緞通王」荘太郎

明治十七、八年頃から、アメリカ・イギリス・ドイツ・ロシア諸国への販路拡大が実現し、大阪・神戸・長崎の外商を通して取り引きが行われるようになった。需要が伸びてくると粗悪品も出回りやすくなる。荘太郎はそれを察すると二十二年一月に堺緞通商組合を組織した。組長に推され粗悪品の取り締まりに力を入れ、よりいっそうの発展を期して終生任務に力を尽くした。

ところで、明治二十二年四月には堺区は堺市となった。市制実施と同時に荘太郎は市参事会員六名中の一人に任命された。市参事会員としては同年六月から十月までと二十八年六月から死の前年三十四年二月までの二度にわたって経験している。市会議員としては二十二年四月から二十三年三月まで任務に当たっている（荘太郎の市長就任が記載された本があるが、市長にはなっていない）。

さて、堺緞通の名は国の内外に知れわたり、織屋の数も増えて堺の緞通産業は上昇の一途をたどった。明治二十年代の後半、堺は全市をあげて緞通生産に熱中していた。少しでも屋内に余裕のある家では、たいてい一台ないし数台の緞通織機を備え、市民はこぞって緞通業に従事し、農家でも畑仕事をやめて堺に集まり織工として住み込むものなどが続出して、堺はさながら一大「緞通都市」の観を呈した。そして、荘太郎は「緞通王」とさえよばれたのである。荘太郎のこれまでの苦労は報われた。堺の産業の看板として堺緞通が華やかな脚光を浴び、二十六年一月には同業者が相談して荘太郎に金牌《きんぱい》を贈って慰労した。荘太郎の喜びはいかばかりであったろう。同年六月、荘太郎はコロンブスのアメリカ大陸発見四百年を記念して開かれた北米シカゴ開催の万国博覧会に視察をかねて出発した。むろんシカゴ博覧会には堺緞通も出品している。博覧会全体の中での堺緞通の位置づけもみたい、販路の拡張も現地で直接に当ってみたい、ヨーロッパのモダンな配色や図柄・模様を学びたい、荘太郎の心は躍った。堺市民の有志七百余名は煙火《えんか》を上げて荘太郎を見送り、盛大な出立となった。

博覧会場での堺緞通の人気は大したものであった。堺緞通はますます海外市場での評価を高めた。滞米中、荘太郎はアメリカの実情を探り、すでに堺緞通の特約販売店であったニューヨークの緞通特約店主メーソンと会見して提携を約した。また帰路にはイギリス・フランスの敷物店も見て、目を肥やした。販路の開拓、メーソンとの会談、米英仏に伝統的な色模様の勉強と、荘太郎のこの訪米は大いに成果を上げての帰国となった。堺市民もさかんな賞讃をもって出迎えたのである。

明治二十七年二月二十一日、長い間の努力が実を結ぶ日が来た。荘太郎は賞勲局より緑綬褒章《りょくじゅほうしょう》（実業に精進したものに与えられる褒章）を授与せられたのである。地元産業の発展をひたすら願った荘太郎にとってどれほど栄誉なことであったろう。その時荘太郎は四十四歳になっていた。

輸出量の激増で重要な国産に

受章と同じ月、メーソン夫妻が北京から来日した。荘太郎は大いに歓迎して宴席を設け、なごやかな歓談となった。このメーソンの堺への来訪が堺緞通業界に大いに好影響を及ぼし、ますます輸出は激増したのである。当時緞通業の工場は一千八百八十余戸、職工数一万七千余人、販売価格百七十八万数百円にふくれていた。明治二十六年（一八九三）以後両三年間は緞通業の最盛期《ピーク》であった。二十八年などは年産九十万畳、価格百四十万円に達したのである。未曽有の生産および売り上げ価格であった。いうまでもなく緞通は重要な国産の一つとして数えられるようになった。

堺緞通を国の重要物産にしたいという荘太郎の悲願が、今達成されたのである。その頃組合には堺緞通商組合のほかに住吉緞通商組合があったが、明治二十九年に両者は合併して大阪府緞通同業組合となり、その傘下に府下一円の問屋—機屋《はたや》（織屋）—染屋の業者を置いていた。改組される前の堺緞通商組合は織工（職工）の教育にも力を入れ、二年後には緞通学校ができるのである。

堺商業会議所は明治二十四年二月、荘太郎ら四十一名の発起で設立され、堺商業集会所の事務一切を引き継いだ。会員は三十名と定め、二年ごとに半数改選を行い、会長には荘太郎が当選した。

堺商業会議所の活動でもっともよく知られるのは、近畿地方に内国勧業博覧会を誘致するための運動であった。

内国博覧会は第一回が十年に東京で開かれて以来、第二回、三回とも引き続き同地で開催されたので、二十五年、堺商業会議所は次回の博覧会をぜひ近畿地方で開くべきだと主張し、さかんに運動を展開した。これがきっかけとなって新聞で取り上げられ、二十八年には第四回博覧会が京都で、三十六年には第五回博覧会が大阪で開かれたのである。そうした活動を通じて地元の活性化をはかるとともに労使双方の問題や緞通業者間のもめ事などの調停もした。にもかかわらず三十五年三月の商業会議所法改正の際、緞通不況による経費困難のため存続が危ぶまれ、十一月尼崎熊吉《あまがさきくまきち》の提起で解散の建議が出され、三十六年三月ついに堺商業会議所は解散してしまった。しかし荘太郎が十年から三十年の間に内外の博覧会や共進会で、金・銀・銅牌、木盃、賞状などを受けた出品物は七十種を数えている。緞通王の名に恥じぬ大きな功績であった。

このように明治二十七、八年をピークとして隆盛を極めてきた堺緞通であったが、生産量が増えれば増えるほど目先の利益を追求するあまり、粗悪品を輸出する業者が見受けられるようになった。しばしば欠陥を指摘され、また返品の憂き目にあった。折しも三十年の関税引き上げの打撃も重なり、緞通は十五割の重税を課せられ市場はしだいに苦境に立たされていった。業界は、不況に陥り、完膚なきまでに打ちのめされた。輸出は頓挫をきたした。緞通需要は国内より外国を主としていたのであるから、生産は激減した。

衰退に抗しての奮闘

明治二十九年の「大阪府諸会社工場及銀行表」には職工数十名以上の工場が収録されている。新市域関係では、東百舌鳥《ひがしもず》・久世《くぜ》・鳳《おおとり》の村々を中心に、緞通工場が十、神石《かみいし》村を中心とした布晒《ぬのざらし》工場十二が地域的にまとまった業種で、緞通工場のすべては二十五年から二十七年の創業にかかり、織工数も二十名以下にとどまる。さらに三十一年の同資料によれば緞通工場は二十二工場に倍増、ことに深井村には二年間に十工場も進出し、緞通生産の中心地域はこの頃に形成されたのである。

三十年四月重要輸出品同業組合法が実施され、大阪府緞通同業組合と大阪府醤油同業組合が重要輸出組合となった。七月には私立大阪府緞通職工教育部簡易学校が設置された。せっかく職工教育にも本腰が入れられ始めたのに、その後の緞通の下降状況を思うと開校はいかにも皮肉であった。荘太郎は明治三十一年（一八九八）一月大阪府緞通同業組合組長に当選し、三月にはこれまでの個人商店をやめて会社組織にし、合資会社藤本商会を設立し、その経営に当たった。会社組織になった緞通業者は後にも先にも藤本商会がただ一つあるのみである。明治三十三年、重要物産同業組合法が制定され、緞通組合と醤油組合、ついで三十八年九月に堺利器《りき》商工同業組合、大正九年（一九二〇）堺薫香《くんこう》同業組合がそれに指定されている。

明治三十五年の「工場通覧」には全国の工員十名以上の工場が掲げられているが、新市内では八工場、緞通工場はそのうち五つが、東百舌鳥・大草《おおくさ》両村に集中している。工場制手工業としての規模も整い生産力も増したのに、今度は需要が思うにまかせず、関税引き上げによる輸出激減は緞通界の痛恨事であった。三十四年の緞通生産は四十二万畳、三十八年には二十六万畳、四十年以降は三十万畳から十万畳に下降して往時の盛況は見る影もなかった。緞通関係者たちは不振の原因を探り緞通業界の起死回生をはかろうと、原料の選定を厳しくし染色や織法などの技術に磨きをかけ、ことに粗製濫造品のチェックを心がけた。十一月には検査所を設置して信用回復をはかった。しかし輸出は立ち直れず、休業が相次ぎ、機屋は問屋制手工業、やがて零細な家内工業へとふたたび縮小していったのである。

荘太郎は緞通の先行きを見通したかのように、それが凋落《ちょうらく》の兆しをみせ始める明治三十五年七月二十八日、病で逝った。享年五十三歳であった。緞通とともに成人し成熟した生涯だった。

堺緞通はその後、大正期に一時、綿糸を経糸とし更紗屑《さらさくず》を緯糸として製織を工夫したラアグ・ラッグ（楽々織）としてさかんになったが、神戸のフックト・ラグなどの機械織に転じて、昭和四十六年（一九七一）には伝統的な堺緞通の手法を伝えているのは、深井を中心にした七工場十九名にまで減少した。

時代は安易に量産を可能とする、機械織全盛を迎えているが、大量生産のかなわぬ、人の手のぬくもりを感じさせる緞通は人々のあこがれの対象として、また高級品としてその存在価値まで見失われたわけではない。それどころか細々ながら確実に受け継がれ見直されて、最近ではカシミアやシルクのスカーフなどにさえ緞通模様が取り入れられているのを見る時、私たちは藤本荘太郎一生の緞通に賭けた気概と英知、いわば不屈のパイオニア・スピリット、発明・工夫への情熱を思い起こすとともに、堺緞通製造を通して、堺の発展をうながす政治の中枢に深く関わったことにも思いを及ぼすのである。

【参考文献】

『堺市史』、昭和49〜51、堺市役所
『絨たん製造業』、昭和29、労働省職業安定局労働市場調査課
岡崎喜熊『敷物の文化史』、昭和56、学生社
佐伯隆敏『絨毯それは砂漠にはじまる』、昭和57、芸術生活社

（初出・平成4・10、『日本の創造力』⑤NHK出版、原題「緞通—模様を摺り込んだ藤本荘太郎」）

第三章　薬草園を造設する　王子町十条の薬学博士　下山順一郎

貢進生《こうしんせい》となって大学南校へ

くすり、といえば十八世紀初め行商して山間僻地にまで赴いた越中富山の薬売りのことが思い出されるが、日本の薬の歴史はそれよりはるかに古い。すでに延喜五年（九〇五）『延喜式』典薬寮には、「諸国の進年料の雑薬」として全国七道五十四カ国から朝廷に寄進せられた二百三十五種の薬品名と数量の記載がある。また、江戸時代の本草《ほんぞう》（生薬）研究、薬草の知識普及、栽培技術や品種改良の進歩なども見落とせないだろう。

しかし、何といっても日本の薬学を近代的学問たらしめたのは、明治初年にドイツ有機化学の名門、ベルリン大学へ留学し、ホフマン教授に化学を学び、薬学の基礎づくりに貢献した長井長義《ながいながよし》・柴田承桂《しばたしょうけい》・熊沢善庵《くまざわぜんあん》ら第一回留学生たち、加えて日本生薬学の大成者下山順一郎《しもやまじゅんいちろう》、衛生裁判化学を導入した丹波敬三《たんばけいぞう》、薬品製造学の丹羽藤吉郎《にわとうきちろう》、フグ毒の発見者田原良純《たはらよしずみ》ら、官学の草創期に輩出した先駆的薬学者たちであった。

中でも下山順一郎は、日本古来の生薬学を化学的に体系づけ、実験に基づく貴重なデータを駆使して『製薬学』『生薬学』『薬用植物学』『日本薬局方註解』などを著し、薬学博士第一号の一人となった。また、研究のために私財を投じて広大な薬草園を築いた人、明治時代を矢のように駆け抜けた優秀な教育者として、人々の胸に記憶される。

下山順一郎は嘉永六年二月十八日（一八五三年三月二十七日）、尾張犬山（愛知県犬山市）に藩士（藩校教授）下山健治《けんじ》の長男として生まれた。少年時代に、藩校で漢学と本草学を修めたのが一生の基礎づくりとなった。

本草学とは、この頃までには本草の研究、すなわち、伝統薬物と漢薬の歴史を明らかにし、薬品の分類、品質鑑定、薬効などを体系化する学問であった。すでに西欧では十九世紀初め、植物成分発見に代表される有機化学の解明が進んでいたが、日本においては、植物化学分野の本質的な究明は、いまだその端緒にもついていなかったのである。遅々たる歩みであるとはいえ、明治元年（一八六八）には太政官布告によって阿片煙草厳禁令が出され、四年には売薬取締規則が通達されていた。

明治三年十月、成績優秀であった十七歳の下山順一郎は、犬山藩の貢進生に選ばれた。貢進生とは同年七月政府が各藩に対して貢進生の名目で十五万石以上三名、五万石以上二名、以下一名の比率で、十六歳から二十歳の英才を大学南校（のちの東京大学）に入学させるという制度である。修養年限は五年、一カ月の学費は十両、書籍代は年間五十両で、各藩の負担とされていた。全国から三百余名の青少年が集まり、大学南校に入学した。年齢・学力別に英語、仏語、独語の各科に配属されて語学の授業が開始されたのである。

順一郎は、福沢諭吉の『学問のすゝめ』さながらに、この栄えある貢進生に選抜されて上京し、大学南校に入学し、田原良純（佐賀藩、十五歳）・丹羽藤吉郎（佐賀藩、十四歳）とともに独語科に進んだのである。

ちなみに貢進生の進学コースは、英語科二百十九名、仏語科七十四名、独語科十七名で、独語科は僅少《きんしょう》であったにもかかわらず、先に挙げた三人もの啓蒙期薬学者を出している点は興味深い。鉄は熱いうちに打てのたとえ通りであろうか。あるいは医学薬学の王道を歩んだ強みか。

明治四年二月、年長の柴田承桂（尾張藩、二十一歳）・熊沢善庵（郡山藩、二十五歳）らは、すでに語学にも習熟しており、第一次留学生に選ばれて、香港から、インド洋、スエズ経由で渡独し、ベルリン大学でホフマン教授について化学を専攻した。一方、大学東校（のちの東京大学医学部）から医学および製剤学修業のためベルリン大学に留学していた長井長義も、医学をやめてホフマン教授に師事し、奇《く》しくも草創期の御三家が合流してここに親交を結ぶにいたったのである。大学南校には四年八月すでにドイツから医学教師ミュルレルとT・E・ホフマン両人が着任しており、薬学教育の開設を勧告していた。

順一郎は寝食を忘れてドイツ語の修得に励み、明治六年（一八七三）九月、神田和泉町（千代田区）に七月創設されたばかりの東京医学校製薬学科に入学した。これは第一大学区医学校に五年制の製薬学科を創設したもので、東京大学薬学部の前身である。

東京医学校予科では医学と合同でドイツ人教師の授業が始まっていた。七年には「医制」が布かれ医薬分業が唱えられ、薬剤師養成のための教育が求められ始めていた。柴田承桂がドイツから帰り、製薬学科初の日本人教授となった。

八年にはランガルトが着任、九年には新築校舎も落成した。贋薬《がんやく》取締罰則に、ストリキニーネなど二十品目が追加され、製薬免許手続が制定され、合格品には免許鑑札が付与された。毒薬・劇薬取扱規則も制定された。少しずつ近代的な整いをみせていた。

十一月、東京医学校製薬学科は本郷の新築校舎に移転し、明治十年四月十二日の東京大学創立にともない、東京医学校製薬学科は、東京大学医学部製薬学科と改称した。五月には日本人教員が教える短期（二年）の通学生製薬学科を併設し、十一月、順一郎は、第一回製薬学本科卒業試験を受験、十一名中九名の合格者中、みごと首席で合格した。

翌年三月二十九日の第一回卒業式には卒業生総代として答辞を朗読したものである。卒業論文の題目は「豆腐の説、日本産芫菁《げんせい》の説」である。

卒業試験に合格した順一郎は、丹波敬三・丹羽藤吉郎とともに製薬局雇《やとい》（助手）として母校に残り、通学生教員を兼任することになった。まさに順風満帆の出発である。時に順一郎は二十五歳。処女出版『無機化学』（金属）もまとめた。地道にたゆまず実験と思索に明け暮れる日々であった。

ドイツのストラスブルク大学に留学

明治十一年には有毒飲食物着色料取締が出て、柴田承桂は内務省御用掛に転出、衛生行政に赴いた。順一郎は製薬士の学位（二十年に称号と改称）を得た。翌年、内務省に中央衛生会、各府県に地方衛生会が設置され、十三年四月、順一郎は多忙を極めていた。同窓生、在京の製薬士、学生らとともに薬学振興を目的とする日本薬学会を創立したのである。これは社団法人日本薬学会として今も続いている。さらに通学生制度を廃止し、別課製薬学科（三年制）に改定した。

翌年順一郎は丹波敬三・丹羽藤吉郎とともに助教授に昇格し、脚気病院審査掛嘱託をも兼任した。また丹羽とともに『製薬全書前編』を著し、高木兼寛《たかきかねひろ》・永松東海《ながまつとうかい》・丹波・丹羽らと日本薬局方独文稿本を作成した。ランガルト教師は勲四等を授与され、満期帰国し、代わって東京司薬場教師を満期となったオランダ人エイクマンが製薬学科に転じてきた。薬学会機関誌「薬学雑誌」が創刊され、順一郎は編集にかかわった。

十五年、薬学校通則に、薬舗主にかわって薬剤師という名称が使われはじめた。売薬印紙税規則が公布され、定価一割の課税対象となった。順一郎は『検尿法』を出版し、十六年には日本薬局方編纂御用掛嘱託も兼ねた。この頃製薬士は全員で三十四名だった。

十六年、日本薬学会の三月例会で順一郎は「南天皮、苦棟皮の試験」を講演、周到緻密にして学術講演の理想的なあり方を示した。

明治十六年九月、順一郎はドイツのストラスブルク大学に留学することとなった。生薬学、製薬化学研修のため、生薬学の権威フリュッキゲル教授について以後三年間をかの地ですごすのである。

順一郎は主論文「アジア特有の糯米澱粉《もちごめでんぷん》に関する研究」に没頭する一方、副論文「キナアルカロイド定量法」の疑問点についても菌類学者として著名なデバリー教授に教えを請うて、ついに論文を提出した。主論文のほうは、日本産の糯米澱粉がヨードに青藍《せいらん》色を示すのに対して、赤黄色に呈色反応を示す他国の糯米に着目して両者を比較研究したもので、副論文は、ドイツ薬局方のキナ皮定量法を批判してキナ皮アルカロイド全部の定量に成功したものである。

博士論文提出という留学目的を果たしたので、順一郎はフリュッキゲル教授の製薬化学の講義と実習を受講していた。そこへ留学満期を前に半年間の延期が帝国大学よりもたらされた。薬学科担任の参考にとヨーロッパ各国の薬学教育の実情調査をしてから帰れとの温情ある委嘱である。

実際各地をまわって感動的であったのは、学生の実習のために標本類が完備していることであった。順一郎は生薬学の教材用に学術的価値の高い標本を広く系統的に集めた。デバリー教授の菌類の腊葉《せきよう》や、隠花植物学者ラーベンホルストの標本などもリストに加えた。メルク製といわれる優良品種の標本を輸入したのは順一郎の生薬学教室がはじめで、実物教育を重視するフリュッキゲル教授の感化によるものである。明治十九年（一八八六）十一月には先に提出しておいた論文で Doctor der Philosophie の学位を得た。順一郎が帰国したのは翌明治二十年六月である。

不在であった十七年には長井がドイツから帰り製薬学科教授となり、丹羽はエルランゲン大学へ私費留学した。十八年には別課製薬学科生徒募集が停止となり、長井は席の温まる暇もなく渡独した。十九年帝国大学設立にともない、三宅秀《みやけしゅう》医科大学長は薬学を医学科に合併した。この学制改革による薬学の廃絶を憂えた丹羽は、医科大学薬物学助教授に任命されていたが、森有礼《もりありのり》文相に何度も陳情して、医科大学薬学科としてふたたび蘇らせた。永い間の医薬分業の努力がもろくも潰《つい》えさせられるかと危ぶまれた一齣であった。

薬学博士第一号となる

三年九カ月ぶりに帰朝した順一郎は、丹羽によって守られた帝国大学医科大学薬学科（三年制）授業担任となった。従来のカリキュラムを是正して、国民保健衛生の向上と普及をめざした薬学の基礎的な教育・研究の方向を充実させるべく科目を増やし、順一郎は製薬化学を担当した。さらに薬用植物学・生薬学なども受け持って、学生の人気を博した。

順一郎の講義は簡潔で平易、実証的で比喩《ひゆ》に富んだ、信頼のおけるものであった。生薬類などは必ず実物を見せ、納得させた。教員でありながら帰国と同時に陸軍一等薬剤官（大尉）に任命された。同年に学位令が制定され、大学院で定期の試験を経た者がある時は、博士の学位は帝国大学総長の具申によって、文部大臣がこれを授与する旨が決定された。

この年、順一郎は「ブッコ葉の解剖的化学的研究」「本邦産各種草烏頭《うとう》の解剖的研究」を発表し、続いて翌二十一年、「ブッコ葉の形態学的研究」「ブッコ葉の揮発油の結晶成分 Dliosphenol の研究」「苦木の成分」「ツワブキの成分」「纈草《けっそう》の成分」（協力者平野一貫）、「マンダラゲの成分」「ヤマジソの成分」（協力者小野飄郎）、「ハブ草およびエビス草の成分」「鼠李子の成分」「草烏頭の成分」「桂皮の成分」などやつぎばやに克明な実験に基づく成分分析を重ねていった。

またこの二十一年には内務省より第二改正日本薬局方調査委員を委嘱され、東京薬舗会は東京薬剤師会と改称、順一郎はすすんで会頭を引き受けた。恩師フリュッキゲル教授も薬剤師会会長を務め、ドイツ制度を移植するに吝《やぶさ》かでなかった。その声明文は薬剤師の統一と医薬分業を宣言している。『製薬化学』上中下を出版し、伝統の本草学を化学的な近代生薬学の体系化に組織立てた順一郎は「生薬学の要旨」なども書いた。

明治十三年に順一郎の創立した日本薬学会は十八年東京薬学会と改称され、二十年、初代会頭に長井が推され、二十二年、初代副会頭に順一郎が当選した。日本薬学発展のために総会・例会を開いて充実した学術講演を催し、学術団体としての組織化に努めた。努力の甲斐あって二十四年には会員数は四百三名、会員も全国的に分布していることから名称はふたたび日本薬学会と改められ、順一郎はこの会の運営に力を注いだ。

明治二十二年、薬品営業並び薬品取扱規則、法律一〇号公布。順一郎は生薬学の定本『生薬学』上中下を刊行。「山椒《さんしょう》の生薬学的及び化学的実験説」「本邦阿片中莫爾比涅《モルヒネ》並にナルコチネ定量法」「硫酸規尼涅《キニーネ》比較試験並びに規那《キナ》アルカロイド定量」「桂皮実験説」「規那亜爾加魯乙度《アルカロイド》定量法」などを著した。

さらに翌年、順一郎は第一高等中学校教師をも兼任した。第一回薬剤師試験が実施され、試験委員も兼ねた。また「全国病院薬局長会議」の発起人ともなり案内状をつくり発送したりもした。ロシア政府よりロシア博物館名誉会員に推されたり、薬学科卒業試問規則を制定したりと、公務に追われながらも、「本邦薬学史並びに本会の経歴」「烏頭《うず》試験成績」「裳吾《ツワブキ》試験成績」「やまじその生薬学的及び化学的実験」を発表した。また、『薬用植物学総論』上下巻刊行と、研究に手を抜かない順一郎であった。

明治二十四年（一八九二）には『日本薬局方註解』を出版。「糯澱粉《モチゴメ》の成分」「曼陀羅華《まんだらげ》の成分」「菲沃斯越幾斯《ヒヨスエキス》の試験」「カンタリジンの製法及び定量」「黄蝋《おうろう》の試験に関する注意」を発表。二十五年には『薬用植物学各論』刊行。「当薬の形態学的検査」「あぢさゐの研究」を発表。休む暇もなかった。この年医師の数四万二千八百九十九名、薬剤師数二千八百三十六名、薬種商一万三千二百二十五名となった。

明くる年には、帝国大学官制が公布され、分科大学についての主要改正点は教授会、講座制、名誉教授などの規定および助手、副手の職務規定などであった。講座制については薬学三講座が成立し、順一郎は第一講座、生薬学の担任となった。職務俸は最高の六百五十円（この年の巡査の月俸は八円である）。ちなみに第二講座は丹波の衛生・裁判化学、第三講座は丹羽から長井へ譲られた薬化学であった。第一講座が薬学の基礎であることはだれの目にも明らかであろう。この年、順一郎はフィラデルフィア薬科大学名誉教授に推薦されている。

さらに翌年には第一高等中学校植物学教授も兼任することになり、二十九年には「北海道毒矢に就《つい》て」を発表した。そして薬学科は研究目的の陸軍依託学生の受け入れ態勢を整える。校舎も、現在の薬学部の東南部にあった青ペンキ塗りの木造校舎に移転する。翌三十年、京都帝国大学の創立にともない、帝国大学は東京帝国大学と改称する。順一郎は「越後地方石油鉱探見の報告」を発表。三十一年叙正五位、叙勲六等瑞宝章《ずいほうしょう》受章。「薬品二、三に就き研究報告」を発表した。

ところで、順一郎にとって明治三十二年という年は忘れられない年となった。東京帝国大学総長菊池大麓《きくちだいろく》の推薦によって薬学博士第一号を受けたのである。講座の長である丹波・長井・東京衛生試験所長田原良純の三人とともに得る博士号であった。三人とともに草創期から第一走者として走り、製薬学科廃止を救い、長井に席を譲った丹羽の名がここに並ばないのが物足りない気もするが、ともかくも医学の従属物であるかのように見られがちな薬学がかけがえのない一学術分野として認証されたという、これは薬学界の慶事であった。そして四博士大祝賀会が上野精養軒で文部大臣はじめ名士を招き、薬学者・薬業者こぞって盛大にとり行われたのである。

さらに、この年、順一郎は叙勲五等瑞宝章を受章し、研究成果も「茜根《せんこん》、黄蜀葵《とろろあおい》の研究に就て」「沃度《ヨード》製造に関する注意」「炭焼の際傍生物として木醋《もくさく》を得る方法の実験」にまとめて発表した。化学者の高峰譲吉《たかみねじょうきち》がアドレナリンの発見に成功した年でもあった。

私設薬草園で実物教育の実践

順一郎は台湾総督府民政長官後藤新平《ごとうしんぺい》の依頼により、明治三十三年に台湾の薬業と工業の視察に赴くことになった。そして台湾特産の樟脳油《しょうのうゆ》の研究開発に貢献することになる。「台湾に於ける薬学及び工業に就て」を発表した順一郎はさらに台湾茶の成分分析、台湾特産のクスノキの成分分析、樟脳油の研究に没頭した。

クスノキを蒸溜してできる樟脳の結晶から分離した樟脳油を精製分溜すると、赤油サクロール

（石鹸香料）と白油（防虫・殺虫作用のある片脳油）の誘導体化合物ができてくることに気づいた順一郎は、さっそく殺虫剤、防虫剤、皮膚病薬、消毒薬などを創製、工業化させたのである。この成果を翌年の薬学会で報告する一方、「樟脳油に就て」「珈琲涅《カヒーネ》製造法並に台湾茶分析報告」を書いた。三十五年には叙勲四等瑞宝章受章。初の論文審査による薬学博士永井一雄誕生の年である。「消毒薬デシンフェクトールに就て」を発表。

五十歳となった順一郎は、文部省の用命を帯びて明治三十六年、欧州各国の薬学事情視察の旅に出た。二十年前のストラスブルク大学留学の時に比べて、ドイツの合成医薬品と染料工業の発展ぶりには順一郎は実に驚かされた。叙正四位勲三等瑞宝章受章。続いて柴田・丹波・長井も欧米へ視察に出発した。

翌明治三十七年（一九〇四）、帰国後は「独仏見聞雑感」「麹《こうじ》と麦芽《ばくが》の糖化力比較研究」「欧米に於ける葡萄《ぶどう》醸造概況」「欧州に於ける葡萄酒に関する一班」「独逸《ドイツ》葡萄酒醸造法に就て」を発表。樟脳油の副産物から殺虫剤インセクトール、消毒薬デシンフェクトール、皮膚病薬チオノールなどの医薬品や炭酸グアヤコールを主剤にした結核薬ファゴールなどの発明発見も好評であった。順一郎はこれらの特許権を関係者に譲り、収益は門下生の研究費や留学費、製薬事業の助成金となった。およそ私利私欲にそまらぬ研究一途の生き方である。

「アルコホル醸造法」を発表し、研究心旺盛な順一郎は、明治三十八年夏頃、赤煉瓦教室着工の際伐採された桜の老木の樹皮を採取させ、成分を抽出し、その結晶をサクラニンと命名した。この研究は後年一番弟子の朝比奈泰彦《あさひなやすひこ》に受け継がれてゆく。

三十九年大蔵省醸造試験所商議員嘱託ともなり、順一郎は清酒やビール、ブドウ酒などのアルコール飲料の製法、試験法の調査研究を進めた。大蔵大臣より清酒の防腐剤について諮問され、長井、農芸化学者の古在由直《こざいよしなお》らと協議の末、サリチル酸を清酒防腐剤として最適とすると答申したのもこの頃である。「シャンパン製造に就て」を発表。

第四改正日本薬局方が公布され、翌四十年施行された。新たな新薬が多数追加され、洋薬名の漢字記載を廃した。第四版にいたって薬局方調査会長は長井の手に委ねられ、薬局方は名実ともに薬学者の領域に落ち着いた。薬学科の赤煉瓦教室も落成したが、この間、医学科が十七講座から二十六講座に増えたのに比べ、薬学科のほうは翌四十年に一講座の新設をみたにすぎなかった。新設の一講座とは丹羽の薬品製造学である。

ところで、順一郎は、かねてジャワのボーデブルグ植物園や各国植物園と交換した種苗を教室付属の薬草園や東大付属小石川植物園に移植していたが、用地も限られ、そこはいかにも手狭であった。学生たちの実習や研究に役立たせるところまではとてもいかないものであった。そこで順一郎は明治四十年、私財を投入して北豊島郡王子町（現北区）十条に千坪の畑地を購い、学習用薬草園（是好《ぜこう》薬園）を造設して和洋多種類の薬用植物を栽培した。日頃の実物教育に資するところ多大であった。

翌年薬学科は専修科制度を設けた。一年、二年課程は従来通り、三年次に四専修科に分かれる。四講座がそのまま専修科の名称となった。四十二年、社団法人日本薬剤師会会長に就任した。田原がフグ毒の成分を発見した。

四十三年付属医院外来患者診察所竣工。順一郎は叙勲二等瑞宝章受章。この年薬学科の卒業試験規定が廃止され、農芸化学者の鈴木梅太郎《すずきうめたろう》がオリザニンを発見した。四十四年、順一郎は『日本薬剤注解』を池口慶三《いけぐちけいぞう》と共著で出版した。ところがこれが最後の出版物となってしまった。

ブロック建築の薬局も完成し、医薬分業の医療方式が固まる中、五月に予定された下山・丹波在職二十五年記念祝賀会準備のさなかの明治四十五年二月十二日、下山順一郎は脳溢血で急逝した。五十八歳であった。刻苦勉励、休むことなき勉強のせいであろうか、早すぎる死であった。とはいえ、明治時代の薬学の基礎をつくり、世俗に流されず恬淡《てんたん》として不断に研究者魂を貫いた不屈の生涯であった。

樟脳をはじめとする多くの医薬品の発明や前人未踏の成分分析、標本集め、何よりも薬学の基礎、生薬学の化学的近代的整理に多大な貢献をなした。また薬草園の設立者として、近代薬学教育者としてのその名は人の胸に刻まれて朽ちることはない。

大正二年（一九一三）に、菩提寺《ぼだいじ》向島（東京都墨田区）の常泉寺《じょうせんじ》に遺徳顕彰碑が建立され、東京帝大薬学科教室玄関脇に銅像（胸像）がたてられた。昭和五年（一九三〇）には東京薬学専門学校に、また翌六年には郷里犬山城域に、薬剤師有志による銅像が建立された。

以上見てきた通り、東京医学校製薬学科（現・東京大学薬学部）を首席で卒業した下山順一郎は、生薬学・製薬化学研修のためドイツに留学し、帰国後は帝国大学薬学科に迎えられた。実物教育を重んじ、やつぎ早やに研究成果を発表するかたわら、日本薬学会の創設に参画し、その運営にあたった。明治三十二年（一八九九）には、薬学博士第一号となり、江戸時代以来の本草学を近代薬学として発展させ、医薬分業の基礎を確立したのである。

〔参考文献〕

根本曽代子『日本の薬学―東京大学薬学部前史―』、昭和56、南山堂

（初出・平成4・10、『日本の創造力』⑥、ＮＨＫ出版、原題「薬学―日本薬学界の先覚者」）

第四章　パン屋を創業する　新宿中村屋の相馬黒光・愛蔵

郷里安曇野《あずみの》で蚕種業《さんしゅ》にしたがう

今日、新宿中村屋のカリーライスを食べながら、インド独立運動の志士ラス・ビハリ・ボースを想う人がなん人いるだろう。また荻原碌山《おぎわらろくざん》やエロシェンコら中村屋サロンに集《つど》った文化人たちをだれが想い起こすことだろう。「中村屋の歴史は、ほんとに夫婦互いの生かしあいの歴史でしたよ。後悔のない老後を迎えて、私はしみじみと主人に有難いと思いますよ」（『夫婦教育』）といっているのは相馬愛蔵《そうまあいぞう》夫人の黒光《こっこう》である。

出会いの絶妙もさることながら、相互に理想を貫きそれがどちらにもマイナスにならないどころか何倍も豊かな展開となるためには、ともに持続した志がなくしては不可能であったろう。個々の理想がふたりの理想になる努力の跡もここにはみられるのである。狷介《けんかい》、厳格なところのある黒光女史とともに連れ立って瓢瓢《ひょうひょう》と歩む相馬愛蔵、蚕種製造から一転、大商人としての成功を築くまでの歳月は、無理をせず地道に、しかしたゆまず独創的に切り拓いた人生の見本であった。

相馬愛蔵は、明治三年（一八七〇）十月二十五日、信濃国（長野県）安曇郡白金村（今の穂高村大字穂高、白金）に生まれた。平将門に遠い祖先を認め、家は代々庄屋。父は安兵衛、母ちかの三男であった。一歳の時父が死亡し、十五歳上の長兄が家督を相続して安兵衛を襲名するや、彼は愛蔵の父親代理となった。明治九年母も病没し、同十一年、愛蔵は東穂高村矢原部落研成学校に入学した。兄のよかれと願う援助で寄宿舎に入るが、この寮生活は、愛蔵にはうれしいものではなかった。しかし、数学好きの愛蔵は数学教師成瀬四男也にかわいがられ、励まされた。

明治十七年、松本中学校に入学し、先輩に木下尚江《きのしたなおえ》、同級生に井口喜源治《いぐちきげんじ》がいた。ここでも数学については校中第一位と噂されるほどに好成績を修めた。同二十年中学を中退した愛蔵は、上京して九月に、東京専門学校（現早稲田大学）に入学した。この時期の在校生には木下尚江・金子馬《かねこうま》治《じ》・津田左右吉《つだそうきち》・宮崎湖処子《みやざきこしょし》らがおり、交友を結んだ。一方、牛込教会にも赴き、湖処子とともに洗礼をうけ、押川方義《おしかわまさよし》・植村正久《うえむらまさひさ》・内村鑑三《うちむらかんぞう》・巌本善治《いわもとよしはる》らの知遇を得たのもこの頃であった。

愛蔵は明治二十三年、東京専門学校邦語行政科を卒業後、一年間を北海道に滞在した。北海道禁酒会のメンバーとも知り合い、開墾途上の北海道で新天地を開くつもりであった。すなわち、「蚕業」を札幌郊外で始めようとしていたのである。その資金繰りに帰郷した愛蔵は、長兄に留められ、蚕種製造家として穂高に落ち着いたのであった。ここでも東穂高禁酒会を結成し、禁酒の実行や学習会の実施、芸妓置屋設置反対運動などを展開した。この同志の中に碌山荻原守衛《もりえ》がいたのである。

ところで結婚前の愛蔵の最大の仕事はなんといっても蚕種製造業であった。生糸の海外取り引きは増加の一途を辿り、養蚕方法の改良が望まれていた。愛蔵は、耕地の狭いわが国は養蚕でいくべきだとまず考えた。そして、蚕業製造理論の構築、蚕種進化理論、気候と種類の関係、桑の質と健康の関係等を、各地の養蚕地を回り、半谷清寿《はんがいせいじゅ》の『養蚕原論』にヒントを得て、研究、詳述したのである。これは『蚕種製造論』としてまとめられ、明治二十七年二月、東京の経済雑誌社から出版された。この書は明治四十二年、増補五版を出すほどの売れ行きであった。

星良《ほしりよう》との結婚

明治三十年、島貫兵太夫の仲立ちによって星良と結婚した。星良こそのちに相馬黒光とよばれる人である。星良は、明治九年（一八七六）九月十二日、仙台広瀬川の畔《ほとり》、士族星雄記《ゆうき》の孫娘、父星喜四郎、母巳之治の三女として生まれた。遠き先祖に藤原鎌足を擁し、伊達《だて》藩の漢学者の家柄。祖父は仙台藩評定奉行などを歴任した。叔母に婦人矯風会《きょうふうかい》の佐々城豊寿《ささきとよじゅ》、従妹に佐々城信子（国木田《くにきだ》独歩《どっぽ》と結婚、『或る女』のモデル）がいる。愛蔵より六歳年少であった。仙台神学校の島貫兵太夫から読書指導を受け、十三歳の時には仙台教会にて押川方義より洗礼を受けた。十五歳で宮城女学校に入学するが、翌年西洋式教育に不満をもってストライキを決行し退校になった五人の先輩に殉じて退校。横浜のフェリス女学校に転じ、『文学界』の星野天知《ほしのてんち》と知り合い、十九歳でフェリスを中退、明治女学校に再入学して、島崎藤村《しまざきとうそん》、青柳有美《あおやぎゆうび》から英語を教わった多感な少女であった。島貫から愛蔵のことを聞き、結婚を進められ、明治三十年（一八九七）、黒光が明治女学校を卒業するや、三月、牛込の日本基督教会牛込払方町教会で簡素な結婚式を挙行し、信州上田から保福峠を越えて、相馬家へ嫁入ったのであった。

良によれば愛蔵は「いかにも寒国生まれの人らしく、赤い頬をしていて、強度の近眼鏡をかけ、厚ぼったい手織木綿の対《つい》を着て、袴を穿《は》いていないのが、見馴れないためか少し気になったくらいのことで、極めて平凡な対面でした」ということになる。芸術の世界、文学の世界への憧憬強き美少女星良は、結婚直後から信州安曇野の寒き田園の一種粗野な環境に順応すべく努めたのである。翌年には長女が誕生し、岸田俊子《きしだとしこ》にちなんで俊子と命名した。

愛蔵はキリスト教主義の小学校研成義塾の創立に奔走していた。井口喜源治を校長に擁して、この学校は明治三十四年には落成をみたのであった。

愛蔵は二十七年の『蚕種製造論』に続いて、三十三年には失敗しやすい秋蚕に対していかにしたら失敗を防げるかをわかり易く解説した『秋蚕飼育法』（蚕業新報社）を出版し、これは五万部も売れたのであった。実験結果から秋蚕失敗の原因を病気にあると判断して、蚕児を健康体にしておけばよろしいとの合理的論述であった。愛蔵はこの年にはまた那須原孤児院救援運動を起こし、押川方義・島貫兵太夫らと親交を結んだ。愛蔵の蚕業にかんするほかの著述には、佐藤八郎右衛門との共編『実用春蚕飼育法』(明治40、日本蚕業株式会社)と、数種の新聞投稿論文がある。東穂高禁酒会のメンバー荻原守衛は、良の影響を受け芸術家を志すようになっていた。

三十二年九月には、妻良の健康がすぐれず、里帰りのついでに大学病院で手術を受け三週間の療養の在京生活を送った。良はその折の「麻酔の記」が『女学雑誌』に掲載され、巌本善治より筆名を「黒光」と名づけられた。三十三年には長男安雄が生まれていた。

濃《こま》やかな家庭の情趣の望まれぬ、宗教的情操が欠如した家庭と良に感じられる信州相馬家の暮らしが、なかなか良に適合せぬように愛蔵には感じられるのであった。そこへ、叔父佐々城本支《ほんし》の死、続いて叔母の死、姉蓮の死、とうち続く悲報に良は絶望し喘息《ぜんそく》を誘発し(これは蚕《かいこ》の害にも原因があった)、病の床に伏し蓐傷《じょくしょう》さえできて、良は崩れゆくかにみえた。愛蔵は熟慮の末、妻に相談し、上京を決意するのであった。

「パン店譲り受け度《た》し」

親代わりの長兄夫婦は俊子をおいていくことを条件にふたりの出郷を許した。煩悶《はんもん》の末、妻良は俊子との別れを諾《うべな》い、生後十カ月の安雄を連れての旅支度を急ぐのであった。明治三十四年九月の門出であった。

東京に着くと良は元気を回復し、病気も本復した。ふたりは東京永住の覚悟を固め、独立自営して新しい生活を築いていこうと誓いあったのである。

組織に縛られることを嫌った愛蔵は、工夫もあり、自由もきく商売の道を選んだが、なにをするかのあてがあったわけではない。はじめ西洋のコーヒー店のようなものを考えついた。上京後、仮におちついたところが本郷の、大学近辺であったので、これはうってつけであった。

ところが残念なことに目と鼻の先にミルク・ホールができてしまい、諦めざるをえなかった。次に考えついたのが、パン屋であった。三食のうち二食までをパン食にして三カ月続けてみた結果、パンの将来性は大いにありとの見込みがつき、十二月、『万朝報《よろずちょうほう》』の三行広告に「パン店譲り受け度し」と出したのである。その日のうちに数軒の譲渡申し出があり、その一つに、つい近所の帝国大学前の「中村屋」があった。驚きつつも同郷の友人望月幸一に金策を願い、中村屋へ転居したのは年の瀬もおしつまった十二月三十日のことであり、この日からふたりはパン屋、屋号もそのままに「中村屋」になったのである。この本郷の中村屋では明治四十年（一九〇七）まで営業したが、新宿移転後は最初の子飼いの店員長束実に譲渡した。この長束が夭折したので店はほかの人に譲られたが、今も中村屋と号して存続している。

ところで、この売りに出た中村屋は相当繁盛していたのだが、相場に手を出して火の車となったのだった。愛蔵夫婦はこの失敗をみて自戒とし、

営業が相当目鼻のつくまで衣服は新調せぬこと。

食事は主人も店員女中たちも同じものを摂《と》ること。

将来どのようなことがあっても、米相場や株には手を出さぬこと。

原料の仕入れは現金取引のこと。

の四カ条を守った。また、全くの素人が商人としてやっていくのであるから、最初のうちは修業期間と心得、

最初の三年間は親子三人の生活費を月五十円と定めて、これを別途収入に仰ぐこと。その方法としては、郷里における養蚕を継続し、その収益から支出すること。

の一カ条を加えて、中村屋の五カ条の盟《めい》としてこれを固く守ったのであった。子どものためにしていた貯金の流用が現金取り引きを可能にした。商売は上向き、明治三十五年東京専門学校の大学昇格資金カンパには、「金壱百円」を寄付できるまでになったのである。

書生上がりのパン屋ということで、婦女通信社から取材があったり、大学出のくせに小僧のようなことをして、と道で会った同窓の友人に蔑視されるようなこともあった。コンミッションを要求する小使いもいれば、リベートを欲しがる門番もあった。愛蔵はそのどれにも屈せず、筋違いを許

さなかった。また先の中村屋から譲り受けた、注文をとるための箱車には、主人中村萬一が陸軍にパンを納めていた誇りの〈陸軍御用〉の文字が入っていた。愛蔵はこれを塗りつぶして何物にも屈しない、権力を恐れない自由人の気概を示した。囮《おとり》商いの面目なさも体験した（禁酒会のメンバーが洋酒を置いて内村鑑三に叱られたのである）。新宿移転の時、本郷の中村屋を任せることにした長束実が、工夫してフランスパンの上出来なものを作り出した。それに賞与の銀時計を与えて励ましたが、同じように工夫しても作り出せなかった者には不満感を残した。愛蔵は和の観点からこれを深く反省したりもしたのであった。

また日曜に働くことも内村鑑三から注意されたが、欧米の慣習を鵜呑《うの》みにするのは危ないと思い、休日返上を続けた。地道に店頭のお客を第一に重んじ臨時注文のために店を閉めることはしなかった。日露戦争時の軍用ビスケット販売にも手を出さなかった。製造工場が原料を争って入手しようとする結果、値上がりとなり、箱材料も割高で暴騰した。機に乗じて冷静な判断を欠くと手痛い傷を負うものであることには注意を払った。

新たに直面する課題についていちいちよく考えられて解決の方途が選ばれた。愛蔵の商法は工夫と創意にあったのである。

明治三十五年には、妻の従妹佐々城信子と独歩の間にできた子、浦子をあずかり養育した。翌年浦子は生母のもとへ戻っていった。

明治三十七年、開業三年目にして新しい菓子の発明があった。すなわち、新案クリームパンとクリームワッフルである。栄養価、味のよさ、ともに申し分なく日本全国津々浦々にまで販路はひろがった。さらに注文ミスから大量の糯米《もちごめ》を仕込んでしまい、その処置に困って葉桜餅を開発した。これも大変な人気で、けがの功名の感があった。

明治三十九年、開業五周年を記念して割引券を製作したが、正価販売に徹するのが一番よいことに思い至り、使用を中止するというような一場もあった。

新宿中村屋への発展

得意先が増え、店頭の需要も増して、とくに千駄ケ谷から新宿方面にかけて顕著であったので、将来性を考え市内電車の終点新宿に支店を出すことを考えはじめていた。明治四十年十二月十五日、ついに現在の六軒道路（新宿駅前、追分《おいわけ》）のところへ開店した。ここでの第一日目の売り上げは、本郷の本店の売上高を優に凌駕した。

明治四十一年、碌山荻原守衛が欧州より帰国し、角筈《つのはず》にアトリエを建て、中村屋に通った。日増しに売り上げも伸び、ここも手狭になってきたので四十二年の春、中村屋の現在地に、建物四棟と借地二百六十坪の権利を三千八百円で買い取った。ちなみに、東京銀座三愛付近の一坪売買価格が、明治三十年三百円、大正二年五百円の時代である。店舗を拡張した中村屋には、先の碌山をはじめ、中村彝《なかむらつね》・中原悌二郎《なかはらていじろう》・戸張孤雁《とばりこがん》らが出入りし、しだいに芸術的雰囲気を加えていった。明治四十三年、守衛は中村屋の奥の間で喀血し、絶命した。三十歳であった。最後の作品「女」は黒光をモデルにしたともいわれ、黒光に寄せる愛のふかさを思わせた。守衛の遺作は中村屋に引き取られ、一般公開されたのであった。

四十四年には裏の空地に製造場もできたので、パンにとどまらず日本菓子を売り出すことを考えた。まず歳末の賃餅《ちんもち》から手がけた。徳川将軍家御用達の新兵衛餅百俵を予約販売することとし広告を出すと、最上等のお餅ゆえ、評判をよんで、よく売れ、和菓子のほうも続いてよい成績をあげるようになったのである。

愛蔵夫妻は、明治四十五年から木下尚江の紹介で岡田式静座法を始めている。岡田虎次郎は商売の極意を「良い品を廉《やす》く」と教えた。これこそ中村屋一代のモットーである。これは薄利であっても多売ではない。売り切れる程度のほどよい数を売り出すのである。パンの売れ残りはラスクに調製し、物価高で原料の上がった時は辛抱して時を待つという、工夫をこらすのであった。中村屋も静座道場に加えられ、大正九年（一九二〇）まで続けられた。大正二年には早稲田大学教授片上《かたかみ》伸《のぶる》・昇曙夢《のぼりしよむ》らとロシア語やロシア文学の研究を開始する黒光の姿が認められた。

一方、インド独立運動の首領であるラス・ビバリ・ボースの亡命を相馬夫妻は頭山満《とうやまみつる》と協力して助けた。中村屋で保護したのである。外務当局はボースを保護する側に態度を変更したが、イギリス大使館の追及は厳しく、ボースは三十カ所ものかくれ家を転々としたのである。大正七年、愛蔵の長女俊子がボースと結婚、激浪の半生を送った。娘をボースに嫁がせるについての愛蔵・黒光の立場は、俊子の美質である「常時寡黙《かもく》の性質と、忍耐力と、大事に対する決断力と」を認め、若くして使命のうちにたおれるかもしれない彼女の凄絶な一生を肯定する、大いなる使命感を果たすことを人生の生きがいとして評価するものであった。これは人生に何事をか庶幾する人のみがもちうる強さであった。

この頃には朝鮮人林圭、ニンツァ、エロシェンコらが中村屋へ訪れるようになり、中村屋サロン朗読会が誕生した。愛蔵・黒光の知的な全体像は自然とやはり一介の商人としてだけでは納まりきれないのであった。大正十年、盲目のエロシェンコにボルシェヴィキの嫌疑がかかり、日本退去の命令が出た。逮捕のため中村屋へふみ込んだ警官隊の家宅侵入を逆に告訴して、署長を引責辞職に追い込む一幕もあった。十一年にはボースへの追及もやみ、インドの詩聖タゴールが来日して、相馬家の人々との親交を結び、日印の親善に力を尽くしたのであった。

相馬夫妻は朝鮮に旅行し、不老長寿の霊薬といわれる松の実を知り、帰国して松の実カステラを製造するのである。大正十二年（一九二三）、中村屋の売上高は一カ年につき二十万円に達し、税金は立ちゆかぬほどに課税されたので、窮余の策として株式会社組織に改組した。全株の半分は功労者黒光のものとなし、残りを愛蔵・ボース・息子・娘・功労あった店員で分配した。この頃新宿の家は店だけとして、家族は麹町平河町へ転居した。ボースは日本へ帰化し、おだやかな時が流れ始めていた。土蔵劇場や先駆座も開設した。震災時には原価販売を励行して、朝鮮人を保護した。愛蔵・黒光の眼差しはいつも自由の側に向けられ、弱きものへの援助の力にみちていた。

大正十四年、娘俊子は長い間の心労がたたってか二十七歳の若き生命を終えた。これを機に愛蔵・黒光はキリスト教から浄土宗に帰依するようになった。

喫茶部の新設

大正十五年になると、新宿には三越デパートが進出してきた。町の活性化は促進されたとはいえ、客をとられ、地元の商店街は大打撃をこうむった。愛蔵はこれを機に多角経営をめざし、喫茶部の新設を企てた。

ここでの売りものは、ボース伝来の純印度式カリーライス。厳選した米と、鶏肉と、カリー粉から成る東京のオリジナルカレーの開発であり、これは中村屋の代名詞となった。またエロシェンコにちなんだロシア式のスープ、ボルシチと店員に着せた活動的な制服ルパシカ。中華饅頭《まんじゅう》、月餅《げっぺい》。ロシアチョコレート。朝鮮松の実カステラ。ロシアパン等々。国際色豊かに大正食文化の一角を築いていた。

昭和二年（一九二七）、四男文雄がブラジルへ発ち（四年、死去）、三年には中村屋の売り上げは急上昇した。この年から毎年釈迦《しやか》降誕祭を挙行した。九年、黒光は若き日の自伝『黙移《もくい》』を出版し、十二年、『黙移』出版記念会を開いた。三十余名の出席者とともに、愛蔵・黒光のみごとに調和した記念写真がのこされている。

店員の人格向上をめざして店員養成機関である研成学院の創立（十二年）、愛蔵の自伝『一商人として』の出版（十三年）。この頃になると店員も三百名を突破し、破竹の勢いであった。

黒光『広瀬川の畔』（十四年）、『夫婦教育』（十六年）と著述も進められていった。昭和十七年にはボースが印度国民軍総統に就任した。二十年の空襲で、店舗・工場・宿舎・私宅等灰燼に帰すが、二十二年には復興した。二十六年老人ホームの建設。二十七年百貨店へ進出。翌二十九年に愛蔵は八十三歳で永眠した。翌年黒光も七十八歳であとを追うようにして亡くなった。没後杉並区に老人ホーム「黒光ホーム」が竣工された。四十三年には明治百年を記念して「中村屋と中村屋サロンの人々」展が遺族、関係者によってとり行われた。

こう見てくると、黒光、愛蔵は明治・大正・昭和の三代を通して一民間自由人として、模倣を廃した商人道を樹立し、黒光、愛蔵の人柄に自然と吸いよせられるようにして集まってきた中村屋サロンの人々とともに大正期の自由精神にみちた、たしかな文化の一角を歴史に刻みつけたのである。

［参考文献］

『相馬愛蔵・黒光のあゆみ』、昭和43・9、中村屋
『相馬愛蔵・黒光著作集』一～五巻、昭和55～56、相馬愛蔵・黒光著作集刊行委員会編、郷土出版社

（初出・平成5・5、『日本の創造力』⑨、ＮＨＫ出版、原題「パン製造――新宿中村屋の創造業者相馬愛蔵」）

あとがきをそえて

二〇一六年の夏は定年退職後二回目の夏です。引き続きの大学への出講とエクステンション講座、教育委員会講師、文学講座講師などに出かけるとはいえ、大幅に時間は出来ました。世の中は難しい時代を迎えておりますが。

本書に収録した拙文は、私の六十代に書き留めた山地水その他に関する文章に大幅な加筆、訂正を加えたものです。初出そのままもありますが、改稿の末、全く新しいものになってしまったものもあります。すべて書き下ろしとして読んでくだされば有難いことです。

六十代の十年間に山地水その他への関心が持続したことに驚きと喜びを以て本書を編みました。富士山への思慕は私が富士山南麓の富士宮市に生まれ育って、故郷を思えばそこに朝な夕な聳え立つ富士山があったことと無関係だったとは思えません。戦国時代の富士参詣の様子の描かれた「富士曼荼羅図」を納めている富士山本宮浅間大社と湧玉池が遊び場であったとはだれも信じないでしょう。けれど確かに私の領域なのでした。北村透谷のように富士山を思想形成のもとにすることはできませんでしたけれど、いち早く富士山を見染めた透谷には魅せられ続けています。

作者たちのことばを通して、風景がまざまざと開けて来る研究の場に身をおくことのできた幸いを今しみじみと思います。このたびも三弥井書店の吉田智恵様には大変お世話になりました。有難うございました。併せて校正に力を貸して下さった鈴木一正氏にも厚く御礼申し上げます。

二〇一六年八月

哥舟俳都にて

橋詰　静子

地名索引

あ行

さ行

た行

な行

は行

ま行

や行

著者紹介
橋詰静子（はしづめ　しずこ）
1944年９月20日、静岡県富士宮市生まれ。県立富士高校、早稲田大学卒業、早稲田大学大学院（修士）修了、日本女子大学大学院（博士）満期退学。早大講師を経て、目白大学教授、目白大学名誉教授。
著書に『透谷詩考』（昭和61・10、国文社）、『富士山トポグラフィー ―透谷・正秋・康成らの旅―』（平成16・９、一藝社）、『増補版　富士山トポグラフィー　透谷・正秋・康成らの旅―』（平成18・４、一藝社）、『ヒト・モノ・コトバ　明治からの文化誌』（平成19・12、三弥井書店）、『校本　北村透谷詩集』（平成23・12、目白大学社会学部社会情報学科）。編著に『作家の自伝99　幸田文』（平成11・４、日本図書センター）、北村透谷研究会［橋詰静子・鈴木一正］編『北村透谷とは何か』（平成16・５、笠間書院）、越前谷宏・塚越和夫・島田昭男・橋詰静子・田中励儀・矢島道弘編『田中英光事典』（平成26・４、三弥井書店）ほか論文多数。

ことばの風景　山地水のかたち

平成28年11月11日　初版発行

定価はカバーに表示してあります。

発行者　　吉 田 栄 治
発行所　　株式会社 三 弥 井 書 店
〒108－0073東京都港区三田3－2－39
電話03－3452－8069
振替00190－8－21125

ISBN978-4-8382-3303-8 C0095　　印刷　エーヴィスシステムズ